LA FIGUIERE EN HERITAGE

FRANÇOISE BOURDON

LA FIGUIERE EN HERITAGE

ÉDITIONS FRANCE LOISIRS

Édition du Club France Loisirs,
avec l'autorisation des Presses de la Cité.

Éditions France Loisirs,
123, boulevard de Grenelle, Paris.
www.franceloisirs.com

Avertissement

Ceci est un roman.

Ses personnages sont de pure invention. Lorsqu'il est fait allusion à des personnes, des organismes ou des manifestations ayant réellement existé, c'est simplement pour mieux intégrer l'action dans la réalité historique.

Prologue

1858

La lune, laiteuse, ne parvenait pas à percer l'épaisse couche de brouillard pesant sur la ville. Une silhouette furtive se hâtait vers les bâtiments de l'hospice de la Charité.

Elle jeta un coup d'œil inquiet à droite puis à gauche avant de sortir un paquet de dessous sa cape et d'appuyer sur une petite sonnette. Le tour, un cylindre en bois, convexe d'un côté, concave de l'autre, destiné à l'accueil des enfants abandonnés, se mit en marche.

La femme marqua une hésitation. Elle déposa le paquet enveloppé de chiffons dans le côté vide du cylindre et s'enfuit sans jeter un regard en arrière. Elle disparut, happée par le brouillard.

A l'intérieur du tour qui pivotait, un nourrisson hurlait, de colère et de faim.

1

1868

Tous les vents semblaient s'être donné
rendez-vous sur le piton rocheux qui dominait le
village de Puyvert. Une barre de nuages surmon-
tait le haut de la crête. Les chênes, les châtaigniers, les hêtres et les sapins s'étageaient
au-dessus de la houle des genêts et des fougères
rousses.

Chaque fois qu'elle le pouvait, Mélanie partait,
loin, avec ses chèvres. Levée avant le jour,
rentrée à la tombée de la nuit, elle n'avait pas
peur tant qu'elle se trouvait au-dehors. Dès
qu'elle apercevait la ferme du Cavalier, son
ventre se nouait, elle se mettait à trembler.
D'instinct, elle marchait alors plus lentement,
comptait ses bêtes, des Rove robustes et fières,
aux cornes en forme de lyre, et caressait Pataud,
le chien au pelage fauve qui lui tenait chaud la
nuit.

Dressée au bout du chemin, accrochée à la
pente, construite sur trois niveaux, la ferme des

Duruy en imposait, avec ses murs en granit et ses toits couverts de tuiles canal.

Elle avait été apportée en dot par la Grande, la mère du maître, qui, à quatre-vingts ans bien sonnés, ne quittait plus *lou caïre*, son coffre-banc placé à côté de l'âtre. Sous son siège, on gardait le sel, denrée précieuse, au sec.

Mélanie rentrait déjà les chèvres à l'étable, les trayait avant de pénétrer dans la salle. Elle se serait volontiers attardée auprès des bêtes car elle s'y sentait plus en sécurité. Joseph, le maître, dédaignait les chèvres. Il était pourtant satisfait quand sa femme, Augustine, rapportait du marché le produit de la vente de ses fromages. Mais, comme disait la Grande en faisant claquer sa langue : « Morceau avalé n'a plus de goût ! »

Joseph Duruy s'empressait de dépenser l'argent, à Saint-Pierreville ou au cabaret du village, et revenait, la main levée, l'insulte à la bouche. Il lui suffisait d'élever le ton pour que toute la maisonnée marche sur la pointe des pieds et baisse la tête. Augustine, surtout, craignait son mari depuis le soir de ses noces, où il lui avait administré une solide correction sous prétexte qu'elle avait lancé une œillade à son cousin. Elle avait eu cinq enfants, dont deux seulement avaient survécu, avant de ne plus avoir ses « périodes », ce qui lui avait valu de nouveaux coups. Son mari l'avait accusée d'être allée voir la mère Boutonne, une guérisseuse qui venait en aide aux femmes. Augustine avait eu beau protester de son innocence, Joseph n'en avait pas démordu. Il lui fallait un garçon, il avait besoin de bras. Les pisseuses ne lui seraient d'aucune utilité pour tirer la charrue.

Mais, bien sûr, sa femme ne savait faire que des filles ! Et, comme si cela ne suffisait pas, il avait fallu que la « meneuse » leur ramène de Lyon cette gamine qui avait hurlé sans discontinuer les deux premières nuits.

« Fais-la taire, bon sang, ou je l'assomme ! » avait menacé Duruy, le troisième soir.

Augustine s'était réfugiée dans la fenière en serrant la petite dans ses bras. Elle n'aurait pas dû s'attendrir sur le sort du nourrisson qui avait survécu au long voyage en compagnie de Philomène, la « meneuse ». Sa propre existence était déjà assez misérable, elle n'avait plus de pitié ni de compassion en elle. Pourtant, elle n'avait pu s'empêcher d'éprouver un élan pour la petite, que les sœurs de la Charité avaient baptisée Mélanie. Mélanie, comme sa propre mère. Augustine s'était promis que la gamine vivrait. Malgré sa brute de mari.

Philomène lui avait raconté comment fonctionnait le tour de l'hospice, rue de la Charité. Le cylindre recevait le nourrisson qui y était déposé et le conduisait à l'intérieur de l'hôpital en pivotant sur lui-même. Les religieuses avaient examiné le bébé sous toutes les coutures. Mélanie avait été lavée, habillée de propre, nourrie, enfin, à la crèche de l'hôpital, par l'une des filles mères qui étaient employées comme nourrices. On avait noté sur un registre spécial d'inscription l'heure d'entrée de l'enfant à l'hospice, son âge présumé, ses signes particuliers, les vêtements qu'elle portait. Elle avait ensuite été baptisée dans l'église de la Charité. La sœur de la crèche était sa marraine, le frère sacristain son parrain.

« C'est une pitié de voir tous ces mioches abandonnés », avait commenté Philomène.

Seulement, elle n'avait aucune compassion pour les petits qu'elle convoyait comme du bétail vers les fermes reculées de l'Ain ou de l'Ardèche, où l'on avait besoin de bras et d'un revenu supplémentaires.

Philomène était payée pour sa tâche. Peu lui importait l'état dans lequel les nourrissons arrivaient chez leurs parents nourriciers, ou s'ils mouraient dans les semaines suivantes. Comme elle le disait en poussant un soupir, où irait-elle si elle s'attachait à tous ces gosses ? Elle aussi avait des enfants, qui avaient besoin de l'argent qu'elle gagnait. Philomène refusait de se poser des questions. A quoi bon ? De toute manière, si elle-même ne convoyait pas les bébés, une autre femme le ferait, peut-être plus durement encore. Il était inutile de se révolter contre l'inéluctable.

Le lait d'Augustine avait tari. Elle avait nourri Mélanie au lait de chèvre, grâce à une tétine confectionnée par la Grande dans un petit morceau de cuir cousu, adapté à une bouteille de verre.

Sa belle-mère l'avait soutenue et aidée. « Cette petite bouillonne de colère », avait remarqué l'aïeule. Cela lui plaisait. Elle-même s'était battue tout au long de sa vie pour garder sa terre de Puyvert.

Mélanie ouvrit la porte de la salle, resta figée quelques instants sur le seuil.

— La porte ! beugla le maître, affalé sur la table.

Il avait encore bu, cela se voyait tout de suite à ses yeux injectés de sang. Frissonnante, Mélanie se rapprocha de la cheminée monumentale en pierre.

La Grande lui sourit.

— Viens te réchauffer, petite, lui dit-elle.

La cheminée constituait l'élément principal de la pièce. Un crémail à dix anneaux, fixé sous le manteau, pendait au centre de l'âtre. Les chaudrons de différentes tailles y étaient suspendus à la chambrière. Des landiers imposants étaient destinés à recevoir la broche pour les mets de fête, mais il y avait beau temps qu'on ne célébrait plus rien à la ferme du Cavalier.

A gauche de la cheminée étaient accrochés au mur coquemars de cuivre, trépied destiné à poser dessus la poêle à frire et le *padelo*, la poêle à trous réservée aux châtaignes. A droite, la soupe mijotait sur le potager[1] dans un plat en terre. Une bonne odeur de châtaigne flottait dans la salle aux murs noircis.

Du temps de la Grande, la maison était chaulée de frais chaque printemps. Joseph, lui, ne s'en souciait guère !

Ses deux filles, Albine et Louise, âgées de quinze et treize ans, se tenaient debout devant l'évier de pierre. Elles avaient aidé leur mère à

_____

1. Fourneau de cuisine en maçonnerie.

15

faire la vaisselle et désiraient obtenir l'autorisation de descendre chez leurs voisins les plus proches, les Labre, pour la veillée. L'une et l'autre attendaient le moment d'en parler au maître... tout en appréhendant sa réaction.

Augustine, le teint pâle sous son bonnet jauni, s'affairait à repasser son linge avec son fer qui avait été tenu au chaud dans la niche du potager.

Elle paraissait lasse, usée. Elle n'avait pas encore quarante ans mais la vie épuisante qu'elle menait avait laminé ses forces. Première levée, dernière couchée, elle veillait à tout dans la maison et était bien aise de pouvoir s'appuyer sur Mélanie et Barthélemy, les deux enfants « placés » qui lui apportaient une aide conséquente. Ses filles, en revanche, étaient plutôt paresseuses. L'aînée ne pensait qu'à courir les garçons, et la cadette, molle de traits comme de caractère, n'était pas utile à grand-chose. Ce qui lui valait, d'ailleurs, le mépris paternel. Joseph l'avait surnommée « la limace » et la brocardait à plaisir jusqu'à ce qu'elle fonde en larmes. Dans ces moments-là, Mélanie serrait les poings. A dix ans, elle avait déjà compris beaucoup de choses de la vie.

Il ne faisait pas bon être une femme en Ardèche en 1868. A fortiori lorsqu'on était une gamine placée. Mélanie ne comptait plus les insultes ni les coups. A la différence d'Augustine, d'Albine ou de Louise, elle ne courbait pas le dos. Elle plantait son regard dans celui de Duruy, qui bramait : « Baisse les yeux, petite garce, fille de putain ! » Elle aurait préféré mourir plutôt que de lui obéir. D'ailleurs, d'une certaine manière, elle avait le sentiment de mourir chaque fois qu'il insultait sa mère.

Les gosses du village ne se gênaient pas, eux non plus, pour traîner sa mère dans la boue. Un enfant placé n'avait personne pour le défendre et, s'il avait été abandonné, ce ne pouvait être que par une mère dénaturée.

Mélanie avait renoncé à imaginer celle qui lui avait donné la vie avant de la déposer dans le tour de l'hôpital. Elle avait pourtant longtemps caressé l'idée que « la dame » était peut-être revenue sur ses pas pour la chercher. A compter de ses sept ans, elle n'avait plus dit « la dame », mais « Elle », avec une pointe de colère dans la voix. Parce qu'elle avait compris qu'elle ne reviendrait plus.

D'ailleurs, comment l'aurait-« Elle » retrouvée ? Les nourrissons restaient fort peu de temps à la crèche de l'hôpital. On les plaçait très vite à la campagne, suffisamment loin de la ville où ils avaient été abandonnés, afin d'éviter que leur mère ne se propose comme nourrice pour gagner quelques sous, escroquant ainsi l'administration.

Barthélemy avait expliqué tout cela à Mélanie et à Jeannette. A quatorze ans, il donnait l'impression d'être un vieux sage. Il avait connu plusieurs familles nourricières avant de se retrouver à la ferme du Cavalier. Même si Duruy était une brute, le travail lui plaisait. Barthélemy était berger dans l'âme. Il était donc resté, à cause des chèvres et, aussi, de Mélanie. La

17

gamine était attachante. Barthélemy l'avait prise sous sa protection. Il lui avait appris à saigner les bêtes congestionnées, à reconnaître tout de suite l'animal malade. Comme la plupart des chevriers, Barthélemy incarnait le savoir et passait pour être un peu sorcier. Il ne se séparait pas de son grand bâton en bois de sorbier rouge qui avait, disait-on, la propriété de prémunir de la morsure de vipère, pas plus que de son grand couteau large qui lui servait aussi bien d'arme, d'outil que d'instrument de chirurgie pour racler les chevreaux à la naissance...

Il avait tout appris d'un vieil homme, chevrier sur les pentes du mont Gerbier-de-Jonc. En sa compagnie, Barthélemy avait compris que le bon éleveur devait observer sans cesse ses bêtes, afin de veiller au moindre changement de comportement. Avec une belle générosité, il avait transmis ses connaissances à Mélanie. Elle aimait les chèvres, elle aussi, et les respectait. Il fallait la voir s'en faire obéir sans élever la voix, ramenant les récalcitrantes dans le troupeau d'un claquement de langue.

Barthélemy avait aussi appris à compter à Mélanie. Elle aurait bien aimé aller à l'école, mais Duruy lui avait ri au nez lorsqu'elle avait osé lui faire part de son désir.

« L'école ? Pour quoi faire ? avait-il ricané. Tu es juste bonne à garder les bêtes et à tenir une maison, petite souillon ! »

Elle avait serré les dents en pensant qu'elle lui casserait volontiers un pot en terre sur la tête.

A cet instant, elle avait croisé le regard de la Grande.

« Patience, semblait lui conseiller l'aïeule. Inutile de le prendre de front. »

Elle n'avait plus parlé de rien, se contentant de demander à Barthélemy qu'il lui enseigne tout ce qu'il savait. Elle avait déjà compris, en effet, que seule l'instruction lui permettrait de vivre une autre vie. Leur amie Jeannette haussait les épaules quand elle lui en parlait.

« Savoir lire, écrire... à quoi bon ? Nous sommes des gosses de l'Assistance, bons à rien. »

Jeannette était mignonne, blonde, bouclée, avec de grands yeux bleus qui reflétaient le ciel. Ses parents nourriciers, les Labre, exploitaient une ferme en contrebas. Depuis deux ans qu'elle habitait chez eux, Jeannette s'était épanouie. S'ils étaient rudes, les Labre la traitaient plutôt bien. Elle mangeait à sa faim et était correctement habillée, à la différence de Mélanie, qui portait les vieux vêtements d'Albine et de Louise, réduits à l'état de guenilles. L'hiver, elle superposait plusieurs cotillons et tabliers pour avoir moins froid. La Grande lui avait montré qu'une feuille de journal placée entre deux couches de vêtements permettait de mieux se protéger contre la bise soufflant en rafales. De son côté, Barthélemy lui avait confectionné une sorte de houppelande avec des peaux de chèvre. « Ça pue ! » hurlait Albine, qui faisait volontiers sa mijaurée. Mais Mélanie n'en avait cure. Elle n'avait qu'un but. Survivre.

2

Le soir, Mélanie a beau se recroqueviller dans le foin, s'accrocher au collier de Pataud, la peur l'envahit, insidieuse, obsédante. Elle sait en effet que, dès qu'elle sombrera dans le sommeil, après avoir longtemps lutté pour ne pas s'endormir, les mauvais rêves reviendront la hanter. La nuit, Mélanie se bat contre Duruy, contre Philomène, la « meneuse », qui n'est que mépris pour les « bâtards », contre les gosses du village, qui lui jettent des cailloux. Parfois, Mélanie a l'impression qu'une pierre l'étouffe, l'empêche de respirer correctement. Elle ne sait pas mettre les mots sur ce qu'elle ressent, et c'est d'autant plus difficile à vivre. Elle ne va mieux que sur les pentes de la montagne, en compagnie de ses chèvres, de Jeannette et de Barthélemy.

Elle a essayé à plusieurs reprises d'évoquer ce qu'elle ressent avec Jeannette, mais son amie, plus âgée qu'elle de quatre bonnes années, refuse de regarder en arrière.

« C'est comme ça ! répond-elle d'un ton définitif à ses questions. Pourquoi ? Pourquoi ?... Tu crois que ça t'avancera de savoir pourquoi nos mères nous ont abandonnées ? »

Nos mères… Chaque fois qu'elle tente d'imaginer la sienne, Mélanie tire sur son collier en os, scellé à son cou par un cadenas. C'est pour elle un objet d'infamie, le symbole de sa condition d'enfant trouvée. Elle a déjà essayé de l'arracher à plusieurs reprises, en vain. Composé de dix-sept olives en os, reliées par une ganse de soie, le collier des enfants de l'Assistance, que portent aussi Jeannette et Barthélemy, est fort laid.

Un signe de reconnaissance, pour les désigner à la vindicte des enfants de leur âge, comme si leurs guenilles ne suffisaient pas… Un soir, la voyant revenir avec une ecchymose sur la joue, le bonnet arraché, la Grande a caressé d'un geste furtif les cheveux de Mélanie et lui a soufflé : « Bats-toi, petite. Tu ne vaux pas moins que les autres, bien au contraire. »

Ce conseil, cette attention lui ont réchauffé le cœur, même si Albine et Louise les lui ont fait chèrement payer, en la chargeant de leurs corvées.

Les filles de Duruy jalousent Mélanie parce que la Grande s'intéresse à elle.

« Sale petite bâtarde », marmonnent-elles dès qu'elles la croisent.

Augustine laisse faire. De toute manière, les entend-elle seulement ? Elle est si épuisée qu'elle donne l'impression de ne plus s'intéresser à rien d'autre qu'aux tâches quotidiennes. Elle a beaucoup maigri, et flotte dans ses vêtements noirs.

« Ma fille, il faut vous reposer », lui recommande la Grande, et Augustine sourit sans répondre. Se reposer, avec un mari fainéant qui boit au cabaret tout l'argent du ménage ? La vie d'Augustine est sans issue, elle n'a pas le choix, il lui faut avancer, ou se coucher pour mourir. L'autre soir, alors qu'elle a renversé d'un geste malheureux l'assiette de soupe de son homme, il l'a envoyée valser contre le manteau de la cheminée et elle s'est évanouie sous le choc. Il l'a ranimée à coups de pied. Il l'aurait tuée sans l'intervention de Barthélemy et de Mélanie. Ses deux filles restaient indifférentes et la Grande pleurait sur son banc. De grosses larmes roulant sur ses joues creusées de rides, qui avaient fait plus de mal à Augustine que les coups de son homme.

Parfois, elle se dit qu'elle le hait, qu'elle voudrait le voir mort, étendu tout raidi dans son cercueil, mais elle sait bien qu'elle partira avant lui. La méchanceté, ça conserve ! Et puis, depuis la mort de son dernier petit, que la sage-femme a dû tirer par les pieds de son ventre, Augustine souffre horriblement « de l'intérieur », comme elle dit avec pudeur. Elle a beau boire des tisanes d'herbe de Saint-Christophe, rien n'y fait. Un feu lui brûle les entrailles en permanence, la consume. Elle n'a plus la force de lutter. Pour quoi, pour qui ? Elle a assez souffert, depuis dix-sept ans qu'elle est mariée à cette brute.

Elle aurait dû s'enfuir le lendemain de ses noces, après qu'il l'eut rouée de coups, mais elle n'avait pas osé. Monsieur le curé les avait mariés pour la vie, on ne défaisait pas ce que Dieu avait uni. Elle espérait encore, aussi, que son homme s'adoucirait, avec le temps. Comme si ç'avait été possible...

Mélanie pose la main sur le bras de sa nourrice. Augustine tressaille violemment. Elle a eu peur. Elle a toujours peur, désormais.

— Je vais faire la soupe, si vous voulez, propose la petite.

Elle ne l'a jamais appelée « mère », pense soudain Augustine. Elle ne le lui a jamais proposé non plus. Elle a fait ce qu'elle pouvait, pourtant, pour Mélanie et Barthélemy. Dans la mesure de ses moyens. Deux enfants qu'elle a aimés, à sa manière peu démonstrative.

Elle n'a pas besoin de donner ses instructions à Mélanie. Celle-ci sait éplucher vite fait pommes de terre de la réserve, châtaignes sèches, y ajouter des légumes secs, de la rave, et des herbes sauvages ramassées sur les pentes, les *chambas*.

On ne jette jamais rien, à la ferme du Cavalier.

— Je suis un peu lasse, murmure Augustine.

Elle marche jusqu'à la chambre jouxtant la salle et s'allonge sur la courtepointe rouge après avoir ôté ses sabots. Elle ferme les yeux. La douleur dans son ventre est insupportable ; elle mord violemment ses lèvres, ne laissant échapper qu'un faible gémissement.

La Grande échange un coup d'œil inquiet avec Mélanie.

— Laisse là ta soupe et va chercher le docteur Bonaventure, ordonne-t-elle à la petite. Vite !

Le docteur... La fillette l'a déjà aperçu, se

tenant bien droit sur sa jument baie. Il habite à la sortie du village sur la route de Saint-Pierreville, mais il n'est jamais venu chez les Duruy.

« On n'a pas les moyens », avait tranché le maître le jour où, timidement, Augustine avait suggéré qu'elle pourrait lui demander conseil. Elle se l'était tenu pour dit.

Ce qui n'empêche pas Mélanie de prendre son élan et de courir vers la maison aux murs de granit. Elle ne sent pas le froid piquant ni la morsure de la bise. La pâleur d'Augustine, le fait qu'elle s'alite au milieu de la journée l'ont effrayée.

Elle a constaté elle aussi, au cours des dernières semaines, l'épuisement de sa nourrice. Elle en a même parlé avec Barthélemy, qui a haussé les épaules.

« C'est la vie, Mélanie. Notre vie. Penses-tu… ? »

Il s'était interrompu. Elle était encore trop jeune, même si elle était brave. Lui avait déjà vécu tant de tragédies qu'il refusait désormais de s'attacher. Excepté à Mélanie et à Jeannette.

Elle court vers la demeure du docteur Bonaventure, tout en s'essayant maladroitement à prier. Dans la salle commune de la ferme, la Grande se recueille chaque soir devant le « Paradis » – en fait une statuette de la Sainte Vierge – aménagé à côté de la cheminée, sous les quolibets de son fils.

En signe de dérision, il lève son verre de gnôle vers elle et s'esclaffe. Augustine courbe un peu plus la tête. La nuit, dans la fenière, Mélanie se bouche les oreilles pour ne pas entendre les cris de douleur de sa nourrice.

Jamais, se jure-t-elle, jamais un homme ne lui infligera pareil traitement.

Une servante au nez pointu lui ouvre la porte du docteur Bonaventure. Il est absent, mais il reviendra bientôt, elle l'enverra à la ferme du Cavalier. Sous son regard inquisiteur, Mélanie se sent rougir. Elle redresse la tête.

— Ne fais pas ta fière, lui ordonne alors la femme. Tout le monde ici sait d'où tu viens.

Toujours la même histoire... N'en ont-ils pas assez de lui reprocher ce dont elle n'est pas responsable, sa naissance certainement illégitime ? A dix ans, Mélanie a parfois l'impression d'être vieille, sans âge. Elle se mord les lèvres pour ne pas répliquer vivement.

— C'est important, se contente-t-elle de dire. Augustine ne va pas bien.

La servante claque la porte après l'avoir gratifiée d'un bref signe de tête qui peut passer pour un salut. Mélanie, abattue, refait le chemin en sens inverse. Devant la porte de sa masure, Théodore, « l'estranger », comme il se nomme lui-même, fume sa pipe. Il hèle Mélanie.

— Eh bien, petite ! Ça n'a pas l'air d'aller fort ?

Les premiers temps, il lui inspirait une certaine crainte. Bâti en force, imposant avec sa barbe broussailleuse et son chapeau cabossé enfoncé jusqu'aux yeux, Théodore parlait peu, vivant en marge du village. Il louait ses services comme bûcheron. Au bout de quelques années, des informations avaient circulé sur son compte. Il venait des Ardennes, un pays de forêts situé au nord de la France, et avait passé plusieurs années en Algérie pour raisons politiques. Il avait expliqué un soir à Barthélemy et à Mélanie, attentifs, que la censure impériale ne tolérait pas la contestation. C'étaient de grands mots pour les enfants mais Théodore savait les accompagner d'exemples. Ils le retrouvaient dans les bois. Il leur racontait, alors, sa lutte contre « Napoléon le Petit ». Il leur avait appris à lire dans les ouvrages de Victor Hugo.

Mélanie s'essuie le front.

— C'est Augustine, elle s'est couchée. Elle est pâle comme la mort...

Elle s'empourpre, comme si elle avait prononcé un mot tabou. Théodore entoure les épaules de la fillette d'un bras protecteur.

— Je t'accompagne là-haut si tu veux.

Effrayée, elle secoue la tête.

— Le maître sera en colère à son retour. Il vaut mieux qu'il ne trouve pas d'« estranger » chez lui. Déjà, le docteur Bonaventure...

— Tiens-moi au courant, dans ce cas. Et n'hésite pas à m'appeler si tu as besoin de quoi que ce soit.

Elle lui sourit, bravement.

— Merci, Théodore.

Il la suit des yeux jusqu'à ce qu'elle disparaisse derrière l'église romane. Il l'aime bien, cette petite, belle et vive, et redoute le jour où Augustine et la Grande ne seront plus à la ferme pour la protéger. Duruy n'est qu'une brute, tout le village le sait mais personne ne se risquerait à se mêler de ses affaires. Il s'en trouve même pour dire qu'une bonne correction n'a jamais fait de mal à une épouse !

« Foutaises ! » marmonne Théodore en humant le vent sur le seuil de sa masure. Lui n'avait jamais levé la main sur sa compagne, la belle et fière Vincente. Tous deux formaient un vrai couple, même s'ils n'étaient pas passés devant le maire ni le curé. C'était à cause de Vincente que Théodore avait choisi de s'installer dans cette région reculée d'Ardèche. Elle y avait sa grand-mère, la seule parente qu'il lui restait. Ils avaient été heureux, dans leur cabane que Théodore avait aménagée saison après saison. Oui, en vérité, bien heureux, malgré les contrôles policiers, jusqu'à cet été maudit de 1863. Vincente, soudain fiévreuse, se plaignant de violents maux de tête, était passée en moins d'une semaine. L'officier de santé appelé en toute hâte par un Théodore épouvanté avait diagnostiqué la fièvre typhoïde. Il ne disposait pas de traitement, avait-il expliqué. Si Théodore croyait en Dieu, il pouvait prier.

Dieu ! Le républicain avait réprimé un ricanement. Il n'avait pas la foi, croyant seulement en l'homme.

Vincente était morte dans ses bras, le septième jour. Théodore avait posé un dernier baiser sur les lèvres de la jeune femme avant de s'enfuir dans la forêt. Il avait confectionné lui-même un cercueil, dans du bois de châtaignier, y avait déposé le corps de Vincente ainsi qu'un exemplaire des *Contemplations* d'Hugo, dont elle ne se séparait jamais. Il avait enterré sa compagne, son amour, à la nuit, dans un trou creusé par ses soins, sous un châtaignier, parce que Vincente aimait tout particulièrement l'arbre ardéchois. Pas de prières, pas de chant, rien que ses larmes, qui roulaient sur ses joues bleuies de barbe.

Théodore regagne le coin de son feu. Certains souvenirs sont plus douloureux que le bagne. Ils vous dévorent le cœur.

3

La première neige était tombée le jour de l'enterrement d'Augustine, modifiant le paysage.

— Pauvre femme, rien ne lui a été épargné, chuchotaient les bonnes âmes en se poussant du coude.

Sa fille aînée, Albine, s'était enfuie avec le colporteur alors qu'Augustine se tordait de douleur dans son lit. Louise étant trop effrayée pour venir en aide à sa mère, c'était Mélanie, du haut de ses dix ans, qui s'était occupée nuit et jour de sa nourrice, changeant les draps souillés, essayant de lui faire boire un peu de lait de chèvre sucré au miel, lui rafraîchissant les tempes et les mains. Le docteur Bonaventure, lors de sa visite, n'avait pas caché que la fermière était perdue.

« Une affection de la matrice », avait-il diagnostiqué, en secouant la tête, l'air de dire qu'on l'avait appelé bien trop tard.

Duruy avait piqué une colère en croisant le chemin de l'officier de santé.

« Comme si j'avais de l'argent à dépenser pour

cette charogne ! » avait-il hurlé, en tapant du poing sur la table.

Louise s'était sauvée en pleurnichant. Mélanie avait fait face au maître.

— La Grande a payé.

Le soufflet qu'elle avait reçu l'avait déséquilibrée.

« Mêle-toi de ce qui te regarde, la bâtarde ! L'argent de la Grande me revient, c'est ma mère, après tout ! »

Son père ressemblait-il à cette brute avinée qui ne savait que donner des coups ? s'était alors demandé la petite. Elle y songeait à nouveau, alors que tout le village suivait le cercueil d'Augustine jusqu'au cimetière. La Grande, appuyée sur sa canne, avait crocheté le bras de Mélanie et s'y cramponnait. Barthélemy marchait de l'autre côté, lui offrant son épaule solide comme point d'appui. Duruy s'était déjà arrêté en chemin en prétendant que les odeurs d'encens lui avaient desséché le gosier.

« Sale type ! » avait soufflé Mélanie.

Le père Etienne avait tiré des larmes à l'assemblée en évoquant la vie de labeur d'Augustine.

— Tout de même... marmonna la Grande. Partir à trente-sept ans alors que je suis toujours là... A quoi pense le bon Dieu ?

Mélanie partageait son opinion. Au cours des derniers jours, elle avait appelé de tous ses vœux la mort de sa nourrice afin d'abréger ses souffrances. Dans ses rares moments de lucidité, Augustine s'inquiétait pour ses filles, ainsi que pour Mélanie et Barthélemy.

30

« Que va dire le maître ? La soupe n'est pas prête », gémissait-elle, tressaillant en entendant claquer la porte.

« Rassurez-vous, Augustine, il aura son souper », promettait la petite.

Barthélemy s'occupait de ses chèvres. Elle veillait à tout, n'oubliant pas d'aller nourrir le cochon ni de préparer la soupe *cousina* avec des châtaignes séchées.

Le soir, épuisée, elle s'endormait d'un coup mais se réveillait durant la nuit, l'oreille aux aguets. Elle avait trouvé Augustine toute froide dans son lit un petit matin de novembre. Le maître n'était pas rentré, et tout le monde avait estimé que c'était mieux ainsi. Le père Etienne appelé avait pu bénir le corps sans avoir à subir les sarcasmes de Duruy. Tout le village était venu saluer la défunte. Mélanie, soulagée de voir arriver la Marie-Berthe, qui se chargeait de la toilette des morts, avait ensuite serré les poings en surprenant certains commentaires fielleux.

La fille qui s'était « ensauvée » et le mari qui buvait le maigre rapport de la ferme, quelle triste vie pour Augustine !

La neige crissait sous les pas. Les châtaigniers avaient perdu leur couronne d'or. Le paysage lui-même semblait être en deuil.

La bise se leva à la sortie du cimetière. Mélanie frissonna dans ses vêtements usés. Louise pleurait sourdement tout en guignant du côté de son aïeule. La Grande pesait plus lourdement à son bras.

31

— Ramène-moi chez moi, petite, ordonna-t-elle d'une voix cassée.

Elle avait fait préparer à Mélanie une pleine marmite de soupe de châtaignes pour les voisins mais la plupart s'éclipsèrent en arguant d'une vague excuse. Parvenue à la croisée des chemins, la Grande s'arrêta et, désignant le sentier qui descendait vers Saint-Sauveur, indiqua à Mélanie :

— Tu es arrivée par là, dans les bras de Philomène. On appelait ce sentier le « sentier des nourrices ». Augustine était contente d'avoir un nouveau *petitoun* à la ferme, ç'avait été dur pour elle de perdre ses trois derniers...

Elle branla de la tête.

— Notre vie à nous, les femmes, est dure, si dure. Et, pourtant, nous devons tenir bon.

La vieille femme frissonna.

— J'ai froid à mes vieux os. Rentrons, petite. Attraper la mort ne nous servirait à rien.

A la ferme, Duruy, déjà bien éméché, avait ouvert des bouteilles de gnôle. Poliment, les Labre et une demi-douzaine d'autres voisins acceptèrent un bol de soupe avant de s'éclipser. Seuls restèrent trois soiffards, compagnons de beuverie de Duruy.

Echangeant un regard entendu avec la Grande, Barthélemy entraîna Louise et Mélanie vers les dépendances. Il était inutile, en effet, qu'elles assistent aux débordements qui allaient suivre.

Louise s'endormit très vite. Barthélemy et Mélanie chuchotèrent un bon moment avant de s'allonger sur les *bourans* pleins de feuilles sèches destinées aux litières.

— Tu penses parfois à ta mère ? osa lui demander Mélanie.

Il la regarda avec attention. A dix ans, elle ne semblait pas avoir conscience de sa beauté. Avec ses cheveux fauves, couleur d'or bruni, sa peau claire et ses yeux verts, d'ici quelques années elle ferait tourner la tête des hommes. Cela lui faisait peur pour elle.

— Eh bien ? s'impatienta Mélanie.

Il esquissa un sourire empreint de mélancolie.

— Il y a longtemps que j'ai tiré une croix dessus, répondit-il enfin. A quoi sert de se cogner la tête contre les murs ? Nous sommes vivants, c'est déjà une victoire.

— Je veux une autre vie, osa dire tout haut Mélanie.

La mort de sa nourrice, dans des souffrances physiques et morales intolérables, l'avait suffisamment frappée pour qu'elle réfléchisse à ses conditions d'existence. Pas question pour elle d'être l'esclave d'un homme, celui-ci fût-il son époux !

Barthélemy tendit la main, lui caressa les cheveux.

— Petite sœur, ça me déchire le cœur de te dire ça, mais il va falloir que tu quittes la ferme. Duruy est mauvais. Je ne veux pas qu'il te fasse du mal.

Il serra les poings. Il avait déjà été le témoin de tant de vilenies qu'il ne se faisait plus d'illusions sur la nature humaine. Augustine morte, son mari ne tarderait pas à se choisir un autre souffre-douleur. Et Mélanie constituait pour lui une proie rêvée.

Elle tourna vers celui qu'elle nommait son grand frère un visage chaviré.

— Partir ? Pour où ? Je ne veux pas te quitter, moi !

Il hocha la tête sans insister. Il parlerait à la Grande. Il était certain qu'elle le comprendrait.

— Dors, reprit-il, lui caressant la tête d'un geste tendrement protecteur. N'aie pas peur. Je suis là.

Le père Etienne s'essuya le front. La pente était rude jusqu'à la ferme du Cavalier. A se demander comment la vieille Polonie avait réussi à revenir du cimetière, plus d'un mois auparavant. Le paysage, cependant, récompensait l'effort de la montée. Du seuil de la ferme, le regard plongeait sur les maisons du village, s'étageant au-dessus de la rivière, et sur l'église trapue, surmontée de son clocher octogonal.

Le prêtre s'en détourna avec un soupir. Il espérait que Duruy serait absent. Le bonhomme suscitait chez lui un profond sentiment de malaise.

Il frappa à la porte en châtaignier avant de pénétrer dans la salle. La pénombre baignant la pièce le contraignit à cligner des yeux.

— Entrez, monsieur le curé, l'invita la voix de Polonie Duruy.

Le père Etienne l'avait connue quarante ans

auparavant, alors que son mari et elle possé-
daient l'une des fermes les plus prospères du
pays. Polonie était une maîtresse femme,
redoutée des paresseux car elle exigeait qu'on
travaillât dur chez elle. Elle était pourtant
réputée bien traiter servantes et valets et secon-
dait son époux, Aimé.

Le prêtre se souvenait du couple radieux qu'ils
formaient à la naissance de leur fils unique.
Joseph était l'enfant de la dernière chance,
Polonie ayant déjà perdu plusieurs bébés, et il
avait été gâté comme il n'était pas permis. Objet
de toutes les attentions chez lui, il avait vite
déchanté au contact des autres enfants de son
âge. Avec eux, il ne lui suffisait plus de paraître
pour imposer ses vues. Aussi, comme il ne
supportait pas de ne pas être le chef de la petite
bande, avait-il commencé à user de ses poings
pour se faire respecter. Il était grand, bien bâti,
quoi de plus facile ?

— J'ai mal élevé mon fils, déclara Polonie
d'une voix assourdie.

A sa demande, Mélanie avait servi monsieur le
curé. Du vin de noix, fabriqué à la ferme, suivant
une recette ancestrale avec quatre litres de vin
dans lequel une quarantaine de noix vertes
avaient été coupées en deux. Un kilo de sucre, un
bâton de vanille, un litre d'eau-de-vie étaient
ajoutés à la préparation et devaient macérer au
moins quarante jours dans une bonbonne. Après
avoir filtré le tout et complété d'un nouveau litre
d'eau-de-vie, il suffisait de laisser vieillir.

Le père Etienne n'avait pas refusé l'invitation

de la Grande. « *Prendretz ben una estèla d'aiga de noses*[1]. »

Il but lentement, à petites gorgées, tandis que l'aïeule lui exposait son tourment.

Il jeta un coup d'œil discret en direction de l'office, où Mélanie s'affairait. Après avoir sorti les tommes de chèvre de leurs faisselles et les avoir salées, elle les mettait à sécher sur une couche de paille dans la *chaséire*, un meuble en châtaignier composé d'étagères à claire-voie. Les fromages resteraient là seulement vingt-quatre heures, parce que le froid était sec. Elle les descendrait ensuite à la cave dans une sorte de caisse en bois de châtaignier, l'archon, où ils s'affineraient lentement.

— Elle ne rechigne pas à la tâche, remarqua le prêtre. Ne vous fera-t-elle pas défaut, Polonie ?

La Grande secoua la tête.

— Mon temps est fini depuis longtemps, monsieur le curé. Il me tarde d'aller retrouver mon Aimé dans le caveau de notre famille. Depuis le temps qu'il m'attend... Louise se mariera vite, elle se sent seulette depuis le... le départ de sa sœur. Je ne veux pas que Mélanie reste à la ferme avec le fils.

Elle n'avait pas besoin d'en dire plus. Le prêtre connaissait comme elle le sort de la plupart des gamines placées dans les fermes isolées.

Il but une nouvelle gorgée de vin de noix et demanda simplement :

---

1. « Vous prendrez bien une étoile de vin de noix. »

36

— Pourquoi vous préoccuper ainsi de cette petite ? Elle ne vous est rien.

La vieille femme se redressa légèrement. L'indignation la fit rougir.

— Rien ? Alors qu'elle prend soin de moi depuis plusieurs années, beaucoup mieux que mon fils ou mes petites-filles ne l'ont jamais fait ? Promettez-moi de la faire placer ailleurs, monsieur le curé, dans une bonne maison. Ici, elle a déjà vu trop de drames pour son âge.

Il promit. Il lui devait bien ça, alors qu'au temps de leur prospérité les Duruy se montraient généreux pour son église.

Il croisa Joseph sur le chemin menant au village. Le fermier progressait d'un pas mal assuré, en proférant force menaces. Il grimaça un sourire à l'adresse du prêtre, et ricana.

— Pas la peine d'aller flatter la vieille, nous n'avons plus d'argent ! lui lança-t-il méchamment.

Le père Etienne l'ignora. Il était décidé à tenir sa promesse.

4

1869

Une brume légère flottait au-dessus du Rhône, le fleuve dont parlait parfois Théodore avec une nuance de respect dans la voix. Le ciel, clair, se teintait de bleu vers l'horizon. Un ciel de beau temps, en Ardèche. Mais Mélanie ne savait plus très bien où elle se trouvait.

L'homme vêtu de noir, au col cassé, était venu à la ferme dans l'après-midi. Il avait parlé avec la Grande, avant de se tourner vers Mélanie et de lui ordonner de préparer ses affaires. Saisie, la fillette n'avait pu retenir ses larmes. Alors, la Grande l'avait priée d'obéir sans poser de questions.

« Monsieur Charles te conduira dans une autre maison, lui avait-elle expliqué. Tu ne peux plus rester ici, petite. »

La veille encore, Duruy avait failli mettre le feu à la ferme en lançant une bouteille d'eau-de-vie dans la cheminée. Il avait été sérieusement brûlé et Polonie avait cru mourir de peur dans l'alcôve où elle dormait. Duruy avait hurlé si fort que les

Labre étaient sortis de leur maison. Avec une pointe d'amertume, Mélanie avait songé qu'ils ne se montraient pas quand le maître infligeait une correction à Augustine.

Monsieur Charles savait-il tout cela ? Lui avait-on dit, aussi, qu'Albine était partie parce que son père la serrait de trop près ? Qu'il rentrait, parfois, tellement saoul qu'il cherchait partout Augustine, incapable de se rappeler que sa pauvre femme était morte et enterrée ?

Mélanie serra ses mains l'une contre l'autre. Sa vessie pleine la faisait souffrir, et les cahots de la chaussée n'arrangeaient rien, mais elle s'imaginait mal demander à monsieur Charles la permission de faire arrêter la diligence. Cet homme paraissait si sévère, si compassé, qu'il devait tout ignorer des besoins naturels ! Pour tenter de se retenir, Mélanie ferma les yeux. Les adieux à Barthélemy et à Jeannette l'avaient déchirée. Les deux filles n'avaient pu retenir leurs larmes tandis que le berger se raclait la gorge.

« Tu m'écriras ? lui avait fait promettre Jeannette. Chez Théodore. Il me lira tes lettres. »

Mélanie s'y était engagée. De toute manière, tous trois se retrouveraient bien un jour ou l'autre. Ils en avaient fait le serment, au pied du vieux châtaignier dominant le village.

Mélanie avait donc accompagné monsieur Charles, avec pour tout bagage un panier en osier dans lequel la Grande avait glissé une paire de draps de chanvre et quelques vieux torchons.

« De quoi te confectionner un peu de linge », avait-elle dit à la fillette.

Elle avait tracé une croix sur son front.

« N'oublie pas de prier pour ta nourrice, petite. »

Elle ne l'avait pas embrassée. Mélanie n'avait pas été accoutumée à ce genre de familiarité. La Grande était pudique, et réservée. C'était Théodore qui l'avait serrée dans ses bras, et lui avait fait jurer de lire, encore et toujours.

« L'instruction représente le seul moyen de s'en sortir », lui avait-il rappelé.

Mélanie avait hoché la tête. Elle ne voulait pas mener la vie d'Augustine ni même celle de la Grande. Son enfance lui avait au moins enseigné ça.

Elle ne s'était pas retournée lorsque la diligence avait descendu la pente vers le village. Elle n'avait pas besoin de le faire pour savoir que Barthélemy, Jeannette et Théodore se tenaient devant la clède et suivaient des yeux la progression prudente de la voiture. Elle était certaine que Barthélemy avait posé la main sur le collier de Pataud, pour l'empêcher de courir derrière elle. Elle ne devait pas pleurer. Monsieur Charles ne comprendrait pas.

Ils s'étaient arrêtés le soir dans une auberge plantée au bord de la route comme une sentinelle.

Tout étonnait Mélanie, depuis la chambre pour elle seule jusqu'à la bassinoire qui avait réchauffé son lit. Rien n'y faisait, cependant, malgré la bonne soupe qu'on lui avait servie dans la salle du bas, elle se languissait déjà de la ferme et, surtout, de Barthélemy comme de ses chèvres.

Le lendemain matin, ils étaient repartis de bonne heure, alors que la brume s'effilochait à peine. Le nez contre le carreau, elle avait observé le paysage qui se modifiait, les maisons qui n'étaient plus les mêmes, hautes, avec des murs en galets.

«Nous nous rapprochons du Rhône», lui avait indiqué monsieur Charles.

Le Rhône, elle en avait entendu parler, durant les veillées chez les Labre. Le fleuve roi, aux crues redoutables. Elle frissonna. Monsieur Charles lui jeta un coup d'œil dubitatif mais garda le silence. D'une certaine manière, elle préférait qu'il en fût ainsi.

Malgré ses efforts, elle s'endormit. Lorsqu'elle se réveilla, ce fut pour découvrir un château dominant le village blotti à ses pieds. Le soleil teintait de rose les pierres claires. L'ensemble l'émerveilla.

— Grignan, lui précisa monsieur Charles. Si tu étais instruite, tu saurais que la marquise de Sévigné y a séjourné à plusieurs reprises.

Sa remarque la blessa cruellement. Instruite... Comme si on lui en avait laissé la possibilité, à la ferme Duruy! Elle était déjà heureuse que Théodore lui ait appris à lire et n'avait pas l'intention d'en rester là.

— Qui était la marquise de Sévigné? demanda-t-elle, désireuse d'engranger des informations.

Monsieur Charles soupira. Quelle idée, en vérité, de s'être lancé dans ce genre de conversation avec cette gamine ! Il devait reconnaître, cependant, qu'elle n'était pas comme les autres. Il émanait d'elle une force, une vitalité, une attente, prometteuses d'un destin hors du commun.

Il lui expliqua, donc, que madame de Sévigné, femme cultivée habitant Paris, avait mal supporté l'éloignement de sa fille après son mariage avec le comte de Grignan et lui avait adressé des centaines de missives. Mélanie l'écoutait, bouche bée. Une mère capable d'écrire à sa fille autant de lettres n'aurait jamais pu l'abandonner.

Seigneur ! Quel bonheur ce devait être ! Comme la comtesse de Grignan avait dû se sentir aimée !

— Tu verras à Valréas l'hôtel particulier de la petite-fille de la marquise, Pauline de Simiane, reprit monsieur Charles, passionné d'histoire.

Elle retint précieusement les noms qu'il avait cités. Le château la fascinait. Depuis la terrasse, on devait avoir l'impression de toucher le ciel.

La diligence poursuivait son chemin. Elle aperçut une montagne au sommet blanchi, le mont Ventoux, une autre plus proche, de forme plus allongée, la montagne de la Lance, admira d'autres villages perchés dont les murs de pierre se confondaient avec les collines les surplombant. La lumière lui paraissait différente de celle de l'Ardèche. Le ciel était d'un bleu pur, lavé de tout nuage. Et puis, au bout de la route, la voiture s'arrêta au bord d'un boulevard circulaire ombragé d'arbres comme Mélanie n'en avait encore jamais vu, hauts, si hauts qu'ils cachaient le ciel. Son cœur se serra.

Monsieur Charles lui fournit une dernière explication en lui indiquant qu'autrefois le boulevard était protégé de murailles crénelées.

— Valréas ressemblait alors à Avignon, lui dit-il sans même réaliser que la fillette n'avait jamais entendu parler de la cité des Papes.

Elle l'écoutait à peine, d'ailleurs, tendue, appréhendant l'accueil qui lui serait réservé.

Monsieur Charles donna une pièce au cocher, laissa Mélanie descendre avec son panier en osier. Une nausée lui tordit l'estomac. Elle aperçut une placette bordée de maisons hautes, aux fenêtres surmontées de sculptures, eut l'impression que cette ville était immense. Elle avait peur.

— Allons, dépêche-toi, fit monsieur Charles en brandissant son grand parapluie noir.

A quoi pouvait-il bien lui servir, avec ce soleil ? Un coup de vent fit chanceler Mélanie. Elle se redressa, courut à la suite de son guide. Ils traversèrent la placette, s'engagèrent dans une ruelle étroite.

Monsieur Charles frappa à une porte en bois sombre. Mélanie entendit comme un trottinement de l'autre côté. Elle crispa les doigts sur l'anse de son panier. A cet instant, elle aurait donné n'importe quoi pour retrouver l'univers familier de la ferme du Cavalier. Une femme aux cheveux grisonnants tressés en couronne leur ouvrit la porte. Elle sourit à Mélanie.

— Bienvenue, petite, lui dit-elle.

Le premier jour, Mélanie eut l'impression que la petite maison de la traverse du Mûrier ne contenait que des boîtes. Il y en avait partout, de toutes tailles, sous la table, sous le lit, dans l'escalier, sur les appuis de fenêtre... Le contraste était tel avec la ferme du Cavalier que la fillette en avait éprouvé comme un vertige. A quoi pouvaient donc servir toutes ces boîtes ?

Son hôtesse, madame Rollin, l'avait rassurée.

— Je suis cartonnière. Tu verras, je t'apprendrai.

Monsieur Charles les avait laissées seules après avoir donné quelques papiers à madame Rollin et recommandé à Mélanie de se montrer obéissante. Ensuite, madame Rollin lui avait proposé un bol de soupe et l'avait aidée à ôter sa pèlerine élimée.

Elle n'avait rien dit, mais Mélanie avait remarqué sa drôle de tête. Cette pèlerine avait dû appartenir à la Grande, elle était si usée qu'elle n'offrait plus guère de protection contre le froid ou les intempéries, mais la fillette y tenait car elle était imprégnée de l'odeur de Pataud.

Elle s'assit à la table ronde comme on l'y invitait et jeta un discret coup d'œil à la pièce. Elle lui parut beaucoup plus petite que la salle de la ferme mais plus claire avec ses murs chaulés. La cheminée, adossée au mur du fond, était droite, avec un socle maçonné légèrement surélevé. Deux jambages soutenaient le manteau, assez large pour permettre d'y ranger mortier, moulin à café, boîte à sel, lampe à huile, bougeoirs et ciseaux à moucher. Sur le côté droit de la cheminée, un potager à la paillasse carrelée offrait deux grilles

44

de cuisson. Différents objets en terre, la *terraio*, étaient rangés dans la niche de dessous. Au-dessus du potager, deux rangs de carreaux vernissés protégeaient le mur des éclaboussures, un luxe que Mélanie n'aurait jamais imaginé. Au-dessus, une tringle de métal recevait les ustensiles comme les louches et les écumoires ainsi que des couvercles de toutes tailles. A côté du potager, un grand placard offrait la place nécessaire au rangement des jarres, des tians et autres marmites.

— C'est une maison de ville, lui dit gentiment madame Rollin. Il va te falloir quelques jours pour t'y habituer.

Elle la regarda. Mélanie eut l'impression qu'elle allait ajouter quelque chose mais, finalement, elle se tut.

— Mange ta soupe, reprit-elle. Tu dois être fatiguée. Ce voyage... Demain, nous aurons le temps de mieux faire connaissance, toi et moi.

Les yeux de Mélanie se fermaient déjà. Il lui semblait sentir encore le roulis de la diligence, entendre les sonnailles des chevaux.

Sans transition, elle avait basculé d'un monde à l'autre et se sentait perdue.

Curieusement, bien qu'elle n'ait aucun point de repère dans la petite maison de la cartonnière, elle ne fit pas de cauchemars cette nuit-là.

5

Elles étaient trois cartonnières à habiter la traverse du Mûrier et, à dix heures, quoi qu'il arrive, elles laissaient en plan leur ouvrage quelques minutes pour boire leur bol de café. Sylvine, Blanche et Aimée se connaissaient depuis l'enfance. Elles s'étaient perdues de vue après le mariage de Sylvine jusqu'à ce que les hasards de la vie les fassent voisines.

La pause était immuable. Elles se réunissaient le plus souvent chez Sylvine, qui avait la salle la plus vaste. Mélanie guettait l'heure à la grosse horloge et se levait de sa chaise dès dix heures moins dix. Elle mettait alors de l'eau à chauffer dans la casserole en fer étamé bien culottée – car il était d'usage de ne jamais la laver –, réservée à la préparation du café à la bohémienne. Une fois que l'eau bouillait, elle jetait dedans quelques pincées de café moulu, dont l'arôme puissant se répandait dans la pièce, avant de le laisser infuser.

La cheminée, en pierre de Chamaret, tout comme la pierre à évier et la bugadière, réservée à la lessive, dans l'arrière-cuisine, était de

dimensions modestes. Sylvine était particulièrement fière de sa batterie de cuisine en cuivre et
de la balance romaine qui lui venait de son
aïeule. Malgré le mistral, qui soufflait sans répit
depuis trois jours, il faisait bon dans la cuisine.
En maîtresse de maison avisée, Sylvine avait
protégé le bas de ses portes et fenêtres contre
les vents coulis. Sa maison était douillette. On s'y
sentait bien, aussi bien que dans la fenière de la
ferme. Tout en surveillant la casserole, Mélanie
jeta un coup d'œil amusé aux piles de boîtes sur
la table. Il ne lui avait pas fallu longtemps pour
comprendre en quoi consistait le travail de
Sylvine, qui maniait avec dextérité pinceaux,
colle, ciseaux, moules, rouleaux en bois et
machines à rouler les bandes de carton. Particulièrement habile de ses mains, Sylvine travaillait
vite, et bien. Elle avait expliqué à Mélanie
comment Ferdinand Revoul, à l'origine perru-
quier-coiffeur, avait eu l'idée de concevoir des
boîtes « à courant d'air » destinées à mieux
conserver les graines de vers à soie importées du
Japon et de la Chine. Le sériciculteur Meynard,
exaspéré de recevoir des graines détériorées par
le manque d'aération et l'excès d'humidité
durant le long transport par bateau, avait en effet
demandé à Revoul, réputé astucieux et habile, de
réfléchir à un moyen permettant aux graines de
respirer. Ce modeste père de famille, non
content d'inventer une boîte ordinaire percée de
trous, avait aussi conçu et fabriqué une boîte
plus élaborée, avec une fenêtre obturée par un
minuscule cercle de gaze sur l'étiquette.

Le succès avait été immédiat et la famille Revoul avait dû embaucher et former des ouvrières afin de produire toujours plus de boîtes, destinées à la pharmacie, à la bijouterie ou aux colifichets.

« La vie à Valréas en a été toute tourne-boulée », avait confié Sylvine à sa jeune protégée. Parallèlement, l'imprimerie se développait. Jean-François, son fils unique, travaillait comme litho-graphe à l'imprimerie Fabert.

Le jour de leur première rencontre, Mélanie avait été impressionnée par sa haute taille et sa barbe sombre. Il l'avait gratifiée d'un coup d'œil indifférent, avait marmonné un « Bonsoir » peu amène avant de manger sa soupe. Mélanie, le cœur serré, s'était sentie rejetée et avait serré les dents pour ne pas pleurer. Mais Sylvine avait eu tôt fait de rappeler son fils à l'ordre.

« C'est comme ça que tu as été élevé, Jean-François Rollin ? » s'était-elle insurgée.

Il s'était alors incliné cérémonieusement.

« Excusez-moi, demoiselle, j'avais la tête ailleurs.

— Pour ça ! avait renchéri Sylvine. Toujours à réfléchir à ton travail ! Tu n'es pas le patron, Jean-François ! »

Il avait souri sans répondre, et Mélanie, rassé-rénée, avait pensé qu'il ne devait pas être si mauvais bougre. Tous deux s'étaient observés durant deux jours avant de vraiment se parler. Elle avait compris qu'il la jaugeait, afin de savoir à qui il avait affaire, et ne s'en était pas formalisée. Lui au moins ne l'avait pas traitée de sale bâtarde !

Sylvine lui avait attribué une chambre comme Mélanie n'en avait encore jamais vu. Malgré ses dimensions réduites, la pièce était coquette avec ses murs chaulés de blanc, son lit – un vrai lit – et sa fenêtre ornée de rideaux crochetés.

Sylvine avait esquissé un sourire qui faisait plutôt songer à une grimace.

« Autant que tu profites de cette chambre, petite... »

Elle s'était détournée, et Mélanie, gênée, n'avait pas su quelle attitude adopter. Il n'y avait pas un grain de poussière dans la pièce, entretenue avec un soin méticuleux. Sur la cheminée, un pantin de bois attirait irrésistiblement Mélanie. Elle s'en était approchée, avait tendu la main. Plus rapide qu'elle, Sylvine l'avait saisi.

« Je le garde, avait-elle dit d'une drôle de voix cassée. Tu comprends, c'était le jouet préféré de ma fille, Agathe... »

Drôle de monde, avait pensé Mélanie, dans lequel des fillettes comme elle avaient *leur* chambre et leurs jouets. A la ferme, on ignorait tout de ces choses-là. Pourtant, ici aussi, les enfants mouraient. Elle en avait eu la confirmation quelques jours plus tard, quand Sylvine l'avait emmenée au cimetière. Dans le même caveau reposaient son mari défunt, Hercule, et leur fille Agathe.

« Elle aurait le même âge que toi », avait expliqué Sylvine en se tamponnant les yeux.

La pierre tombale indiquait que la petite fille

était morte en 1866, trois ans auparavant. Mélanie, les yeux secs, avait songé que, grâce à elle, elle avait fui la ferme du Cavalier. Elle se plaisait à Valréas, même si Barthélemy, Jeannette et ses chèvres lui manquaient.

Dans la petite maison de la traverse du Mûrier, elle retrouvait un certain goût de vivre.

« Allons, petite, avait repris Sylvine en se redressant, il nous faut rentrer, l'ouvrage n'attend pas. »

De gros nuages couraient dans le ciel. Le mistral ne parviendrait pas à les chasser cette fois. Elle avait dû courir pour se maintenir au même pas que Sylvine, surnommée « Trotte Menu » par Blanche, ce qui était bien observé.

Malgré la pluie qui menaçait, la cartonnière s'était arrêtée devant une grande bâtisse sombre.

« Ce sont les dames des Ursulines, avait-elle expliqué à Mélanie. Tu vas aller étudier chez elles. Nous en avons discuté avec Jean-François. »

Etudier... Le cœur de Mélanie s'était emballé. Elle se souvenait de la promesse faite à Théodore. L'instruction représentait le meilleur moyen de vivre une autre vie.

« Mais ça va coûter cher », avait-elle protesté, marquée par toutes ces années durant lesquelles Duruy lui avait rappelé que, ne possédant rien, elle n'avait droit à rien.

Sylvine lui avait serré le coude, fort.

« Ne t'inquiète pas pour ça. Jean-François paiera une partie des frais. Et puis, tu m'aideras au retour de l'école. Les boîtes, ça s'apprend vite, tu sais. »

Il suffisait d'être attentive, et point trop maladroite. Avec l'habitude, les gestes se faisaient presque machinaux. Mélanie avait vite pris le pli, d'autant que Sylvine était d'agréable compagnie. Elle fredonnait sans cesse tout en travaillant. Elle connaissait des dizaines de chansons, qu'elle adaptait parfois aux circonstances. Mélanie se demandait où elle les avait apprises. Sylvine restait discrète quant à sa jeunesse. Elle était née dans l'Enclave, et en était fière. Il ne lui restait plus guère de famille, à l'exception de sa mère Léa et de sa tante Ninie.

« Je t'emmènerai la voir aux beaux jours », avait-elle promis à la fillette.

Elles avaient eu fort à faire les jours suivant son arrivée traverse du Mûrier. Sylvine n'avait pu réprimer une grimace devant les vêtements en loques de Mélanie.

« Nous allons te rhabiller de pied en cap, avait-elle décrété. Voyons voir... »

Elle avait ouvert un coffre en noyer dans lequel elle conservait toutes les chutes de tissu depuis des années. Mélanie avait écarquillé les yeux en découvrant des métrages d'indienne, des chapeaux de paille et des jupons piqués, protégés de l'usure par des bordures de velours noir.

« Des restes de mon trousseau, lui avait confié Sylvine. Figure-toi que mamée Léa l'avait commencé juste après mon baptême. La chère femme a toujours eu la passion du beau linge.

Mon Jean-François était le mieux habillé du quartier. Maintenant, il se met de l'encre partout, fan de lune, pire qu'un gamin. »

Deux jupes, deux casaquins, un châle de laine, des bas et des jupons... Parfois, Mélanie caressait du plat de la main l'imprimé « ramoneur », à petites fleurs sur fond noir, de sa plus belle jupe et pensait à Jeannette. Que devenait-elle, là-bas, à Puyvert ? Elle aurait voulu remercier Sylvine mais ne trouvait pas les mots. On ne lui avait pas appris. Alors, elle proposait d'aller nettoyer la souillarde, ou bien se lançait dans un grand ménage et Sylvine, qui comprenait, souriait.

— J'ai l'impression que la petite a toujours vécu ici, confia-t-elle un soir à Jean-François.

La mère et le fils avaient coutume de boire un dernier bol de soupe avant d'aller dormir. C'était le moment de la journée où ils pouvaient se parler. Sylvine, installée à sa table, lui tournait le dos mais, d'une certaine manière, c'était plus facile, ainsi, d'exprimer ce qui lui pesait sur le cœur.

Il tira une bouffée de sa pipe.

— Ce n'est qu'une impression, mère, déclarat-il posément. Mélanie a déjà beaucoup souffert.

— Elle t'a raconté ?

Il secoua la tête.

— Elle n'en a pas eu besoin. C'est encore une enfant, mais son regard n'a pas d'âge.

Sylvine soupira.

— Je veux qu'elle soit heureuse parmi nous.

— Le bonheur... soupira Jean-François.

Il n'avait que dix-neuf ans mais savait déjà qu'il

était difficile d'être heureux. Il se souvenait de son père, et de la petite sœur. Lorsqu'elle était morte, il avait cru que sa mère allait perdre la raison. Pourtant, c'était presque banal, la mort d'une enfant de sept ans. Même si l'on ne s'y résignait jamais.

— Une autre vie, reprit Sylvine d'un ton décidé. Toutes les chances, à commencer par l'instruction. Comme pour Agathe.

Jean-François se leva, posa la main sur l'épaule de sa mère. Il avait beau les savonner longuement, ses mains n'étaient jamais nettes. Des mains d'imprimeur.

— Elle ne s'appelle pas Agathe, corrigea-t-il avec douceur, mais Mélanie.

Le dos de Sylvine se voûta.

— C'est tout comme, murmura-t-elle.

Et, cette fois, Jean-François n'osa rien ajouter.

6

1870

Le mistral, qui s'était levé durant la nuit, soufflait par rafales violentes, échevelant les arbres,
secouant l'huis des portes et les tuiles des toits.

Sylvine, se tenant les tempes à deux mains,
soupira :

— Ce vent me rendra folle !

Mélanie lui jeta un coup d'œil inquiet. Ce
n'était pas seulement le mistral qui angoissait la
cartonnière, mais surtout le départ de Jean-
François. Le jeune imprimeur, qui lisait nombre
de journaux grâce à son ami Esprit, se tenait
informé de la situation politique. Il y avait déjà
plusieurs mois qu'il évoquait le piège tendu par
Bismarck. A table, Mélanie réclamait des explications. Elle avait soif de savoir, ce qui faisait
sourire Sylvine.

« Comment se débrouille-t-elle pour retenir
tout ça ? » demandait-elle à son fils.

Jean-François secouait la tête.

« C'est pour elle une sorte de revanche. »

Il était parti à la mi-août, persuadé que cette

guerre avec la Prusse constituait une monstrueuse erreur. Les jeunes gens qui faisaient partie de la Garde mobile étaient envoyés vers le nord, Valence, Lyon ou même Dijon, où ils recevraient quelques rudiments d'instruction militaire. C'était ce qu'avait prévu le maréchal Niel, le créateur de la Garde mobile, mais en fait, durant l'été 1870, rien n'était vraiment organisé.

« Occupe-toi bien de maman », avait-il recommandé à Mélanie sur le quai de la gare de Montélimar.

Sylvine, les yeux secs, le corps raidi, contemplait son fils avec une sorte d'avidité, comme si elle avait souhaité graver ses traits dans sa mémoire.

« Prends garde à toi », avait soufflé Mélanie. Elle avait peur, parce que Jean-François s'était institué son protecteur et que tout changement dans leur vie la bouleversait. Elle était encore victime de cauchemars, se réveillant parfois, le cœur battant la chamade, ne sachant plus si elle se trouvait à la ferme ou traverse du Mûrier. Une nuit, elle avait découvert Jean-François à son chevet.

« Dors, petitoun, je suis là », lui avait-il chuchoté, en lui caressant les cheveux. Le lendemain, il lui avait offert un chaton noir et blanc à peine sevré. Mine ne la quittait pas, dormait avec elle, l'accompagnait jusqu'à la porte de l'école avant de repartir tristement vers la traverse du Mûrier. Lorsque Mélanie avait de la peine à supporter les avanies et les quolibets de ses camarades, il lui suffisait de caresser le pelage de Mine pour se sentir apaisée.

Elle ne se plaignait pas à Sylvine. Au fond d'elle-même, elle se disait que ce devait être le prix à payer pour recevoir l'enseignement dispensé par les Ursulines. La carapace qu'elle s'était forgée durant son enfance à la ferme lui permettait de garder son calme face aux piques et aux moqueries. Elle n'était pas de l'Enclave ? Elle ignorait tout de ses vrais parents ? Et alors ? Elle découvrait avec bonheur les livres, puisant sans relâche dans la bibliothèque des religieuses, encouragée par sœur Antoine, elle aussi passionnée de lecture. Les livres et les boîtes constituaient son univers. Pour l'instant, cela lui suffisait.

Fidèle à sa promesse, elle écrivait régulièrement à Théodore et attendait sa réponse avec impatience. Lorsqu'elle reçut le courrier lui apprenant la mort de la Grande, au printemps, elle eut le sentiment qu'une page de sa vie était définitivement tournée. La vieille Polonie avait été bonne pour elle. Mélanie se rappelait qu'elle avait toujours pris son parti contre son fils.

Elle se souvenait aussi du jour où elle avait attrapé froid, sur la draille, avec ses chèvres. Elle était rentrée à la ferme brûlante de fièvre, claquant des dents. La Grande l'avait fait déshabiller devant la cheminée avant de la frictionner avec un linge imbibé d'eau-de-vie. Elle l'avait ensuite couchée dans son lit sous plusieurs couvertures amoncelées, en lui faisant boire force tasses d'infusion de reine-des-prés.

Mélanie avait déliré pendant trois jours et trois nuits avant d'émerger, affaiblie mais vivante. Elle se souvenait de la main maigre et sèche de la Grande, posée sur son front, et du lait de chèvre sucré au miel qu'elle avait bu pendant sa convalescence.

Théodore était monté à la ferme et lui avait raconté que le dieu grec Zeus avait eu une chèvre pour nourrice, une certaine Amalthée. Cette anecdote l'avait fait rêver. Elle avait peine à imaginer la ferme du Cavalier sans la Grande. Le maître devait mener la vie dure à la pauvre Louise.

Cela lui paraissait loin, à présent, comme une autre vie, même si elle n'avait rien oublié. Sa réalité, désormais, c'étaient les boîtes en carton, et l'odeur de colle qui imprégnait la salle.

Sylvine ne faisait aucune tache, que ce soit à l'intérieur ou à l'extérieur des boîtes qu'elle fabriquait. Mélanie aimait à l'accompagner lorsqu'elle rapportait une corbeille de grosses (« cent cinquante boîtes et la une ») à l'atelier. L'entrepreneur, monsieur Delahaye, était installé hors de l'enceinte de Valréas, sur le tour de ville. Chaque fois qu'elle franchissait le seuil de l'atelier, Mélanie était fascinée par la grosse pendule qui rythmait la journée des ouvriers. Hommes et femmes occupaient des zones bien distinctes. Les hommes découpaient les cartons blanchis, couverts de feuilles de papier blanc et, pour ce faire, utilisaient des cisailles, des emporte-pièces, un balancier et des pièces en bois cerclées de fer. Dans l'atelier situé à l'étage, les femmes étaient assises face à face devant de longues tables divisées en casiers. Chacune avait un rôle bien défini et Mélanie avait l'impression que leurs mains s'activaient toutes seules, désolidarisées du reste de leur corps. Même si l'ambiance paraissait bonne parmi les ouvrières, elle n'avait pas vraiment envie de travailler là plus tard. Son caractère indépendant, son goût pour la solitude s'accommoderaient mal de ce compagnonnage forcé. Les cartonnières s'affairaient sous la surveillance du contremaître et n'avaient aucune initiative.

Aussi Mélanie se raidissait-elle lorsqu'on lui demandait à quel moment elle viendrait faire son apprentissage.

« Elle n'a pas encore douze ans », répondait Sylvine à sa place. La petite avait l'impression qu'elle étoufferait dans cet atelier envahi par les boîtes. De plus, elle n'avait pas la dextérité de Sylvine. Malgré ses efforts, elle ne parvenait pas à éviter les taches de colle. Elle n'avait pas la moindre envie de devenir cartonnière. Par respect pour sa mère nourricière, cependant, elle n'osait pas le dire.

Odilon, le facteur, frappa à la porte. Mélanie se précipita.

— Du courrier, annonça-t-il. Vous avez de la chance, Sylvine, votre fils ne vous oublie pas.

Assise à sa table, la cartonnière demanda à Mélanie :

— Lis, petite, je te prie. Moi, je ne pourrais pas...

Les mains tremblantes, elle déchira

l'enveloppe. L'écriture de Jean-François, fine et inclinée vers la droite, l'émut.

Quelques mots, mère, pour te dire que je suis bien arrivé à Dijon après un périple... déroutant. Il semble que le désordre et l'imprévoyance règnent en maîtres. Nous manquons de tout, de vivres, de matériel, d'armes... D'hommes, aussi, puisque nous comptabilisons actuellement deux cent dix mille combattants au lieu des quatre cent mille prévus. La ville ressemble à un vrai champ de foire. Des généraux sont venus avec leur épouse. Ces dames très élégantes se sont même attablées aux terrasses des cafés. Sommes-nous vraiment en guerre ? C'est à se le demander !

Portez-vous bien toutes les deux. Je vous embrasse comme je vous aime.

Mélanie releva la tête. Sylvine crispait ses doigts sur son rouleau.

— Tu y comprends quelque chose, toi ? questionna la cartonnière. Ces généraux qui emmènent leur dame avec eux... Et les Prussiens ? Que font-ils pendant ce temps ?

— Ils attendent leur heure, répondit Mélanie.

Elle-même n'avait qu'un désir, voir revenir Jean-François le plus vite possible. Elle pensait à lui sans cesse. Chaque dimanche, accompagnant Sylvine à Notre-Dame-de-Nazareth, elle priait avec ferveur tout en se demandant si elle croyait vraiment en Dieu. Elle se rendait compte avec effroi qu'elle avait changé depuis la mort d'Augustine. Elle s'était endurcie, comme pour mieux résister aux tragédies qui avaient déjà marqué sa vie. Elle éprouvait une affection sincère pour Sylvine tout en ayant peur de s'attacher à la cartonnière. Et si elle mourait, elle aussi ? Que deviendrait-elle ? La perspective de retomber sous la coupe d'un personnage comme Duruy la glaçait d'effroi. Plus jamais, s'était-elle promis. Depuis le départ de Jean-François, elle était à nouveau victime de cauchemars. Elle songeait à sa mère, se demandant si, de son côté, « Elle » l'avait oubliée.

Parfois, ces questions l'obsédaient tant qu'elle souffrait de violentes migraines. Sylvine la soignait avec de l'infusion de reine-des-prés et la serrait contre elle. « Nous sommes toutes les deux, petite, lui disait-elle. N'aie pas peur, nous ne nous quitterons pas. »

Mélanie refusait de pleurer ou de se laisser aller à des confidences. Si elle enfermait ses souvenirs assez profondément, ceux-ci la laisseraient peut-être en paix, se disait-elle, mais Sylvine comprenait beaucoup de choses et devinait le reste. A croire qu'elle était passée par là...

Le dimanche, elles se rendaient chez mamée Léa ou chez la tante Ninie. Un phénomène, la tante Ninie, qui tenait un commerce rue de la Placette. La boutique constituait pour Mélanie une source perpétuelle d'émerveillement. On y trouvait aussi bien des encriers, des missels, des hochets, des peignes à chignon en corne, des pince-nez, des jeux de loto, de la cire à cacheter, des savons, des rubans de couleur, de l'élixir des Chartreux, des perles de verre que de l'eau de Cologne ou des boutons de nacre.

Oncle Elzéar et tante Ninie habitaient au-dessus de la boutique, une maison ancienne dont la salle à manger avait ébloui Mélanie lors de sa première visite. Tout lui avait paru immense, à commencer par la hauteur des plafonds, les portes à deux vantaux, la cheminée à hotte droite... Pétrin, panetière, estanié étaient en noyer brillant, ciré par la petite servante, Eulalie. Un tapis réchauffait le revêtement de sol en terre cuite. Mélanie n'avait pas osé marcher dessus. Tante Ninie avait ri en la voyant ôter ses galoches.

« C'est une paysanne que tu nous amènes, Sylvine ! » s'était-elle récriée.

Grande, massive, elle offrait peu de ressemblance avec sa nièce et donnait l'impression d'écraser son époux, taciturne et réservé.

Ninie Chabriand fréquentait du beau monde grâce à son magasin, ce qui ne l'incitait pas, bien au contraire, à mettre sa gouaille sous le boisseau. Elle connaissait tout de Valréas et ne se gênait pas pour commenter les faits et gestes des personnalités. Sylvine avait beau tenter de l'interrompre, rien ne pouvait arrêter Ninie sur sa lancée.

Mélanie préférait se rendre chez mamée Léa. La mère de Sylvine habitait une petite maison située sur la route du Pègue, face à la montagne de la Lance.

A soixante-douze ans, elle cultivait encore son potager et élevait quelques lapins qui amélioraient son ordinaire. Elle avait tout de suite fait bon accueil à Mélanie, à la différence de Ninie qui reprochait de temps à autre à Sylvine d'avoir introduit dans sa maison une gamine dont elle ignorait tout. Mélanie était habituée, elle faisait la sourde oreille même si la rage bouillonnait en elle.

Un jour je leur montrerai, pensait-elle.

7

Mélanie n'oublierait jamais ce lumineux dimanche de septembre. L'été ayant été particulièrement beau, les vendanges avaient déjà commencé. On respectait cependant la trêve dominicale et les vignes se doraient sous le soleil.

Ce fut d'abord comme un écho, venu de la ville. Des mots indistincts leur parvinrent. « Sedan », « République ». Et puis, des carrioles les rattrapèrent. « Badinguet s'est rendu ! » leur cria-t-on. « Il n'y a plus d'empereur. » « La guerre est perdue. »

Sylvine se signa. Elle avait peur pour son fils. Personne ne savait où se trouvaient pour l'instant les gardes mobiles. Elle pressa le pas.

— Ça ne changera pas grand-chose pour nous, les ouvriers, marmonna-t-elle.

Elle savait que Jean-François protesterait avec force s'il l'entendait. Lui était un fervent partisan de la république. Sa mère partait du principe que, quel que soit le parti au pouvoir, il faudrait toujours travailler. C'était l'un des enseignements transmis par mamée Léa. Mélanie, inquiète, oppressée, se sentit mieux en apercevant le toit de tuiles roses surmontant la maison de Léa Carrel. Elle s'y sentait bien, et le talent de brodeuse de la vieille dame la fascinait.

Elles la découvrirent installée devant son métier dans sa chambre, la pièce la plus claire. A soixante-douze ans, mamée Léa avait gardé toute son acuité visuelle et réalisait encore des merveilles qui lui étaient commandées de Valréas, Visan, Nyons ou Grignan. On savait qu'elle était l'une des meilleures brodeuses de la région. Sa grand-mère, native de Marseille, lui avait enseigné son art et, dès l'âge de douze ans, elle avait réalisé son premier couvre-lit en blanc sur blanc.

— Tu vois, petite, dit-elle à Mélanie, l'astuce consiste à travailler avec la lumière. Le décor est mis en valeur selon l'éclairage.

Une fine percale blanche était tendue sur un métier ordinaire et doublée d'une toile plus grossière. Pour faire tenir ensemble ces deux épaisseurs, mamée Léa piquait de petits points de fil blanc les contours des dessins qu'elle avait réalisés. Elle retournait alors le métier puis, avec un poinçon, le boutis, elle glissait de fines mèches de coton filé entre les deux étoffes par un petit trou fait à l'envers de chaque élément de décoration. C'était un moyen infaillible pour donner du relief et faire tenir le tissu.

Mélanie tendit la main, se hasarda à effleurer du bout des doigts le décor bombé grâce aux points de piqûre suivant les dessins qui formaient une double rangée aux lignes parallèles.

— C'est beau... murmura l'adolescente, émue par les motifs, fleurs, pampres, rameaux et cornes d'abondance.

Mamée Léa lui sourit.

— Je ne suis plus guère vaillante. Un couvre-pied, alors qu'autrefois je confectionnais des couvre-lits de plus de deux mètres sur trois ! On m'a commandé des chauffoirs aussi. Tu savais, toi, Sylvine, qu'on utilisait encore ces pièces de trousseau ?

Sa fille haussa les épaules.

— La broderie de Marseille est si réputée... Il doit exister des maisons ou des châteaux à courants d'air dans lesquels on porte ces pièces que l'on fait chauffer avant de s'en couvrir. Mais ce n'est pas ce qui me préoccupe aujourd'hui. Nous avons croisé en chemin des gens qui annonçaient la chute de l'Empire.

Un sourire espiègle plissa le visage de la vieille dame.

— Telle que vous me voyez toutes les deux, je suis née en 98, au siècle d'avant, et j'ai connu l'Empereur, le premier. Eh bien, je vous l'affirme, je me rappelle encore qu'en 1814 tout le Vaucluse haïssait le Corse. Trop de guerres, trop de morts... Mon frère aîné, Blaise, est mort à Eylau, et mon oncle Cyrille à la bataille de la Moskova. Après 1810, nombreux étaient ceux qui auraient fait n'importe quoi pour échapper à la conscription. Pour se faire remplacer, on devait débourser dix mille francs au lieu de trois mille

65

en 1802. Beaucoup se sont mariés avec la première qui passait afin d'éviter de partir. Des officiers de santé peu scrupuleux ont gagné de l'or en faisant réformer leurs patients. On raconte même qu'ils réclamaient cinquante louis d'or pour insuffler de la liqueur dans les...

La vieille dame s'interrompit.

— Va donc voir dans la salle si le chien est rentré, ordonna-t-elle à Mélanie. Tu n'as pas besoin d'écouter ces histoires.

— Vous les avez déjà racontées, mère, intervint Sylvine.

Elle détestait entendre parler de la guerre. De plus, Napoléon III ne lui paraissait pas être un si mauvais bougre. On disait que c'était sa femme, l'Espagnole, qui avait souhaité ce conflit avec la Prusse.

— De toute manière, les Prussiens ne descendront pas par chez nous ! conclut mamée Léa avec une belle assurance.

— Oui, mais Jean-François est parti vers le nord, répliqua Sylvine.

Depuis la mort d'Agathe, elle avait l'impression que personne ne pouvait ressentir ce qu'elle éprouvait. Elle vivait désormais dans l'angoisse de perdre son aîné. Sa mère, sa tante Ninie lui avaient répété à l'envi que la mort d'un enfant était hélas fréquente. Rien n'y avait fait. Le temps qu'il lui restait à vivre, Sylvine refuserait l'inéluctable.

Mamée Léa pinça les lèvres. D'un geste précis, elle coupa son fil et se redressa.

— Allons ! Viens-t'en goûter mes beignets de

figues, proposa-t-elle à sa fille. Tes boîtes avancent ?

Brodeuse exceptionnelle, Léa admettait mal le travail de Sylvine.

« Tu gaspilles tes mains », lui avait-elle reproché un jour.

Sylvine ne voulut pas entamer de polémique.

— Oui, mère, tout va bien, répondit-elle d'une voix unie.

Dans la salle, astiquée avec soin, Mélanie empêchait Fidèle, le chien, de s'approcher de la table. Elle mourait d'envie d'aller dans le jardin. Sylvine lui sourit.

— Va donc prendre l'air, il faut profiter de ce beau soleil. Nous goûterons sous la treille.

L'adolescente ne se le fit pas dire deux fois et s'éclipsa dehors, suivie par le chien, un bâtard de griffon qui n'avait pas son pareil pour dénicher les truffes.

Elle prit une longue inspiration, heureuse de sentir le vent léger dans ses cheveux.

Elle avait envie de parcourir les chemins menant vers des villages perchés et de minuscules chapelles.

— Là-bas, au bout de mon doigt, tu as la montagne de la Lance, lui rappela Sylvine, qui l'avait rejointe. Regarde, on dirait une bête qui fait le gros dos. Quand Jean-François reviendra, nous grimperons là-haut, si tu veux. Au pied des collines, c'est Nyons, en Drôme, ma belle-sœur Pascalette y est installée. Et derrière, si tu vas jusqu'à Saint-Pantaléon, tu peux apercevoir le

67

mont Ventoux. Nous habitons un pays béni, petite, tu peux me croire.

— Nous irons aussi au mont Ventoux ?

Sylvine fit la moue.

— Doucement ! Le Ventoux, c'est une véritable expédition ! Un peu loin pour moi. Mais tu demanderas à Jean-François.

Les abeilles, affolées par le parfum des lourdes grappes de raisin, vibrionnaient autour de la treille. Sylvine les chassa d'un geste apaisant. Elle avait appris toute petite à les respecter.

Sa mère possédait encore quelques ruches, dont le père Georges, son voisin le plus proche, s'occupait.

— On est bien ici, fit Mélanie, heureuse de sentir le soleil sur sa peau.

Les couleurs, les odeurs, la chaleur, même, la ravissaient. Elle aurait voulu pouvoir dessiner la table de fer sous la treille, et le visage creusé de rides de mamée Léa, qui souriait. Jean-François lui avait offert ses premiers crayons, ainsi que du papier spécial, du papier Arches, de la maison Canson, et l'avait encouragée à continuer. Il trouvait qu'elle avait « une patte », comme il disait, et cela la faisait rire. Il lui manquait. Pourquoi n'avait-elle pas emporté son carton à dessin ?

Les deux femmes et l'adolescente burent de l'eau fraîche tirée du puits, additionnée de sirop de groseille, et firent honneur aux beignets de figues et à la tarte aux poires confectionnés par Léa. L'après-midi, lumineux et chaud, incitait au repos, à une douceur de vivre à laquelle elles n'étaient guère accoutumées. Toute la semaine, toute l'année, Sylvine courait afin de terminer au plus vite ses « grosses » et de toucher l'argent que l'entreprise lui devait. D'ordinaire, ils vivaient mieux, grâce au salaire de Jean-François. Cette année, elle priait le ciel pour que l'hiver soit clément. Le charbon coûtait cher, comme le bois de chauffage. Il faudrait que Mélanie et elle aillent confectionner des fagots dans les bois de Grignan. Elle ruminait sans cesse des moyens de gagner quatre sous, afin de pouvoir continuer à payer les études de la petite. Elle ne pouvait pas se confier car ses voisines, tout comme sa mère ou sa tante, lui auraient répondu : « A quoi bon te faire du souci pour l'école ? Mélanie ira travailler à l'usine de cartonnages, voilà tout ! »

« Qu'est-ce que tu crois ? lui avait reproché Ninie la semaine précédente. Qu'elle vaut mieux que nous ? Tu ne sais même pas d'où elle vient ! Chez nous, on n'a jamais abandonné ses petits... Un pin ne fait pas un cade, on ne peut pas transformer les choses. Cette petite mènera la vie qu'elle doit. Tu n'y peux rien ! »

Un destin tout tracé pour Mélanie ? Sylvine le refusait. Elle aurait voulu autre chose pour Agathe. En souvenir de sa fille, elle se battrait pour que Mélanie ne soit pas sacrifiée.

La voix de sa mère la fit tressaillir. Léa s'enquérait des voisines, Aimée et Blanche, de Ninie et d'Elzéar, de son travail. Elle voulait tout savoir des derniers potins du lavoir et du marché. Sylvine sourit.

— Je n'ai pas le temps de m'y intéresser, mère.

La vieille dame fit la moue. Mélanie comprenait ce qu'elle pensait. Sa fille refusait nombre de distractions car elle portait toujours le deuil d'Agathe dans son cœur. De temps à autre, Mélanie avait envie de la saisir aux épaules, et de la secouer.

Battez-vous ! pensait-elle. Ne vous laissez pas empoisonner par les souvenirs.

Par certains côtés, Sylvine lui rappelait son amie Jeannette. Toutes deux avaient leur part d'ombre. Or, même si elle n'avait rien oublié, Mélanie désirait aller de l'avant, conquérir son indépendance. Elle n'accepterait jamais de subir un destin comparable à celui d'Augustine. Ce n'était même pas pour elle une question de revanche. Elle voulait sa place, tout simplement. La place qu'on lui avait refusée étant enfant.

8

Le mistral, prenant son élan depuis la route de Taulignan, remontait le long du tour de ville, échevelant au passage les platanes aux troncs blanchis. Contrairement à sa mère adoptive, Mélanie aimait le vent qui chassait les nuages. Passant la plus grande partie de ses journées à confectionner des boîtes dans l'atelier de l'usine Delahaye, elle appréciait, son ouvrage achevé, de remonter le cours pour aller attendre Jean-François à la sortie de son imprimerie. Malgré les efforts de Sylvine, elle n'avait pu échapper à son destin tout tracé de cartonnière. Elle avait préféré, cependant, travailler en atelier plutôt qu'à domicile, afin de voir du monde.

Les premiers temps avaient été pénibles. Mélanie se sentait maladroite, observée. Elle demeurait une étrangère, tout le monde connaissait son histoire.

Elle s'était battue pour conquérir sa place à la table des cartonnières. Après tout, si elle ne pouvait exercer un autre métier, au moins, qu'elle figure parmi les meilleures ! Le soir, elle dessinait à la lumière de la lampe à huile.

Jean-François l'y encourageait. C'était un autre homme qui était revenu de la guerre. Il avait gardé une claudication d'une blessure à la jambe. Le jour où il avait raconté les brancardiers courant sous la mitraille, les wagons de chemins de fer transformés en ambulance, les amputations à la chaîne, les hurlements des blessés, Mélanie aurait voulu se boucher les oreilles. Elle n'en avait rien fait parce que, du haut de ses quatorze ans, elle avait deviné le besoin de Jean-François de se confier. Ce jour-là, elle lui avait demandé s'il voulait prendre Mine avec lui pour chasser ses cauchemars, et ils avaient ri. Comme avant.

Le mistral soufflait ce soir-là. C'était aussi bien, avait pensé Mélanie, il emportait les mauvais souvenirs. Jean-François et elle étaient blottis devant la cheminée. Au fond de la salle, Sylvine, sous la lampe à pétrole, s'activait à ses boîtes. Parfois, sa dextérité donnait le tournis à Mélanie. Comment s'arrangeait-elle pour ne pas tacher le carton de colle ? Sylvine avait sa réponse toute prête. « Il faut avoir mangé trois ou quatre kilos de colle, affirmait-elle en riant. Tu vois, petite, tu n'as qu'un remède : ta langue. »

Jean-François avait parlé, parlé, et puis, il s'était redressé et avait lancé : « C'est pas tout ça... A présent, je dois retrouver du travail ! »

Sylvine et Mélanie lui avaient expliqué que les imprimeries s'étaient développées à Valréas. Jean-François n'avait pas tardé à dénicher un emploi. Sa formation de lithographe, son sérieux, le nom qu'il portait lui garantissaient un salaire correct.

Embauché de nouveau chez Fabert, il avait vite sympathisé avec Socrate. Le vieux typographe parisien avait fui la capitale après la semaine sanglante de mai 1871. Comme nombre d'ouvriers travaillant dans l'imprimerie, il était très cultivé et s'intéressait aussi bien à la séparation des pouvoirs qu'à la déportation des proscrits vers la Nouvelle-Calédonie.

Socrate, qui portait une barbe blanche et une longue blouse grise, travaillait seul. Il composait les textes à l'aide des caractères de plomb qu'il choisissait dans les différentes casses, le haut de casse étant réservé aux majuscules et le bas de casse aux minuscules.

Mélanie aimait respirer l'odeur d'encre et de plomb régnant à l'intérieur de l'imprimerie. Elle s'était tout de suite bien entendue avec Socrate. Alors qu'elle fréquentait encore les Ursulines, elle se glissait dans l'atelier à la sortie de l'école et, à demi dissimulée par le meuble en bois du typographe, observait le vieil homme qui lui racontait ses années d'apprentissage et son tour de France. Républicain dans l'âme, farouchement opposé à toute forme de censure et d'oppression, Socrate avait également fait l'éducation politique de Mélanie, et le contraste avec les leçons des Ursulines était assez savoureux.

Un coup de vent plus fort arracha le bonnet de Mélanie, qui, malgré ses efforts, ne put le rattraper. Elle haussa les épaules. Après tout, quelle importance ? Ses cheveux étaient nattés avec soin pour ne pas risquer de la gêner dans son travail à l'atelier.

Sept heures sonnèrent. En se hâtant, elle pourrait peut-être observer Jean-François occupé à sa machine plate, une presse semi-automatique, dont il était fier. Si elle admirait le travail du typographe, le procédé de la lithographie la fascinait.

Jean-François lui avait expliqué que le Tchèque Senefelder avait découvert en 1797, à Munich, le principe de l'impression d'une composition tracée au crayon, à la plume ou au pinceau sur une pierre calcaire plane. Mélanie avait vite compris comment fonctionnait la lithographie, qui lui était d'abord apparue comme une opération magique. Tout reposait sur le dépôt de gras sur la pierre et sa fixation chimique afin d'obtenir une impression par encrage. En tant que reporteur lithographe, Jean-François travaillait seul. Il opérait à partir des pierres de gravure tout droit sorties de l'atelier du graveur. Il effectuait des reports, c'est-à-dire des décalques sur un papier spécial, le papier hydrochine, avec de l'encre lithographique. Afin de bien fixer le trait, il appliquait ensuite sur la pierre dessinée un mélange aqueux de gomme arabique et d'acide nitrique. De cette manière, la pierre s'imprégnait de gomme, sauf sur la partie dessinée, qui n'était pas soluble dans l'eau. Ce phénomène chimique émerveillait Mélanie. Les yeux brillants, elle observa Jean-François qui lavait la pierre à l'eau pure avant de l'enduire d'encre à l'aide d'un rouleau d'imprimerie alors qu'elle était encore humide.

Elle savait que l'encre allait se déposer sur les parties dessinées car celles-ci étaient grasses et rejetaient l'humidité. Au contraire, l'encre ne resterait pas sur les parties humides.

Avec des gestes précis et sûrs, Jean-François plaça la pierre encrée sur la presse lithographique après l'avoir mise de niveau et soigneusement calée en serrant les vis prévues à cet effet entre la pierre et le châssis de la presse. C'était à présent au conducteur de presse lithographique, assisté de son margeur et de son tireur de feuille, d'intervenir.

Mélanie ne put résister à la curiosité et jeta un coup d'œil à l'image imprimée sur le papier. Elle représentait une usine de cartonnages avec en toile de fond la tour Ripert et la silhouette de Notre-Dame-de-Nazareth.

— Pourquoi monsieur Fabert ne veut pas de moi comme apprentie ? gémit-elle.

Jean-François esquissa un sourire.

— Tu es déjà privilégiée d'avoir le droit de rentrer dans l'atelier ! J'ai fait mon apprentissage parce que mon père était lithographe. C'est un métier qui se transmet de père en fils. Si tu discutes avec des imprimeurs, ils te diront tous que leur profession est beaucoup plus ancienne que celle de cartonnier.

— Justement ! fit Mélanie, la mine longue.

Elle, elle rêvait de créer et non de fabriquer

des centaines et des centaines de boîtes toutes semblables.

Socrate toussota.

— Tu veux bien me chercher le *h* minuscule, petite ? intervint-il.

Il aurait dû porter des lunettes mais jurait ses grands dieux qu'il n'en avait pas besoin. Tout le monde, pourtant, savait que les ouvriers typographes s'usaient les yeux, comme ils risquaient de souffrir de coliques de plomb car ils aspiraient de l'air saturé de poussière de ce métal.

Vive et souriante, Mélanie lui rendit le service demandé. Plusieurs regards masculins suivirent sa silhouette.

— Il va falloir bientôt penser à la marier, remarqua Maurice, le reporteur.

Jean-François en éprouva comme un choc à l'estomac. Quel âge avait donc Mélanie ? Bientôt dix-sept ans, alors qu'il la voyait toujours comme une enfant. Belle, certes, elle l'était, avec ses nattes fauves, son visage aux traits fins, ses yeux gris-vert, et sa silhouette mince, aux courbes sensuelles. Il était presque gêné lorsqu'elle se suspendait à son bras, ou lui sautait au cou. Tante Ninie l'avait remarqué, elle voyait tout – l'habitude du magasin – et elle lui avait confié en aparté : « Méfie-toi, Jean-François. La petite est trop belle pour toi. Ça t'apporterait que du malheur. »

Du malheur... Ninie en avait de bonnes ! Comme si la beauté de Mélanie, au même titre que sa naissance illégitime, lui avait interdit tout droit au bonheur... Lui pensait en priorité à la petite. Même si elle ne souffrait presque plus de cauchemars, il la sentait encore sur la défensive, prête à se protéger. De quoi, exactement ? Elle avait toujours refusé d'évoquer le passé, se bornant à mentionner l'ami Théodore, ainsi que Jeannette et Barthélemy.

« J'aurais voulu tout oublier, venir directement vivre tout de suite à Valréas », lui avait-elle dit un soir, et il en avait été bouleversé. Il comprenait ce qu'elle voulait dire.

Lui aussi avait des images soigneusement cadenassées dans sa mémoire. La guerre de Septante l'avait marqué. Son humanisme en avait été renforcé. Jean-François militait pour la liberté.

Il essuya ses mains, avant de se tourner vers la jeune fille.

— Rentrons à la maison.

Les autres ouvriers venaient de partir. Jean-François et Socrate avaient pour habitude de fermer la boutique.

— Laisse, je m'en occuperai, s'offrit Socrate.

Spontanément, Mélanie lui sauta au cou. Elle aimait beaucoup le vieux typographe, qu'elle considérait comme le grand-père qu'elle n'avait pas eu.

D'un geste familier, il lui ébouriffa les cheveux.

— Tiens, j'ai pensé à toi, fit-il en lui tendant deux ouvrages de la Bibliothèque Bleue.

Amoureux des livres, il les achetait au colporteur qui passait régulièrement à l'imprimerie.

Il connaissait la passion de Mélanie pour la lecture et l'encourageait, au grand dam de

Sylvine, qui s'inquiétait pour la vue de sa protégée.

— Tu me diras ce que tu en penses, reprit-il.

Il suivit d'un regard rêveur les silhouettes des jeunes gens se dirigeant d'un même pas vers le cours de Berteuil. Avaient-ils seulement conscience d'être faits l'un pour l'autre ? Le vieux Socrate en doutait.

9

1876

Emmitouflée dans un grand châle décoré de mignonnettes, de tout petits dessins rouges et bruns, Mélanie souleva le rideau et appuya son front contre le carreau. Novembre était frisquet cette année. Sylvine avait doublé les rideaux de molleton afin de limiter les entrées d'air. Le mistral, redoutable, s'infiltrait partout, hurlait dans la cheminée, faisant à chaque fois tressaillir la cartonnière.

La voix de Sylvine la héla.

— Mélanie ! Viens donc boire ton café !

Pieds nus sur les tomettes, la jeune fille marqua une hésitation. Sylvine lui annonçait régulièrement qu'elle allait prendre mal, mais, même si elle était frileuse, elle aimait à marcher pieds nus, comme à l'époque où, l'été, elle ôtait ses sabots pour courir plus vite le long des drailles.

Une bonne odeur de café flottait dans la salle. Sylvine l'achetait sur le marché du mercredi et le faisait griller dans un brûloir en forme de tambour avec un long manche et une ouverture sur le côté.

Comme chaque matin, elle s'était levée la première, avait ravivé le feu, préparé le café à la bohémienne et fait réchauffer de la soupe.

Jean-François, qui venait de poser son bol sur la pierre à évier, se retourna en voyant arriver Mélanie.

— Bon anniversaire ! lui dit-il.

Ils s'embrassèrent, un peu gauchement. Sylvine serra sa fille adoptive contre elle.

— Dix-huit ans, petite... ça se fête.

Elle lui tendit un paquet enveloppé de papier de soie. Mélanie, les mains tremblantes, le déballa. Elle ne pouvait s'empêcher de songer à tous ces 13 novembre passés à la ferme Duruy qui étaient des jours comme les autres. Elle seule se demandait alors si sa mère pensait à elle, éprouvait l'ombre d'un regret, ou d'un remords. C'était une journée particulière, difficile à vivre. Ce jour-là, elle ne pouvait s'empêcher de contempler son collier en os qui lui rappelait de façon intolérable sa situation d'enfant trouvée. Jean-François, le jour de ses onze ans, avait coupé à sa demande le maudit collier. Cependant, elle ne s'était pas sentie libérée pour autant.

Elle découvrit une jupe à imprimé ramoneur et un jupon en boutis, et rougit de plaisir.

— Merci, murmura-t-elle, bouleversée.

Jean-François avait préparé un cadeau lui aussi. Un carnet de croquis, des fusains, ainsi qu'un livre, *Le Loup blanc*, de Paul Féval.

Cela correspondait si bien à ses aspirations

– dessiner, lire – qu'elle se sentit encore plus proche de lui que d'habitude.

— Dépêche-toi, lui conseilla-t-il. Ce n'est pas parce que tu as dix-huit ans que la mère Ida va te faire cadeau d'une demi-heure !

Ida Leboyer – que les ouvrières appelaient entre elles « la mère Ida » –, la contremaîtresse, était réputée pour sa sévérité et son intransigeance.

Mélanie secoua la tête.

— Elle ne me fait pas peur !

— Hâte-toi quand même, petite, recommanda Sylvine. Il s'en trouve toujours pour critiquer...

Elle n'avait pas besoin de préciser sa pensée. Mélanie savait qu'on ne se privait pas de parler dans son dos. Sa situation d'enfant trouvée suscitait les commérages. Par réaction, la jeune fille affichait une belle désinvolture. Pas question, en effet, de donner l'impression de s'excuser d'être là ! On la remarquait, et elle en jouait, s'habillant volontiers de rouge, ce qui était rare.

Ninie ne se gênait pas pour glisser en pinçant le nez : « Il va falloir bientôt la marier, si tu ne veux pas qu'elle fasse Pâques avant les Rameaux », et Sylvine haussait les épaules. Elle faisait confiance à Mélanie et ne pensait pas qu'elle tomberait enceinte avant son mariage.

La jeune fille but son café debout, avant de courir se débarbouiller. Jean-François rapportait du bois pour sa mère.

— Tu m'attends, hein ? lui cria-t-elle depuis sa chambre.

Elle s'enveloppa de sa pèlerine, en rabattit le

capuchon sur ses cheveux et rejoignit l'imprimeur.

— Ne prenez pas froid, surtout, leur recommanda Sylvine, déjà occupée à confectionner ses boîtes.

Bras dessus bras dessous, ils s'engagèrent dans la traverse du Mûrier avant de remonter le cours. Parvenu devant l'usine de cartonnages Delahaye, Jean-François embrassa Mélanie sur la joue.

— Prends bien soin de toi, petite. Ce soir je vous emmène au café, ma mère et toi. Dix-huit ans, ça se fête !

Elle le suivit des yeux tandis qu'il s'éloignait sur le cours à pas pressés, ce qui accentuait sa claudication. A vingt-sept ans, malgré sa jambe blessée, Jean-François était beau garçon, mais il ne fréquentait pas de jeune fille. Pour la fête du Petit Saint-Jean, une tradition respectée à Valréas depuis le 23 juin 1504, il accompagnait Mélanie et Sylvine, et les ramenait traverse du Mûrier avant d'aller boire un verre avec ses camarades de l'imprimerie.

— Hé ! Qu'est-ce que tu attends, plantée là comme un santibelli ? lança une voix gouailleuse dans le dos de Mélanie.

Elle se retourna, heureuse de retrouver Adrienne, sa camarade d'atelier. Elle n'avait pas sa langue dans sa poche, et était beaucoup plus habile que Mélanie, qui ne cachait pas son manque d'enthousiasme pour le métier de cartonnière.

— Rentrons vite, lui proposa Adrienne, ou

nous allons geler sur pied ! Il est beau gars, ton frère, ajouta-t-elle d'une voix rêveuse, je le laisserais bien me conter fleurette...

— Pas de danger ! répliqua-t-elle vivement. Il ne s'intéresse pas aux gamines de notre âge.

Avait-elle conscience d'exprimer de la jalousie et du ressentiment ? Adrienne lui jeta un coup d'œil intrigué avant de précéder son amie dans le couloir menant à l'atelier du bas. Là, les hommes et les apprentis procédaient au découpage du carton et du papier. Ceux-ci concevaient des projets de boîtage, établissaient des gabarits avant de couper à la cisaille à main, l'outil qu'on ne jetait jamais, des bandes, des carrés et des ronds de carton.

En effet, le carton plat, livré à l'usine sous forme de feuilles ou de rouleaux de différents grammages et de différents formats, devait être découpé suivant la forme et la dimension des boîtes auxquelles il était destiné. Même si elle connaissait la plupart des ouvriers, Mélanie ne se sentait pas vraiment à l'aise parmi eux. Une rivalité bien réelle opposait les cartonniers aux imprimeurs, mieux payés, mieux considérés. En tant que sœur de lithographe, Mélanie suscitait des commentaires, pas forcément bienveillants.

Hilarion, un échantillonneur, qui concevait les nouveaux modèles de boîtes, salua la jeune fille de façon ostentatoire.

Tous savaient à l'usine qu'il tentait, en vain, de la courtiser. Ce veuf qui avait dépassé les trente ans inspirait une certaine défiance à Mélanie. Pas question pour elle de l'encourager ! Elle l'ignora et, tête fièrement levée, traversa l'atelier au pas de charge tandis que les camarades d'Hilarion ne lui ménageaient pas leurs moqueries.

A l'étage, la plupart des ouvrières étaient déjà assises aux grandes tables de montage. Mélanie ne pouvait pénétrer dans l'atelier de cartonnages sans éprouver un pincement au cœur. Elle se souvenait de sa période d'apprentissage, durant laquelle elle avait observé les gestes de ses aînées en se disant qu'elle ne réussirait jamais à les imiter. Elle avait aidé Sylvine dans leur maison, pourtant, mais c'était différent. A l'atelier, les regards des ouvrières et de la contremaîtresse la paralysaient. Même pour rouler les cercles des boîtes rondes de cosmétiques, Mélanie avait trouvé le moyen de « faire le pointu », un angle, au point de jonction des deux extrémités. Elle entendait encore les cris d'horreur de la contremaîtresse. Qu'allait-on faire d'elle si elle était incapable de se débrouiller avec de petites boîtes rondes, pourtant réservées aux débutantes ? Serrant les dents, elle s'était obstinée, décomposant chaque geste. Adrienne lui avait chuchoté ce jour-là : « Fais un mouvement d'aller-retour, ça ira tout de suite mieux ! »

Finalement, elle avait pris le pli, comme disaient les anciennes. A présent, ses gestes étaient devenus machinaux, comme si sa tête avait été désolidarisée de son corps. Parfois, elle se redressait, jetait un coup d'œil rapide du côté de ses compagnes. Des automates. Elles ressemblaient toutes à des automates, pensait-elle alors, et la colère montait en elle. Elle refusait cette vie-là de toutes ses forces et, parce qu'elle ne se gênait pas pour le dire, elle avait la réputation d'être une forte tête. Peu lui importait. Instruite par ses lectures et par ses discussions avec Socrate, le vieux communard, elle estimait que les cartonnières n'étaient pas suffisamment payées.

« C'est déjà bien beau d'avoir du travail », s'effrayait Sylvine lorsqu'elle entendait Mélanie tenir ce discours. Mélanie, pour sa part, refusait de se contenter de ce genre d'argument. L'industrie du cartonnage ne connaissait-elle pas un essor sans précédent ? La maison Revoul, pionnière à Valréas, comptait plus de deux cent cinquante ouvriers. Deux autres entreprises s'étaient créées au cours des dernières années et il se chuchotait qu'un Alsacien du nom de Nerson avait le projet d'ouvrir une fabrique du côté de la route des Capucins.

Mélanie et Adrienne s'assirent l'une en face de l'autre et poussèrent le même soupir tout en regardant la grosse horloge qui indiquait sept heures.

Allons, pensa Mélanie, vérifiant d'un coup d'œil son matériel.

Les boîtes s'entassaient partout, le long des murs, sur les étagères et même autour du poêle qui parvenait mal à chauffer à cause de la hauteur des grandes fenêtres. A sa gauche, Denise, âgée d'une quarantaine d'années, fredonnait une chanson.

J'ai dix-huit ans aujourd'hui et je ne m'imagine

pas passant toute mon existence ici, songea Mélanie.

Cette perspective l'oppressait. Pourtant, que pouvait-elle faire d'autre ? Elle dessinait et lisait à ses moments perdus, mais ces deux passe-temps ne lui permettraient pas de gagner sa vie. Elle se sentait prisonnière d'un travail qu'elle n'avait pas vraiment choisi, et le vivait mal.

Mécaniquement, elle s'appliqua sur sa boîte charnière à gorge qui lui causait des difficultés.

La contremaîtresse s'arrêta derrière elle.

— Attention à la colle, lui dit-elle d'un ton sévère.

Cette maudite colle empoisonnait la jeune fille ! Elle travaillait avec un torchon propre sous la main, afin d'essuyer prestement les taches éventuelles. Ce matin-là, pourtant, elle avait été particulièrement vigilante et on ne pouvait rien lui reprocher, excepté sa lenteur.

Elle le fit remarquer à la mère Ida, dont les joues s'empourprèrent.

— Tu ne vas tout de même pas m'apprendre mon métier ?

Prenant les autres ouvrières à témoin, la contremaîtresse glapit :

— Ça sort d'on ne sait où, une bâtarde tirée du ruisseau, et ça croit tout savoir ? Petite insolente !

Mélanie blêmit. Depuis le temps, elle aurait dû être habituée à ce genre de réflexions, mais, ce jour-là, alors qu'elle s'interrogeait une nouvelle fois sur les raisons qui avaient poussé sa mère à l'abandonner, elle ne pouvait tout simplement pas les supporter. Elle se leva si brutalement que sa chaise se renversa. L'atelier tout entier s'immobilisa durant quelques instants avant de se mettre à chuchoter.

— Je m'en vais ! lança Mélanie d'une voix blanche.

La mère Ida ricana.

— Et tu fais bien, parce que, de toute manière, tu es renvoyée. Il n'y a pas de place ici pour les fortes têtes !

Elle aurait aimé qu'une seule de ses camarades se lève pour se ranger à ses côtés, mais elle savait que toutes avaient trop besoin de leur maigre salaire pour pouvoir le faire. Même Adrienne.

— Eh bien, adieu ! jeta la jeune fille avec fougue.

Elle se pencha, ramassa son châle, saisit ses deux moules en bois que le vieux Socrate lui avait confectionnés et traversa l'atelier avec une élégance souveraine. Adrienne, les larmes aux yeux, songea qu'elle n'aurait jamais assez de cran pour imiter Mélanie.

10

Le mistral, soufflant en rafales de plus en plus violentes, avait considérablement retardé la diligence. Alexis Gauthier, irrité, songea qu'il aurait dû voyager par le chemin de fer. Il y avait renoncé, devant descendre en gare de Montélimar pour gagner Valréas en patache.

Le cocher, s'arrêtant sous les platanes dépouillés, lui indiqua le chemin à suivre pour se rendre à l'imprimerie Fabert.

Sa mallette de cuir fauve à la main, Alexis remonta le cours du Berteuil. Il connaissait mal ce territoire rattaché au département du Vaucluse par la volonté du pape afin de commercer avec le Dauphiné. Il se rappelait que son père lui avait montré, longtemps auparavant, une borne pontificale marquant la limite entre les terres du dauphin et celles du pape. Les armoiries delphinales étaient effacées sur la borne en pierre mais on voyait encore nettement les clefs papales croisées sur le côté opposé. Il se demandait si son père avait eu raison de l'envoyer dans l'Enclave. Il avait conscience de la nécessité de reprendre l'entreprise familiale sans vraiment s'y intéresser. Il avait d'autres passions, plus élitistes, ce qui faisait grogner son père.

« N'oublie pas que la garance et, désormais, l'absinthe nous ont permis d'acquérir la Figuière », rappelait-il à son fils.

Alexis était profondément attaché à la maison de maître bâtie par son grand-père sur la commune de Montlaure, dans la banlieue avignonnaise. La fortune de sa famille, acquise grâce aux usines produisant la poudre de garance au Pontet, avait failli basculer en 1868, quand deux Allemands, Graebe et Liebermann, avaient découvert l'alizarine artificielle. Heureusement, son père, Eugène Gauthier, qui sentait le vent tourner depuis déjà plusieurs années, n'avait pas hésité à se reconvertir. Alexis n'avait pas cherché à dissimuler son scepticisme quand Eugène lui avait exposé son idée. Pour lui, en effet, l'absinthe restait une boisson parisienne. Moins de dix ans plus tard, il devait reconnaître que son père avait vu juste.

Après avoir produit des eaux-de-vie de fruits, Eugène Gauthier avait décidé de se spécialiser dans la « déesse aux yeux verts », comme l'appelaient poètes et peintres.

Lors d'un premier voyage à Paris, en 1869, Alexis avait été stupéfait de découvrir qu'à compter de dix-sept heures « l'heure verte » régnait sur les boulevards, de la Madeleine à la Bastille. Bourgeois, militaires, employés, étudiants, rentiers s'attablaient aux terrasses et sacrifiaient au rituel de l'absinthe. Son père, qui l'accompagnait, l'avait invité au café Tortoni. Eugène avait montré à Alexis comment préparer l'absinthe selon les règles. D'abord, verser le liquide à reflets opalescents dans un grand verre. Ensuite poser sur les bords du verre une cuiller spéciale, percée de motifs, et mettre dessus deux morceaux de sucre. Enfin, battre l'absinthe, en laissant tomber l'eau goutte à goutte sur la cuiller. De cette manière, le mélange de l'eau fraîche et des huiles essentielles de la liqueur s'opérait petit à petit. Un précipité blanchâtre était monté dans le verre tandis que des parfums d'anis, de mélisse et d'herbe fraîchement coupée avaient étonné Alexis.

« Voilà la magie de la fée verte, lui avait expliqué son père. La griserie est double. Celle de l'alcool s'additionne à celle des effluves. Pendant l'heure verte, ceux qui s'adonnent à l'absinthe se retrouvent dans un autre monde, où plus rien ne compte, excepté cette brume laiteuse qui les grise. Prends garde à ne pas trop y goûter, mon garçon. »

Alexis avait été choqué par le spectacle de deux jeunes femmes réclamant haut et fort au serveur des « perroquets ». Elles avaient bu leur absinthe avec l'aisance des habituées sans se soucier des passants qui leur jetaient des regards en coin.

« Eh oui ! avait commenté Eugène Gauthier. L'absinthe est en train de gagner toutes les couches de la société. Mais, alors que nous, nous fabriquons de la qualité, les "assommoirs" n'hésitent pas à vendre à leurs clients des "vert-de-gris" ou des "sulfates de cuivre", ainsi nommés parce qu'on ajoute du sulfate de cuivre à l'absinthe vendue à bas prix. Un vrai poison ! »

Alexis se remémorait ces détails en s'arrêtant devant l'imprimerie Fabert. Au fil des années, il avait appris à apprécier l'absinthe Gauthier, même s'il lui préférerait toujours un verre de bon vin. Il poussa la porte à double battant, demanda à être reçu par monsieur Fabert, qui devait l'attendre. Un ouvrier le conduisit jusqu'au bureau du patron, situé dans une sorte de cage de verre. Alexis venait de la part d'un industriel voisin, qui avait été fort satisfait des étiquettes fabriquées par l'imprimerie Fabert. Il avait apporté avec lui une bouteille d'absinthe, et des photographies de l'entreprise.

Augustin Fabert repoussa sa casquette en arrière et se gratta le crâne.

— Nous vous enverrons les projets de nos graveurs ainsi qu'un devis, proposa-t-il.

Il expliqua à Alexis que les graveurs travaillaient « en chambre », et lui présenta plusieurs de leurs réalisations. La lithographie permettait assurément un rendu intéressant. Alexis admira des affiches et des étiquettes séduisantes.

L'imprimeur le raccompagna jusqu'à la porte après lui avoir montré les différentes machines dont il était particulièrement fier.

Alexis lui serra longuement la main sur le seuil de l'imprimerie.

— Mon père et moi attendons vos propositions et nous…

Un tourbillon l'interrompit. Entraînée par son

91

élan, la jeune personne qui remontait le cours au galop entra en collision avec le fils d'Eugène Gauthier. Il la rattrapa par le bras alors qu'elle allait tomber.

— Pardon, balbutia-t-elle, essoufflée.

Ses cheveux s'étaient détachés. Il ne vit qu'eux, une masse couleur d'or bruni, un blond vénitien qu'il avait admiré au Louvre sur les toiles des maîtres italiens. Spontanément, il tendit la main, comme pour caresser ces cheveux, suspendit son geste sous le regard moqueur de Fabert.

— Eh bien, Mélanie, où cours-tu si vite ? demanda l'imprimeur.

— Voir mon frère. Bonjour, monsieur Fabert.

— Il a du travail ! cria le patron alors qu'elle venait de se glisser dans l'atelier.

Secouant la tête, il se retourna vers Alexis.

— Cette fille est du vif-argent. Passionnée de dessin, d'ailleurs. Je crois qu'elle aurait fait une bonne ouvrière en litho si elle n'avait pas appartenu au beau sexe.

— Les femmes ne travaillent donc pas dans l'imprimerie ?

Augustin Fabert considéra son interlocuteur avec incrédulité.

— Vous mélangez les ouvrières et les ouvriers, vous, dans votre distillerie ? Chez moi, pas question d'introduire le loup dans la bergerie ! Certains collègues ont embauché des femmes comme marqueurs ou tireurs de feuille. Pour ma part, je n'y tiens pas. Une belle fille comme

Mélanie aurait tôt fait de mettre l'atelier sens dessus dessous.

— Mélanie ? répéta Alexis, sans parvenir à dissimuler son intérêt.

Fabert esquissa un sourire.

— Une cartonnière. Elle n'est pas de votre monde, monsieur Gauthier.

De qui se moquait-il exactement ? se demanda le fils d'Eugène. Les imprimeurs formaient une caste à part, volontiers iconoclaste. Mal à l'aise, il prit congé.

Le mistral était tombé. Les deux clochers de l'église se découpaient sur le ciel d'un bleu minéral. Le soleil n'avait pas tardé à réchauffer le cours, et Alexis s'installa à la terrasse d'un café. Il s'étira discrètement, faisant jouer sous son manteau ses muscles endoloris par le trajet en diligence, commanda un bock. Le serveur, l'observant à la dérobée, engagea la conversation sur le temps qu'il faisait, puis sur le développement de Valréas, lié aux cartonnages. La ville connaissait une expansion sans précédent grâce à l'invention de Ferdinand Revoul.

— Sa boîte à courant d'air pour transporter les graines de vers à soie, il suffisait d'y penser, commenta le serveur. Sa mort n'a pas causé la chute de son usine, comme certains le craignaient. Sa veuve et son fils aîné, Xavier, ont bien tenu la barre. Savez-vous, monsieur, qu'on nous commande des boîtes d'Angleterre, d'Allemagne et même d'Espagne ? C'est que le savoir-faire de nos cartonnières est exceptionnel ! Elles vous réalisent des merveilles sans avoir l'air d'y toucher.

Alexis l'écoutait distraitement tout en buvant sa bière. Il attendait. La belle fille aux cheveux fauves.

Lorsqu'il la vit remonter le cours au bras d'un grand gaillard qui boitait, il éprouva un coup au cœur. S'agissait-il réellement de son frère ? Leur complicité était troublante. Elle discutait avec animation et il penchait légèrement la tête pour mieux l'écouter.

Sans réfléchir, Alexis se leva, s'avança vers eux, le chapeau à la main.

— Mademoiselle, je m'en veux encore de vous avoir bousculée tantôt, déclara-t-il. J'ose espérer que vous m'avez pardonné.

Son compagnon fronçait déjà les sourcils. La jeune fille posa une main apaisante sur son bras.

— C'est moi, monsieur, qui vous ai... percuté, répondit-elle.

Ses yeux riaient. Elle était plus que belle avec son teint très clair, ses yeux gris-vert – couleur d'absinthe, pensa-t-il –, son visage à l'ossature fine, marquée par des pommettes saillantes.

Alexis, sous le charme, se dit qu'elle était faite pour lui. Il émanait d'elle une impression de force, de vitalité, qu'il lui enviait.

— Permettez-moi de me présenter, reprit-il. Alexis Gauthier, de la distillerie Gauthier. Nous fabriquons de l'absinthe du côté d'Avignon.

Elle lui tendit la main sans plus de façons.

— Je m'appelle Mélanie.

Elle marqua une hésitation comme chaque fois

qu'elle utilisait ce nom de Justin qu'on lui avait attribué à l'orphelinat, ajouta, sans même avoir conscience de la réticence qui perçait dans sa voix :

— Mélanie Justin. Et je ne suis plus cartonnière depuis ce matin, jour de mes dix-huit ans, précisa-t-elle dans un éclat de rire.

L'homme à son bras lui jeta un coup d'œil de reproche, comme s'il la trouvait trop familière avec un inconnu, mais Mélanie l'ignora. Elle éprouvait le besoin de prendre sa revanche sur une journée qui avait aussi mal commencé.

— Dix-huit ans, cela se fête, reprit Alexis. Laissez-moi vous offrir un rafraîchissement.

Il vit que Mélanie hésitait, mais son frère – allons, se dit-il, ce ne pouvait être que son frère – secoua la tête.

— Notre mère nous attend, nous n'avons pas beaucoup de temps pour le dîner, répondit-il.

Alexis perçut dans son ton la fin de non-recevoir, mais il était trop soulagé de l'avoir entendu dire « notre mère » pour s'en formaliser.

Il regarda la jeune fille.

— Je reviendrai mardi prochain. J'attendrai la diligence ici, à la même heure.

Elle ne baissa pas les yeux.

— Je serai là, déclara-t-elle.

11

1877

C'était un chemin caillouteux connu seulement de ceux qui gravissaient la montagne de la
Lance. Les pierres roulaient sous les pas, et les
cigales avaient entonné leur mélopée lancinante.
Dans le ciel très bleu, de légers nuages s'effilochaient et se fronçaient. L'air était déjà chaud,
malgré l'heure matinale. Mélanie s'essuya le
front.

— Je n'ai plus de souffle, ragea-t-elle. Dire
qu'autrefois...

Elle se revoyait parcourant les drailles en
compagnie de ses chèvres.

Jean-François lui sourit.

— Tu vieillis, ma belle.

Elle lui décocha une bourrade.

— Espèce de... sale type !

Serait-elle un jour aussi complice avec Alexis ?
se demanda-t-elle avec une pointe d'inquiétude.
Jean-François était pour elle son grand frère, son
protecteur et son meilleur ami.

De nouveau, elle le regarda. Il était séduisant

avec sa haute taille, ses épaules larges et son visage ouvert. Tout aurait été tellement plus facile si elle l'avait aimé... En fait, Mélanie ne savait pas vraiment si elle éprouvait de l'amour pour Alexis. Elle était tombée sous le charme d'Eugène Gauthier et de la Figuière. Le jour où Alexis les avait invitées, Sylvine et elle, dans la propriété familiale située en campagne, tout près d'Avignon, Mélanie avait éprouvé un coup au cœur en découvrant la maison des Gauthier, au bout d'une allée de platanes. Un gros figuier au tronc noueux qui avait donné son nom à la demeure ombrageait une tonnelle d'où la vue embrassait le sommet du Ventoux.

Le grand-père d'Alexis, qui avait fait fortune dans la garance, avait fait bâtir la Figuière en pierres de taille. Blanc et ocre, la maison, ornée de balcons en fer forgé, aux fenêtres à petits carreaux surmontées de mascarons, avait toujours fière allure. Elle avait une âme, et Mélanie avait tout de suite eu envie d'y vivre.

Son impression s'était renforcée en découvrant l'intérieur. Suivant la tradition provençale, la distribution des pièces variait en fonction des saisons. Salon d'été au nord, salon d'hiver au sud... même principe pour les chambres. Instruite par son expérience chez tante Ninie, Mélanie n'avait pas ôté ses bottines pour fouler les tapis aux couleurs chatoyantes mais elle avait eu l'impression qu'Eugène Gauthier avait deviné ce qu'elle pensait. Il l'impressionnait, sans pour autant lui faire peur. Agé d'une cinquantaine d'années, plus trapu qu'Alexis, il inspirait confiance avec son visage souriant, ses cheveux et sa moustache prématurément blanchis.

— Bienvenue à la Figuière, mademoiselle Mélanie, lui avait-il dit en s'inclinant légèrement devant elle.

Conquise, elle avait souri.

Il s'était institué son guide, insistant pour lui montrer les portraits des membres de la famille et cet aïeul, tout de rouge vêtu, qui avait voué une sorte de culte à la garance.

« Un jour, il ne nous restera plus qu'à travailler le pastel, avait-il déclaré en riant. Nous allons bientôt passer par toutes les couleurs de l'arc-en-ciel. »

Il avait insisté pour lui faire goûter l'absinthe que la distillerie Gauthier produisait, sans paraître remarquer le mouvement de recul de la jeune fille. L'alcool lui faisait peur, elle n'avait pas oublié les accès de violence de Duruy. Lorsqu'il avait bu, il était capable de tout.

— Laisse, père, voyons, était intervenu Alexis. Mélanie n'aime pas l'alcool.

Eugène était resté abasourdi. Et puis, partant d'un grand rire, il avait trouvé cela fort drôle.

« Après tout, ta mère n'y entendait rien, elle non plus », avait-il ajouté lorsqu'il avait repris son souffle.

Il avait désigné d'un coup de menton le portrait d'une ravissante jeune femme au regard myosotis empreint de douceur et de mélancolie.

« Cécile, mon épouse », avait-il précisé, et Mélanie, si elle avait remarqué la toilette de satin bleu clair et les bijoux, s'était aussi émue de la pâleur de la jeune femme.

« Elle nous a beaucoup manqué, et elle me manque toujours, avait-il repris. Elle nous a quittés quand Alexis avait à peine cinq ans. La phtisie... J'en parle souvent avec monsieur Fabre. »

Mélanie n'avait pas su trouver les mots pour lui dire qu'elle comprenait. La crainte de commettre un impair la paralysait. Pourquoi avait-elle accepté l'invitation d'Alexis ? Sylvine avait bien tenté de l'en dissuader mais elle n'avait rien voulu entendre.

« Il existe deux mondes bien différents, lui avait rappelé sa nourrice. On ne mélange pas les ouvriers et les patrons. »

Mélanie riait, pour dissimuler son trouble. Elle, elle ne se laisserait jamais arrêter par ces préjugés d'un autre âge ! Ses discussions avec Théodore comme avec Socrate, ses lectures, les cours dispensés par les Ursulines lui avaient permis de développer son esprit critique et son sens de l'indépendance. Elle avait redressé la tête. Pas question de se laisser impressionner par les différences de fortune ou de situation.

La bibliothèque l'avait fascinée. Tant de livres... Emerveillée, elle lisait les noms sur le dos des ouvrages reliés. Voltaire, Rousseau, Goethe, Hugo, mais aussi Ponson du Terrail et Eugène Sue.

— Avez-vous lu *Mireio* ? s'était enquis Alexis, lui tendant un exemplaire relié de rouge.

Elle ignorait tout de Frédéric Mistral et du

félibrige. Confuse, elle avait pris douloureusement conscience de ses lacunes. Eugène Gauthier avait remarqué avant son fils l'altération des traits de Mélanie.

« Vous verrez, le provençal n'est pas si difficile à comprendre. Je vous apprendrai », lui avait-il promis.

Elle s'était sentie acceptée. Mieux : choisie. Sylvine avait eu la même impression.

« Monsieur Gauthier père est un homme bon », lui avait-elle dit sur le chemin du retour.

Les cerisiers en fleur parsemaient les champs de dentelles blanches. L'air était imprégné de douceur, saturé de parfums. Une langueur soudaine envahissait Mélanie au souvenir du premier baiser d'Alexis.

Sylvine bavardait dans la diligence. Mélanie avait-elle conscience de la chance qui était la sienne ? Un homme épris, une si belle demeure, un beau-père charmant... Et Mélanie, le regard soudain farouche, avait jeté : « La chance... Disons plutôt que la vie me doit une revanche. »

Elle avait lu le reproche dans le regard de sa mère adoptive. Sylvine était trop douce, elle ne pouvait pas comprendre.

Elle y songeait de nouveau en grimpant à la suite de Jean-François au-dessus du Poët-Laval.

— Regarde ! lui dit son ami, celui qu'elle nommait son frère, lui désignant les champs de lavande, offerts, comme une mer bleue.

Leur parfum grisant affolait des myriades d'abeilles. Mélanie prit une longue inspiration.

— Quand j'étais gamin, reprit Jean-François

d'une voix assourdie, mon père m'amenait à ce champ. Nous cueillions la lavande de l'aube jusqu'au soir et, crois-moi, ça te casse le dos. Mais quelle récompense quand tu as ta saquette pleine à craquer. Ma mère était heureuse de nous voir revenir avec notre récolte, elle aurait de l'huile essentielle pour l'année. Nous la faisions distiller chez le vieux Claudius. Je revois encore Agathe qui fronçait son petit nez. On aurait dit un chaton...

Il secoua la tête.

— Tous ces souvenirs... Je dois devenir vieux, moi aussi. Bientôt trente ans... Dis-moi, tu ne nous oublieras pas trop vite quand tu seras installée dans ton château ?

Elle lui sauta au cou.

— Idiot, va !

Il lui semblait qu'elle avait déjà assez de souvenirs pour toute une vie. La ferme du Cavalier, puis la petite maison de la traverse du Mûrier... Quand elle fermait les yeux, elle revoyait Augustine accomplissant les tâches du quotidien, les lèvres serrées sur une plainte qu'elle gardait pour elle, ou encore la Grande tricotant des bas au coin du feu. Bien qu'enfouie dans sa mémoire, la ferme l'obsédait encore.

Elle vit le regard de Jean-François changer ; se troubla.

— Que dirais-tu si je te demandais de m'épouser ? s'enquit-il d'une voix différente.

Stupidement, elle se mit à rire, pour dissimuler son émoi.

— T'épouser ? Toi ? Mais tu es comme mon frère !

Le visage du lithographe se ferma. Il se détourna, cueillit un brin de lavande.

— Oui, bien sûr, je plaisantais, dit-il.

Bizarrement, à cet instant, Mélanie eut l'impression que le soleil s'était voilé. Pourtant, les champs de lavande offraient toujours la même couleur, un bleu indigo qu'elle rêvait de reproduire sur le papier à dessin Ingres qu'elle utilisait.

— Rentrons, reprit Jean-François, nous avons encore un long chemin.

Pendant la descente, Mélanie trébucha sur un caillou. Jean-François la rattrapa.

— Attention à toi, lui dit-il.

Serrée contre lui, elle ressentit un vertige fugace. Elle eut peur, soudain. Ne commettait-elle pas une erreur en choisissant de se marier avec Alexis ? Mais, en même temps, elle songea à la Figuière. Cette demeure était faite pour elle, elle en avait eu la certitude dès qu'elle l'avait entrevue. Là-bas, il lui semblait qu'elle serait en sécurité, enfin.

Elle se dégagea, un peu trop vite.

— Dépêchons-nous, Sylvine doit nous attendre, lança-t-elle par-dessus son épaule.

Elle avait laissé tomber son bouquet de lavande. Jean-François le ramassa sans mot dire.

12

D'un geste précis et sûr, Mélanie fit s'emboîter le couvercle de sa boîte « carré-long » sur le dessous, moins grand de trois millimètres, et vérifia que la boîte, destinée à recevoir des bijoux, s'ouvrait aisément.

— La dernière ! s'écria-t-elle avec un soulagement non feint.

Sylvine, qui s'activait à préparer sa daube, vint se planter devant la table de travail.

— Rien ne t'obligeait à finir cette série de boîtes, petite. Tu devrais plutôt t'occuper de ton trousseau.

Mélanie secoua la tête.

— J'y tenais. Question de fierté. Je voulais vous aider, aussi. Vous avez tant fait pour moi.

La cartonnière fit claquer sa langue.

— Vé ! C'est de bon cœur, tu le sais bien. Ce qui me fait juste peine, c'est de te voir partir si loin. On ne te verra plus à Valréas.

— Pour ça, vous me connaissez bien mal. Je reviendrai et vous serez invités, Jean-François et vous, à la Figuière.

Sylvine soupira. Elle goûta sa préparation, y ajouta un peu de sel avant de répondre :

— Nous verrons. Tu devras déjà t'habituer à une vie si différente de la nôtre... Je ne sais pas si tu te rends compte de ta chance.

Sa chance... On le lui répétait sur tous les tons. Et elle, pour ne pas s'attendrir, répliquait par une pirouette : « Qui sait ? C'est peut-être Alexis qui est le plus chanceux de nous deux ! »

Elle avait tenu à ne rien lui cacher. Enfant trouvée, bergère, « souillon », comme l'appelait Duruy, puis fille de la maison chez Sylvine. Elle avait conclu son récit en disant : « Vous voyez, je ne constitue pas vraiment un parti recommandable ! »

Il l'avait regardée. Gravement.

« Je vous aime, Mélanie. Vous serez ma femme. Et j'espère bien vous rendre heureuse. »

Cela lui avait fait presque peur. Il paraissait si sûr de lui, des sentiments qu'elle lui inspirait... Elle, en revanche, se posait encore nombre de questions. Avait-elle raison de l'épouser ? Leurs différences de fortune, d'éducation, n'étaient-elles pas insurmontables ? Elle redoutait d'aliéner sa liberté tout en sachant que seul le mariage lui permettrait d'échapper à sa condition. Elle avait écrit à Théodore une longue lettre dans laquelle elle lui avait fait part de ses scrupules, et il lui avait répondu : *Petite, toi seule connais la réponse. Si ce garçon n'ignore rien de ton histoire et t'a demandée en mariage, il doit tenir à toi.*

Son écriture s'était déformée à la fin de sa missive.

Il y a une mauvaise nouvelle dont je dois te faire part, avait-il griffonné. *Notre pauvre Jeannette est morte un peu avant Noël. Elle devait se marier avec un gars du canton de Saint-Pierreville mais, quand il a su qu'elle venait de l'Assistance, il a tout annulé. Ses parents ne voulaient pas d'une « fille de nulle part ». La Jeannette est partie dans le brouillard et on l'a retrouvée cinq jours après. Elle s'était jetée sous le chemin de fer de Privas. Je sais que cela va te faire mal, petite, mais tu n'es pas comme Jeannette. Tu es forte. Etre une enfant trouvée n'est pas une fatalité. Donne-moi vite de tes bonnes nouvelles.*

Elle avait pleuré toute la nuit, se remémorant ce qu'ils avaient vécu ensemble, Jeannette, Barthélemy et elle. Leurs courses le long des drailles, les soirées passées à la belle étoile, à se raconter leurs rêves, et leurs festins, dans l'étable, quand Jeannette apportait du pain et du fromage de chez ses parents adoptifs. Cela lui paraissait à la fois si proche et si lointain... Le lendemain, à la table du petit-déjeuner, Sylvine avait tout de suite remarqué ses traits tirés.

« Raconte... » avait-elle suggéré.

Mélanie avait fait non de la tête. Elle avait besoin d'un peu de temps, c'était trop doulou-reux. Plus tard, lorsqu'elle avait réussi à se confier à la cartonnière, la jeune fille, qui s'était reprise, avait gardé les yeux secs.

« A la Figuière, je pourrai peut-être mener une autre vie », avait-elle murmuré.

Sylvine s'était tue. Elle ne lui avait pas dit que votre passé vous suivait toujours, où que vous alliez. A quoi cela aurait-il servi ? Mélanie avait le droit de saisir sa chance. Mais celle-ci s'appelait-elle Alexis Gauthier ?

Les cloches sonnaient à la volée. Sylvine écrasa une larme en voyant apparaître Mélanie sur le chemin menant à l'église. Jean-François lui donnait le bras. Tous deux formaient un si beau couple dans leurs habits de fête qu'elle se demanda si elle avait bien fait de ne pas chercher à influencer sa fille adoptive. Eugène Gauthier se tourna vers elle.

— Allons-y, ma chère. C'est jour de fête.

Alexis était entré dans l'église au bras de sa tante Adèle. Il avait fière allure dans son habit sombre.

Debout devant l'autel, il se tourna vers Mélanie, qui remontait l'allée principale de l'église. Des effluves de roses et de lis se répandaient dans la nef.

Dans sa tête, Sylvine tentait de récapituler toutes les traditions qu'elle avait tenu à faire observer par sa pupille. Mélanie avait été coiffée par une femme heureuse en ménage et c'était Sylvine elle-même qui avait glissé quelques grains de sel dans ses souliers. Sous sa robe de soie couleur ivoire, la jeune fille portait un jupon de coton blanc, confectionné au boutis par mamée Léa, qui avait dessiné une lyre, symbole de l'harmonie conjugale, des paniers et des fleurs. La mère de Sylvine avait aussi brodé le prénom de la mariée, ainsi que la date du mariage. La partie haute du jupon était matelassée à l'aide de petits losanges, et le montage effectué à plis canons.

Pour se protéger du vent, Mélanie avait jeté sur ses épaules un châle de soie rouge brodé ton sur ton de fleurs et d'épis de blé et bordé de franges nouées. Ses cheveux torsadés étaient maintenus par une résille.

Le choix de la date des noces avait donné lieu à des discussions épiques. A cette occasion, Mélanie avait fait plus ample connaissance avec Seconde, la gouvernante de la Figuière. Un personnage, cette femme d'origine piémontaise, venue travailler d'abord comme nourrice à Marseille avant d'être embauchée par la mère d'Alexis. Elle avait le verbe haut, une silhouette imposante, et Mélanie avait vite compris qu'elle devrait composer avec celle qui se considérait comme la gardienne des traditions familiales. Jusqu'à ce prénom curieux – Seconde – qu'elle devait à un père furieux de voir naître une deuxième fille plutôt que l'héritier de sexe mâle tant attendu ! Dieu merci, Seconde et Sylvine étaient tombées d'accord sur nombre d'interdits. Pas question de se marier au mois de mai (« *Mes de mai, mes dei flour, mes dei plour* » : « Mois de mai, mois des fleurs, mois des pleurs », répétait Sylvine), ni en temps de carême ou d'avent, ni le lundi ou, encore moins, le vendredi. On ne devait pas non plus se marier un 9, un 19 ou un 29 car « *lou noù porto lou doù* », « Le 9 amène le deuil ».

Les deux familles avaient donc choisi un samedi de juin.

Assistant à la sortie des nouveaux mariés de l'église de Montlaure, Sylvine essuya une larme. Mélanie était si belle dans sa toilette ivoire ! Elle n'avait pas hésité au moment de prononcer le « oui » l'unissant pour la vie à Alexis. Il paraissait plus ému qu'elle. Tout vêtu de noir, avec sa chemise blanche et sa cravate nouée en flot, il en imposait. Un bel homme, en vérité. Qui aurait pu penser... ? songea Sylvine en se tamponnant les yeux. Tante Ninie, qui avait fait le déplacement avec son époux, donna une bourrade à sa nièce.

— Quelles noces ! Ça fait riche, c'est sûr ! Ils n'ont pas tordu le nez quand ils ont su que la petite n'avait pas de dot ?

— Penses-tu ! Ils ne sont pas comme ça.

C'était vrai. Le père et le fils Gauthier se moquaient bien que Mélanie n'ait pas un sou vaillant. Tante Ninie fit la moue.

— Espérons que ça ne cache pas quelque chose ! Tu avoueras que la différence de situation a de quoi étonner...

— Chut ! intima Elzéar à son épouse.

Le cortège, précédé d'un tambourinaire, se dirigeait vers la Figuière. Des tables avaient été dressées dans le parc, à l'ombre des tilleuls. Sylvine remarqua qu'Alexis avait remis à sa femme la clef de la maison familiale à la sortie de l'église. Elle l'avait aussitôt accrochée au « clavier » fixé à sa ceinture.

Une dame, pensa Sylvine, émue aux larmes. Ma petite est une vraie dame.

Elle croisa le regard impénétrable de Jean-François ; eut mal pour lui. Même s'il ne lui avait pas fait de confidences, elle avait deviné que son fils souffrait de voir Mélanie en épouser un autre que lui. Elle voulut poser la main sur son bras, lui souffler qu'elle comprenait, mais il ne lui en laissa pas le temps. Se détournant, il demanda à oncle Elzéar s'il était déjà venu de ce côté-ci du Vaucluse. Sylvine se mordit les lèvres. Elle ne voulait plus pleurer. C'était un jour de fête.

Alexis, qui avait aidé Mélanie à sauter au-dessus de la barrière haute d'une soixantaine de centimètres placée sur le chemin de la Figuière – encore une tradition qu'il convenait de respecter –, jeta un coup d'œil à sa jeune femme et lui sourit. Songeait-il, lui aussi, se demanda Mélanie, à ce moment passé au bord de la Sorgue durant lequel elle avait choisi de se donner à lui ? Elle n'était pas certaine de l'aimer, elle le lui avait dit, et il avait ri en répondant qu'il l'aimerait pour deux.

Il était impatient, et plein de fougue. Elle, étrangement détachée, attendait la révélation du plaisir évoquée dans les romans interdits. Elle avait longuement expliqué à Alexis qu'elle se refusait à être la victime consentante du « viol légal » que représentait la nuit de noces. Elle se voulait une femme libre et c'était en tant que telle qu'elle avait choisi de se donner à Alexis. L'avait-il compris ? Elle s'était rajustée lentement, avec un vague sentiment de déception. Elle avait alors songé qu'elle avait bien raison de se défier de l'amour !

Il faisait bon sous les tilleuls. Leur parfum suave, sucré, était dominé par les effluves provenant des cuisines. Eugène Gauthier avait insisté pour que les noces se déroulent à la Figuière, et Mélanie avait cédé de bon cœur. Elle savait bien que Sylvine n'était pas en mesure d'assumer les frais du mariage.

Le tambourinaire les accompagna tandis que les mariés prenaient place à la table. Seconde avait sorti des armoires les grandes nappes damassées et le service en faïence de Marseille.

Saisie d'un vertige, Mélanie s'était brusquement souvenue des écuelles grossières de la ferme, en se demandant où était vraiment sa place. Si seulement elle avait connu l'identité de sa mère, elle se serait sentie moins seule à cet instant.

Elle chercha le regard de Sylvine. Durant les huit dernières années, la cartonnière avait été son point d'ancrage, son refuge et aussi son amie. Elle avait besoin d'elle.

Sylvine se pencha au-dessus d'elle, la serra contre elle.

— Sois heureuse, ma fille, lui recommanda-t-elle.

Elles mêlèrent leurs larmes.

13

1877

L'allée bordée de platanes aux troncs blanchis procurait une fraîcheur bienvenue après la chaleur et la poussière supportées en chemin.

Apercevant la silhouette harmonieuse de la Figuière, Mélanie se sentit heureuse de regagner la maison qui serait désormais la sienne. A ses côtés, Alexis demeurait silencieux. Songeait-il à leur voyage de noces ? Souhaitant lui faire plaisir car elle connaissait son admiration pour Mistral, la jeune femme avait suggéré Arles plutôt que Marseille, destination traditionnelle des nouveaux mariés. Ils avaient réussi à s'enfuir avant la fin du repas de noce, interminable, se composant de différents hors-d'œuvre, de bouchées à la reine, de filet de bœuf sauce madère, de poulardes de Bresse, de petits pois à la française, suivis d'une salade, puis d'une bombe glacée, d'une pièce montée et de petits-fours. Le tout accompagné de vin d'Alsace, de châteauneuf-du-pape et de champagne. Lorsque l'absinthe Gauthier avait circulé à table, Mélanie avait échangé un coup d'œil entendu avec Alexis. L'étiquette, imprimée chez Fabert, leur rappelait leur première rencontre. Le graveur avait dessiné avec art une Figuière à peine stylisée.

« Quelle journée ! » avait soupiré son mari en secouant les rênes du phaéton. Seconde avait veillé à glisser leurs bagages dans le coffre.

« De quoi aurai-je l'air, avec ma toilette de mariée ? » avait protesté Mélanie. Alexis lui avait jeté un coup d'œil moqueur.

« Préféreriez-vous vous soumettre à toutes les traditions qui entourent la "chasse aux mariés" ? Boire une infâme mixture dans un pot de chambre, avoir notre lit retourné, subir les plaisanteries grivoises et avinées ? Pour ma part, je m'en dispenserai volontiers ! »

Il avait raison. De toute manière, elle ne supportait pas ce genre de festivités. De plus, la route vers Arles était si belle, à la clarté de la lune, que la jeune femme, émerveillée, avait contemplé le paysage sans plus avoir envie de récriminer.

Ils étaient arrivés un peu avant minuit à l'hôtel Nord-Pinus, le meilleur de la ville, situé place des Hommes. Epuisée, Mélanie avait à peine pris le temps de se dévêtir et de dénouer ses cheveux. Lorsque Alexis était remonté du salon de l'hôtel où il avait fumé un cigare et bu un cognac, elle dormait déjà, sans même avoir passé sa chemise de nuit. Il avait contemplé son corps nu durant plusieurs minutes, s'émouvant de sa beauté. Elle ne l'aimait pas, il le savait. Parviendraient-ils cependant à former un couple heureux ?

Songeur, il avait remonté le drap sur Mélanie avant de s'installer dans un fauteuil et de guetter le lever du soleil sur la ville.

Elle l'avait découvert ainsi le lendemain matin. La fenêtre de leur chambre ouvrait sur une succession de toits de tuiles roses. Les cloches de Saint-Trophime appelaient les fidèles à l'office.

« Mélanie, voyons ! »

Il l'avait enveloppée de sa chemise blanche, beaucoup trop grande pour elle. Elle riait en agitant les mains. Ils avaient basculé sur le lit. Cette fois, elle avait réussi à ne pas penser à Duruy qui poursuivait sa fille aînée dans l'étable.

L'amour avec un homme doux et épris pouvait être agréable. Même si elle ne ressentait pas l'extase de la passion décrite dans les romans.

Ils avaient passé une semaine dans les environs. Alexis était un guide accompli. En sa compagnie, Mélanie était montée au sommet de la tour dominant les arènes, avait visité le théâtre antique, s'était promenée le long des Alyscamps, une allée étrange, bordée de tombeaux, ombragée de cyprès. Sous le charme, elle s'était assise sur une pierre et avait croqué à grands traits les ruines de l'église romane Saint-Honorat.

« Vous avez du talent », l'avait complimentée Alexis.

Elle avait alors osé lui confier qu'elle rêvait de prendre des cours de dessin.

Même s'il s'agissait d'une nécropole, les Alyscamps n'étaient pas empreints de tristesse. Il émanait du lieu une impression de sérénité, renforcée par leur solitude.

Ils étaient allés à Saint-Rémy-de-Provence, où Mélanie avait à nouveau réalisé des esquisses du site de Glanum, et à Maillane car il tenait à lui faire rencontrer Frédéric Mistral. La jeune fille, qui avait lu *Mireille*, était à la fois impatiente et anxieuse. Le poète provençal allait-il lui faire bon visage ? Alexis avait souri. « *Lou mestre* est sensible à la beauté des jolies femmes. Tu n'as rien à redouter. »

Le poète les avait reçus sans façon dans sa nouvelle demeure bâtie dans le jardin de la maison du Lézard où il avait vécu avec sa mère. De la fenêtre de la cuisine, il avait vue sur ce logis, ainsi nommé à cause de l'inscription ornant sa façade : « Gai lézard, bois ton soleil. L'heure ne passe que trop vite, et peut-être il pleuvra demain. » Il avait désiré une maison simple, quoique plus vaste que celle où sa mère et lui avaient trouvé refuge après leur départ forcé du mas du Juge.

Son épouse, Marie Rivière, jeune – elle avait à peine vingt ans alors que Mistral en avait quarante-sept –, douce et effacée, leur avait servi des rafraîchissements dans le jardin, à l'ombre des lauriers-tins et des oliviers tandis qu'un chien noir folâtrait autour d'eux.

« Un chien de rond-point, disait le poète en souriant, venu de nulle part, qui m'est d'autant plus précieux. »

Mélanie, séduite, avait déjà envie d'approfondir ses connaissances en provençal. Elle était

114

tombée en arrêt devant le bureau du maître de maison. Deux pans de mur abritaient une bibliothèque impressionnante. De quoi passer de merveilleuses soirées au coin de la cheminée alors que le vent soufflait. Le vent, qui effrayait fort madame Mistral, native de Dijon, au point qu'elle protégeait chaque ouverture de rideaux épais.

Mistral s'animait, parlait de luttes intestines au sein du félibrige, entre « blancs » et « rouges », et Mélanie se promettait de tout lire sur ce mouvement qui fascinait son époux.

Elle était revenue de Maillane avec des mots plein la tête. Mistral était un personnage étonnant, impétueux et, en même temps, capable de basculer dans une profonde mélancolie. Cet aspect de son caractère la faisait se sentir proche de lui. Elle savait que son éducation comportait une foule de lacunes mais il lui donnait envie d'apprendre. Elle en avait discuté plus tard avec Alexis, alors qu'ils découvraient tous deux le paysage grandiose des Baux.

« Apprendre ? avait-il répété d'un air surpris. Mais… vous êtes une femme, Mélanie. A quoi bon vous fatiguer la tête ? Votre rôle premier est d'élever nos enfants. »

A cet instant, elle l'avait détesté. Pourquoi réagissait-il ainsi ? Ce n'était pas parce que madame Mistral se tenait en retrait de son illustre époux qu'elle, Mélanie, allait l'imiter ! Alexis ne pouvait-il donc comprendre ce qu'elle éprouvait ? Lui avait pu étudier sans avoir besoin de se battre ; il ne s'était jamais levé alors qu'il faisait encore nuit noire et que la peur vous nouait le ventre.

Elle avait relevé le menton, avait défié son mari du regard. Il avait ri, pour dissimuler sa gêne, l'avait attirée contre lui.

« Mélanie, ma chère, si cela peut vous complaire, vous apprendrez tout ce que vous désirerez. Et même le tonkinois. C'est à la mode, paraît-il. »

Il ne la prendrait jamais au sérieux, avait-elle pensé, la rage au cœur. Ce n'était pas une raison suffisante pour qu'elle vive dans son ombre.

Elle y songeait à nouveau, devant la lourde porte en chêne, barrée de fer forgé, de la Figuière. Leur voyage de noces était terminé. Se connaissaient-ils mieux pour autant ? Elle n'en était pas certaine.

Eugène Gauthier les attendait sur le seuil. Mélanie, heureuse de retrouver son beau-père, l'embrassa. Il la serra contre lui.

— Soyez la bienvenue dans votre maison, ma petite fille.

Elle ne s'était pas séparée du clavier symbolisant son état de bastidane.

— Vous avez belle mine l'un et l'autre, reprit Eugène Gauthier. Rentrez vite vous mettre à l'ombre. Cette fois, Mélanie, vous ne me refuserez pas un petit verre d'absinthe.

Elle acquiesça d'un sourire.

Il régnait une fraîcheur délicieuse dans le salon d'été, préservée par les volets tirés. Eugène, qui était très attaché aux principes hygiénistes, indiqua à Mélanie le cabinet de toilette proche des pièces de réception. Elle y fit un brin de toilette et, se penchant, fit couler de l'eau du broc dans ses mains pour se désaltérer. Elle s'essuya aussitôt après avec la serviette marquée des initiales « C. G. ».

— Tout le linge de Madame était brodé par les religieuses de l'Immaculée-Conception, remarqua une voix sévère derrière elle.

Mélanie sursauta, se retourna pour se retrouver face à Seconde. La gouvernante la considérait d'un air peu amène.

— Bonjour, Madame, dit-elle. Saurez-vous retrouver votre chemin ?

— Bien sûr.

Mélanie affichait une assurance qu'elle était loin d'éprouver. Elle avait déjà compris que Seconde n'acceptait pas sa présence à la Figuière. Sentait-elle sa position menacée ? Ou bien avait-elle deviné que la jeune femme n'était pas le moins du monde préparée à son nouveau rôle de maîtresse de maison ?

Il n'était pas question pour elle de baisser pavillon vis-à-vis de la gouvernante. Mélanie lui tendit la serviette et gagna le couloir menant aux pièces de réception. Alexis et son père devisaient paisiblement, assis à une table ronde. Ils se levèrent avec un bel ensemble à son entrée.

— Nous vous attendions pour sacrifier à la dame verte, déclara Eugène Gauthier.

Elle voulait tout connaître de la distillation de l'absinthe. Son beau-père sourit.

— Votre enthousiasme me touche, mon enfant. Vous préférerez certainement,

117

cependant, vous rendre chez votre couturière ou votre modiste.

Elle secoua la tête.

— Détrompez-vous, monsieur Gauthier. L'absinthe fait partie de ma vie, désormais, puisque je suis l'épouse d'Alexis.

Elle refusa de prêter attention à son époux, qui fronçait les sourcils. Elle connaissait son avis sur la question. Elle était bien décidée à conquérir sa place à la Figuière. A l'invitation de son père, Alexis fit couler très lentement l'eau bien fraîche sur les cuillers à absinthe posées « en pont » au-dessus de grands verres. Un délicieux parfum d'herbe fraîchement coupée se répandit dans le salon.

— La fée verte... murmura Eugène Gauthier d'une voix assourdie.

Un liquide de couleur opaline donnait une apparence troublante au verre de Mélanie. Allait-elle aimer cette absinthe à laquelle son beau-père accordait tant d'importance ? Elle goûta le breuvage du bout des lèvres, fut surprise d'apprécier sa légère amertume, refraîchissante.

Eugène lui sourit.

— Vous voici quasiment intronisée, mon enfant.

14

Chaque fois qu'une petite servante appelait Mélanie « Madame », la fille adoptive de Sylvine était tentée de jeter un coup d'œil par-dessus son épaule.

« Madame » ! Mais c'était elle, et elle avait de la peine à s'accoutumer à cette idée.

Jean-François l'avait mise en garde avant son mariage, ainsi que tante Ninie.

« Il faudra te faire respecter dès le premier jour. Tu n'es pas de leur monde. »

A Valréas, ces différences lui paraissaient encore surmontables. Dès son installation à la Figuière, cependant, elle avait mesuré le fossé la séparant de sa belle-famille. Elle avait beau s'appliquer, chaque jour elle se trouvait confrontée à des situations embarrassantes. Or, si son mari et son beau-père s'efforçaient de la mettre à l'aise, Seconde ne manquait pas une occasion de lui faire sentir sa différence.

La gouvernante avait esquissé une moue méprisante en découvrant le trousseau de Mélanie.

« Mon Dieu, Madame ! Il vous faut dix fois plus

de chemises et de jupons de dessous. Et les pantalons ! Vous n'avez pas de pantalons ? »

La gouvernante avait couru jusqu'à une pièce de l'étage, en était revenue serrant contre elle un pantalon confectionné dans une cotonnade très fine, ornée d'entre-deux, de jours, de point d'épine et de dentelle de Valenciennes posée à plat dans le bas du volant. Une merveille de finesse que Mélanie admira sans réserve.

« Il vous en faut au moins une douzaine, reprenait Seconde. Comme les jupons en nansouk, et les corsets. Je connais à Avignon une corsetière qui réalise ses ouvrages en ottoman de soie. Madame se fournissait chez elle. »

Devait-elle jouer l'obstinée, décréter qu'elle irait ailleurs, précisément pour se démarquer de Cécile Gauthier ? Mélanie préférait se battre pour d'autres victoires. Elle avait rompu les chiens.

« Nous irons ensemble, Seconde. »

Pas question de se chercher des excuses, d'inventer une explication qui aurait forcément sonné faux. De toute manière, la jeune femme n'avait pas l'intention de courber la tête. On devait déjà chuchoter à son sujet à l'office. Mariage inégal... Que dirait-on lorsqu'on apprendrait qu'elle venait de l'Assistance ? Parce que – sur ce point, Mélanie lui faisait confiance – Seconde finirait bien par le savoir. Elle ne se jetterait pas sous le train, comme Jeannette. Elle ne se sentait pas coupable, à partir du moment où elle s'était confiée à Alexis. Coupable de quoi, d'ailleurs ? D'avoir été abandonnée par sa génitrice, d'avoir survécu à la mortalité effrayante sévissant sur le « chemin des nourrices », d'avoir résisté au froid, à la neige et aux coups de Duruy ? Lorsqu'elle évoquait son enfance, Mélanie ressentait la boule familière, tapie au fond de son ventre.

Personne ne pouvait comprendre. Excepté Jeannette et Barthélemy. Aussi ne prêtait-elle pas attention à la moue dédaigneuse de Seconde.

Alexis l'avait emmenée chez la meilleure couturière d'Avignon, et sa garde-robe devenait conséquente. Mais, si elle portait volontiers pour sortir jupe à tournure et corsage à ruchés, chez elle elle préférait se vêtir en bastidane, avec un jupon piqué sous son cotillon et une chemise à listo.

Elle s'était tout de suite sentie à l'aise à la Figuière, et ce malgré les dimensions imposantes de la demeure. Sylvine, venue de sa petite maison de la traverse du Mûrier, avait manqué en perdre la voix. Mélanie, en se familiarisant avec l'enfilade des pièces du rez-de-jardin et le mobilier d'époque, s'était demandé comment elle avait pu vivre ailleurs auparavant.

Sa chambre ouvrait sur l'arrière et l'aimable fouillis de roses de Damas, d'oliviers et de pins parasols, percé d'allées sinueuses qui menaient à une chapelle romane. Les murs tendus d'une perse bleu et blanc, le lit à la polonaise, l'armoire et le secrétaire en bois de rose composaient un décor féminin et raffiné. Cécile Gauthier avait-elle vécu là ? Avant de s'installer, Mélanie avait passé le plat de la main sur l'écritoire, comme pour se demander si elle se trouvait bien à sa place. Oui, certes, mais quelle était sa place ?

C'était si difficile à expliquer, même à Alexis, qu'elle y avait renoncé. Eugène, peut-être, aurait pu la comprendre, mais elle n'osait pas trop se livrer à lui. Pour être plus en confiance, elle attendait d'avoir apprivoisé la distillerie.

Alexis rechignait à la lui faire visiter.

« Voyons, Mélanie, imaginez-vous cet endroit ? Une dame de votre condition ne peut s'y commettre. »

Elle avait ri, pour dissimuler son irritation. Puisqu'elle appartenait désormais à une famille de distillateurs, elle voulait tout connaître de l'absinthe. Mais Alexis se comportait comme s'il avait eu honte de produire cet alcool.

Tout naturellement, elle avait commencé par consulter les ouvrages de la bibliothèque avant de discuter avec son beau-père. Ravi de son intérêt, il lui avait confirmé que, si elle était connue depuis l'Antiquité – Pline en parlait déjà, recommandant d'en placer sous l'oreiller des personnes insomniaques –, l'absinthe était avant tout considérée comme une plante médicinale, protégeant les malades contre la malaria, l'ictère et soulageant la mauvaise digestion.

« Pourtant, avait enchaîné Eugène Gauthier, l'absinthe représentait aussi un symbole d'amertume. On l'utilisait pour sevrer l'enfant en frottant le sein de sa nourrice avec des feuilles d'absinthe, on mélangeait de la poudre d'absinthe à l'encre afin de préserver les manuscrits des souris et, chez les Romains, le vainqueur d'une course de chars buvait une coupe d'absinthe pour prendre conscience des risques et des amertumes de la gloire... »

A cet instant, elle avait pensé à Jean-François. Avec ses connaissances encyclopédiques, il aurait su trouver les mots pour évoquer cette plante à double face.

« Saviez-vous, ma chère enfant, avait repris son beau-père, que Voltaire appelait le premier mois du mariage la lune de miel et le second la lune d'absinthe ? Un peu inquiétant, n'est-il pas vrai ? »

Il s'était troublé en la voyant changer de visage.

« Mon Dieu, mon petit, je plaisantais. Voyons, n'allez pas vous mettre martel en tête ! »

Il avait ouvert pour elle des ouvrages racontant l'aventure de l'absinthe.

« Voyez, lui avait-il indiqué en soulignant de l'ongle des phrases annotées, ses origines sont nombreuses, et controversées. »

Il lui avait parlé du val d'Absinthe, situé dans le diocèse de Langres, où le futur saint Bernard avait bâti sa première abbaye avant de construire celle de Clairvaux. Il avait aussi évoqué les moines de Montbenoît en Franche-Comté, et le docteur français Pierre Ordinaire, réfugié en Suisse dans le canton de Neuchâtel.

Mélanie avait esquissé un sourire. Ce médecin, de haute taille, monté sur son petit cheval nommé « la Roquette », était particulièrement original. Un vrai personnage de légende ! D'autant que, Eugène Gauthier l'affirmait, l'élixir d'absinthe avec lequel il soignait ses patients n'avait que peu de rapports avec la véritable absinthe. Non, c'était Henriette Henriod, vivant à Couvet, dans le canton de Neuchâtel, qui avait inventé la fameuse recette en distillant dans sa cuisine les plantes nécessaires à la fabrication de l'absinthe.

Il pouvait d'ailleurs lui montrer la reproduction d'une vignette d'extrait d'absinthe suisse datant d'environ 1750. Un bouilleur de cru établi à Couvet, qui avait changé son nom de Perrenoud en Pernod, avait créé sa distillerie après avoir travaillé avec le major Dubied, qui avait acheté sa recette à « la mère Henriod ».

Devant le succès de l'élixir en France, Henri-Louis Pernod s'était installé à Pontarlier afin d'échapper aux droits de douane élevés du fisc napoléonien.

En 1805, la première distillerie française d'absinthe, ou « eau verte », ouvrait ses portes à Pontarlier. Veuf en 1806, Henri-Louis Pernod épousait en 1807 Emilie, la fille du major Dubied.

« Mais nous sommes loin du Jura », avait fait remarquer Mélanie.

Eugène Gauthier avait souri. Il avait beaucoup voyagé, quand leur usine de Montlaure fabriquait encore de la poudre de garance, et avait découvert un jour d'été de curieuses moissons bleuâtres qui dégageaient un parfum entêtant. Le Jura français et le Jura suisse cultivaient de façon intensive l'hysope, la mélisse, mais aussi la petite et la grande absinthe. Il lui avait expliqué que la récolte ne durait qu'un mois, du 15 juin au 15 juillet, quand les fleurs étaient encore en boutons. C'était en effet à ce moment-là que la plante était le plus riche en huiles essentielles. La grande absinthe, cependant, réclamait beaucoup de soins, ce qui rendait son coût élevé. Alexis, sur les instances de son père, avait participé à une récolte, par temps sec et clair, car l'humidité lui était particulièrement néfaste. Casquette sur la tête, il avait coupé les pieds à ras de terre avant de les mettre en andains sur le sol où l'absinthe « s'amortissait ». Comme elle ne devait pas passer plusieurs jours et plusieurs nuits à l'extérieur sous peine de fermenter, on la liait très vite en bottes et on la plaçait sur des clayettes en bois dans des greniers, toujours à l'abri de l'humidité. Cette opération de séchage durait de deux à six semaines. Pour s'assurer qu'elle était bel et bien terminée, il suffisait de plier une tige entre ses doigts. Celle-ci devait se briser. On conservait ensuite l'absinthe enveloppée dans des feuilles de papier, avant de la couper en morceaux de huit à quinze centimètres de longueur à l'aide d'un hache-paille ou plus simplement sur un billot. Le tout était emballé dans des sacs de toile.

Mais, comme l'absinthe devait voyager, il importait aussi de prévoir des balles, de quatre-vingts à quatre-vingt-dix kilos, remplies de fourchées de feuilles sèches.

Eugène Gauthier avait l'habitude de se rendre chaque année sur le marché aux grains de Besançon, où il traitait directement avec les fournisseurs. Les balles d'absinthe étaient ensuite chargées sur des péniches et voyageaient par le canal du Rhin au Rhône.

« Et après ? » avait questionné Mélanie, impatiente de savoir.

Eugène lui avait adressé un sourire complice.

« Après, ma belle, vous découvrirez sur place la suite des opérations. A la distillerie. »

Elle avait reçu sa dernière phrase comme une promesse.

Mélanie avait beau courir, elle avait l'impression que ses pieds étaient cloués au sol. Duruy marchait sur elle. Il brandissait une hache. Elle hurla.

Alexis la secoua sans douceur.

— Mélanie ! As-tu perdu l'esprit ? Que t'arrive-t-il ?

A la lueur des flammes de la cheminée, elle distingua son visage furieux. Alexis ignorait tout des cauchemars. Seul Jean-François avait le pouvoir de chasser les mauvais rêves. Mais Jean-François était loin, à Valréas, et la chatte Mine qu'il lui avait offerte longtemps auparavant était morte.

Encore sous l'effet de la terreur, elle se redressa.

— Ce n'est rien, souffla-t-elle. Parfois, je fais des cauchemars. C'est... un peu spectaculaire.

— En effet. Nous aurons de la chance si tu n'as pas réveillé toute la maison.

Pouvait-il la comprendre ? se demanda soudain la jeune femme. Elle n'avait pas le sentiment qu'Alexis la connaisse vraiment. Il avait une certaine image d'elle et se raidissait chaque fois qu'elle refusait de s'y plier. Farouchement attachée à son indépendance, Mélanie le supportait mal.

Elle se leva, s'enveloppa dans un grand châle de cachemire. Alexis, retourné de l'autre côté du lit, s'était déjà rendormi.

Pieds nus sur les parefeuilles cirés, la jeune femme descendit à l'office se préparer une infusion. Elle retint un cri de surprise en découvrant Eugène assis sur une chaise paillée au coin de l'âtre.

— Seigneur ! Que faites-vous là ? s'écria-t-elle.

Il rit.

— Ma chère petite, je puis vous retourner la question ! Seriez-vous insomniaque, vous aussi ?

La nuit, tout paraissait différent. Sans façon, Mélanie tira un siège paillé près de la cheminée, tendit les mains vers les braises chaudes.

— Je n'ai jamais eu un très bon sommeil, répondit-elle enfin.

Pouvait-elle faire confiance à cet homme, assis à côté d'elle, qui était le père d'Alexis ? Il la regardait avec attention et, aussi, avec beaucoup de douceur.

— Cela vient de mon enfance, ajouta-t-elle très vite. En Ardèche, je dormais assez mal...

Elle s'interrompit. Comment aurait-elle pu confier à Eugène l'atmosphère oppressante régnant à la ferme ? Il était si éloigné de ce monde...

— C'est le passé, déclara fermement le maître

128

de maison. Il ne faut pas le laisser empoisonner le présent.

Elle le savait, bien sûr.

— Prendrez-vous une tisane ? proposa-t-il. A moins qu'un peu de café... ? Anna m'en garde toujours au chaud.

Mélanie voulait bien du café, même si elle savait qu'il n'aurait pas tout à fait le goût de celui de Sylvine.

Elle sourit de voir son beau-père s'affairer, sortir du buffet deux tasses et y verser du café maintenu au chaud sur le fourneau dans sa cafetière à bec.

— Cette cuisine était déjà ma pièce préférée lorsque j'étais enfant. Mon père s'y tenait volontiers. C'était un homme fier, que le déclin de la garance a tué. Il aimait son métier. Je crois que je lui ressemble.

Il soupira. Mélanie aurait pu conclure à sa place : « Mais Alexis ? Est-il passionné par l'absinthe ? »

Elle serra les pans de son châle autour d'elle.

— Alexis est très impliqué dans le félibrige, dit-elle.

Eugène esquissa un sourire dubitatif.

— Un peu trop à mon goût ! Savez-vous comment l'on considère encore Mistral à Maillane, malgré ses succès parisiens et la renommée de *Mireio* ? Comme un fainéant, un gars aux mains blanches, qui n'a jamais travaillé la terre. « Il n'est même pas capable de gagner sa vie », disait-on à sa mère. C'est injuste, je vous l'accorde, mais c'est ainsi. Pour ma part, j'ai besoin d'Alexis à la fabrique, pas au banquet de la Sainte-Estelle !

Mélanie saisit l'occasion.

— Vous m'aviez proposé de visiter la distillerie. Pourquoi pas aujourd'hui ?

Il la regarda en plissant les yeux.

— Oui, il est temps, je crois, de vous familiariser avec la fabrique.

Il lui servit une nouvelle tasse de café, la lui tendit.

— Soyez prête à huit heures. Je vous emmènerai.

La jeune femme soutint le regard d'Eugène.

— Je vous attendrai dans le hall.

Les bâtiments de la distillerie, dominés par deux cheminées d'usine, formaient un vaste quadrilatère auquel on accédait par une double grille.

Eugène désigna à Mélanie un grand hangar dans lequel les balles d'herbes étaient triées, pesées et concassées dans des mortiers de fonte.

— Ce sont des plantes qui proviennent de la région de Pontarlier. Alexis est allé les choisir sur pied, suivant la tradition en vigueur dans notre entreprise. La meilleure qualité, pour l'absinthe Gauthier.

Sa voix exprimait une certaine fierté. Mélanie comprenait ce sentiment, elle qui avait vécu avec deux personnes passionnées par leur métier à Valréas. Sylvine disait souvent, lorsqu'elle avait achevé une série de grosses : « Allons ! Je peux aller dormir tranquille à présent. » Quant à Jean-François, personne ne l'imaginait ailleurs qu'à l'imprimerie Fabert. Et elle ? se demanda-t-elle tout à trac. Quelle était sa passion ? Elle dessinait, trouvant à la Figuière de nombreux thèmes d'inspiration. Elle aimait suivre son instinct, choisissant ses couleurs, utilisant plus volontiers la sanguine et les pastels que l'aquarelle, et refusait de « réaliser des ouvrages de dame », comme disait Alexis avec une pointe de dédain. Elle ne dessinait pas de bouquets de fleurs, trop mièvres à son goût, seulement des paysages et des portraits. Seconde la fascinait avec son visage sévère, son chignon tiré et sa bouche qui ne souriait jamais. Elle imaginait déjà le dessin qu'elle pourrait faire d'elle, tout en terres d'ombre.

Sans paraître remarquer son air pensif, Eugène Gauthier entraîna la jeune femme vers les caves, où l'alcool nécessaire était stocké dans d'immenses bacs étanches.

— Nous n'utilisons ici que de l'alcool provenant de l'Hérault ou du Gard tout proche, expliqua-t-il à sa bru. C'est ce qui fait de notre absinthe un produit d'excellente qualité. On obtient ce qu'on appelle le « trois-six de Montpellier » à partir des surplus de vin alors que le « trois-six du Nord », de qualité plus médiocre, est issu de betterave.

— Mais pourquoi ce nom de « trois-six » ? questionna Mélanie, de plus en plus intriguée.

Eugène sourit.

— Décidément, il faut que vous lisiez tous les

ouvrages de référence traitant de l'absinthe ! Sachez, ma chère enfant, qu'un « trois-six » est un alcool rectifié titrant plus de quatre-vingt-cinq degrés. Il porte ce nom car trois mesures de cet alcool ajoutées à trois mesures d'eau fournissent six mesures d'alcool à boire.

Je vais apprendre, pensa Mélanie avec force. Impossible pour elle de rester ignorante de la marche de la distillerie, si importante pour sa famille. Sa famille... Etait-elle vraiment considérée comme une Gauthier à part entière, désormais ? Certainement pas par Seconde !

— Venez, poursuivit Eugène, vous allez comprendre le choix stratégique du lieu de la distillerie. Nous sommes proches de la gare. C'est primordial pour recevoir l'alcool, qui est transporté dans des wagons-réservoirs, ainsi que pour livrer notre produit fini un peu partout en France, et même à l'étranger.

— Quel est donc le secret de votre absinthe ? murmura Mélanie.

Eugène n'hésita pas.

— Elle fascine, tout simplement. Des plantes aux pouvoirs mystérieux, connues depuis l'Antiquité, un rituel pour servir la fée verte, et la mode. Vous ne pouvez imaginer l'engouement suscité par la verte, et, à mon avis, cela ne fait que commencer ! Nombre d'artistes et de poètes affirment que l'absinthe est leur muse. On ne peut rêver meilleur argument...

— Nous n'avons pourtant pas bu d'absinthe chez monsieur Mistral, remarqua Mélanie.

Eugène sourit.

— Et, à mon avis, vous n'y goûterez pas. Le maître fait servir chez lui du muscat de Lunel, du vin de la Montagnette et du châteauneuf-du-pape. « Un vin royal, impérial et pontifical », pour Mistral. Rien à voir avec notre absinthe, destinée aux terrasses des cafés ou aux fins d'après-midi à l'ombre des tonnelles.

Mélanie comprenait. Et commençait à deviner la raison pour laquelle Alexis ne consacrait pas la plus grande partie de ses journées à la distillerie. Aurait-il éprouvé quelque honte de n'être qu'un fabricant d'absinthe ?

Eugène haussa légèrement les épaules, comme pour signifier que cela n'avait guère d'importance. Cependant, Mélanie percevait son désarroi.

— Venez là, enchaîna-t-il. Je suis sûr que vous n'avez jamais vu des alambics de cette taille.

Elle le lui confirma. Elle ne connaissait que le vieil alambic du père Estienne, qu'il montait jusqu'au village sur une charrette branlante.

Ceux de la maison Gauthier, d'une taille imposante, faisaient macérer les plantes pulvérisées vingt-quatre à quarante-huit heures dans de l'alcool à quatre-vingt-cinq degrés. L'extrait recueilli à la sortie de l'alambic titrait entre quatre-vingt-cinq et quatre-vingt-quinze degrés.

— C'est beaucoup trop, souffla Mélanie, impressionnée.

— Regardez, enchaîna Eugène Gauthier, l'absinthe est blanche. C'est pour cette raison qu'on l'envoie dans le colorateur afin de lui faire subir une nouvelle coloration. Petite absinthe, hysope, mélisse et tanaisie écrasées en poudre fine donnent de la chlorophylle, au pouvoir colorant. La chlorophylle est réservée aux absinthes supérieures, car elle n'est pas stable dans un alcool de moins de soixante degrés. Les absinthes de moins bonne qualité sont colorées artificiellement avec du safran, du caramel et du bleu. Certains fabricants ajoutent même quelques grammes d'alun de Rome. Nous ne procédons pas de cette manière.

Le ton, soudain cassant, indiquait que le père d'Alexis était farouchement attaché à la qualité de sa production.

Il entraîna Mélanie dans une autre salle, encore plus vaste, à la température constante et protégée de la lumière qui risquait de détruire la chlorophylle. Là, l'extrait d'absinthe, filtré avec soin, était conservé dans d'immenses foudres de chêne pour bien vieillir.

— Vous la livrez ensuite ?

— L'absinthe est devenue la boisson nationale par excellence. La nôtre étant particulièrement recherchée, nous gagnons sans cesse de nouveaux marchés. Une fois parvenue à maturation, notre production est expédiée en fûts ou en bonbonnes aussi bien en France qu'en Algérie ou en Amérique. Les Acadiens de Louisiane en sont amateurs.

— Une usine pareille, murmura Mélanie. Vous devez être fier, monsieur Gauthier.

Une ombre passa sur le visage d'Eugène.

— Fier ? Je ne sais pas. Du travail accompli,

certes, et de la renommée acquise, mais pour le reste... J'aimerais seulement...

Il n'acheva pas sa phrase, mais Mélanie aurait pu le faire pour lui. Il aurait aimé qu'Alexis s'investisse davantage dans l'entreprise familiale.

16

1878

La soirée d'automne était particulièrement douce et, installée sur la terrasse située devant le bureau d'Alexis, Mélanie s'attardait. Elle désirait saisir cet instant où le ciel, devenu presque blanc, s'embrasait d'un coup avant que le soleil ne bascule derrière la cime des arbres.

Elle avait délaissé ses couleurs pour travailler à la sanguine et, concentrée sur son dessin, elle avait oublié l'heure. Craignant qu'elle ne prenne froid, Félicité lui avait déjà apporté un grand châle de cachemire que la jeune femme avait négligemment posé sur ses épaules après l'avoir remerciée d'un sourire.

Elle ne vit pas arriver son mari derrière elle ; sursauta lorsqu'elle l'entendit dire :

— Joli. Très joli.

Posément, elle posa son crayon et arracha la feuille à dessin, qu'elle froissa entre ses mains. Interloqué, Alexis se figea.

— Mélanie, voyons ! Quelle mouche vous pique ?

Elle se redressa, se drapa dans son châle.

— Je ne veux pas faire de jolies choses, déclara-t-elle froidement.

Elle se força à respirer lentement pour ne pas se laisser submerger par la colère. Elle avait déjà tenté à plusieurs reprises de lui expliquer ce qu'elle ressentait mais, manifestement, il ne la comprenait pas.

Comment l'aurait-il pu ? Leurs caractères étaient profondément différents.

— Ce n'est rien, dit-elle d'une voix lointaine.

Là-bas, au bout de l'allée, le soleil avait sombré. Mais cela n'avait plus vraiment d'importance.

— Le dîner est servi, reprit Alexis d'un ton gêné.

Eugène, qui buvait son absinthe dans le petit salon, leva la tête à leur entrée. Ils formaient décidément un beau couple, pensa-t-il, séduit, presque malgré lui, par l'allure de son fils et de sa belle-fille. Mélanie portait une robe en taffetas bleu mauve, dit florence, qui rehaussait l'éclat de son teint.

Au cours des derniers mois, elle avait acquis de l'assurance, et personne n'aurait pu imaginer qu'un an auparavant elle était encore cartonnière. Eugène s'amusait parfois de voir combien elle se maîtrisait pour ne rien révéler de ses sentiments. Dès leur première rencontre, il avait pensé que la jeune femme pourrait sauver la distillerie. Il ne se faisait guère d'illusions au sujet d'Alexis : ce dernier était plus intéressé par le félibrige que par l'usine. De plus en plus,

Eugène songeait à son autre fils, Roger. Aurait-il eu la même attitude qu'Alexis ? Il ne voulait pas se poser la question. Il n'aurait pu parler de Roger qu'avec Cécile, ou avec Seconde. Mais Cécile était morte depuis longtemps et Seconde savait déjà beaucoup trop de choses sur leur famille.

Il chassa ces pensées importunes d'un léger mouvement d'épaules, se leva.

— Eh bien, mes enfants, quelle merveilleuse journée, n'est-ce pas ? Mélanie, nos invités arrivent demain. Seconde vous a expliqué l'emploi du temps de nos chasseurs ?

Chaque automne, la sœur de Cécile Gauthier, son époux et leurs deux fils venaient passer une semaine à la Figuière. Tous quatre étaient d'excellents fusils. Alexis se joignait à eux pour traquer le sanglier, mais Eugène ne chassait pas.

Elle sourit à son beau-père.

— Nous demeurerons ensemble. La chasse ne m'attire guère.

— Je t'apprendrai, proposa Alexis.

Elle se troubla. D'ordinaire, le tutoiement était réservé à leurs moments d'intimité. Elle le sentait tendu, irrité, depuis qu'elle avait déchiré son esquisse. Elle avait déjà remarqué qu'il aimait à exercer sur elle une certaine emprise. Or, elle ne supportait pas cela. Il ne comprenait pas son besoin farouche d'indépendance et elle ne savait comment le lui expliquer.

Eugène se leva, un peu lourdement.

— Mes enfants, une délicieuse odeur de potage vient me chatouiller les narines. A table !

Mélanie appréciait particulièrement la petite salle à manger tendue d'une toile à rayures rouges et ivoire. Il y régnait une ambiance chaleureuse, accentuée par les meubles en noyer et les flammes joyeuses montant à l'assaut du conduit de cheminée.

Ils prirent place à la table ronde, recouverte d'une nappe damassée ivoire sur laquelle les assiettes en faïence de Marseille jetaient une note colorée. Anna fit son entrée, portant la soupière blanche avec moult précautions. Eugène souleva le couvercle.

— Hum ! fit-il. Quel fumet !

Il était gourmet, et ne s'en cachait guère. Le consommé au potimarron était délicieux, velouté à souhait. Pourtant, Mélanie y fit à peine honneur. Elle ne parvenait pas à chasser de son esprit l'incident survenu sur la terrasse.

Après la soupe, Anna servit des cailles aux raisins, accompagnées de papetons d'aubergine.

Mélanie repoussa son assiette.

— Désolée, je n'ai pas très faim.

Alexis lui jeta un coup d'œil irrité. Mélanie avait compris que, depuis la mort prématurée de sa mère, la maladie lui faisait peur. Il était fier, d'ailleurs, de son excellente santé, et s'en vantait volontiers.

— Vous avez peut-être pris froid dehors, suggéra-t-il.

Elle acquiesça. Oui, ce devait être cela. Visiblement, cette explication satisfaisait son époux, qui ne voulait surtout pas se remettre en question. Etait-ce le prix à payer pour le « beau mariage » qu'on lui enviait ? se demanda Mélanie avec une pointe de cynisme. Alexis et elle n'étaient pas vraiment faits pour s'entendre, elle en prenait de plus en plus douloureusement conscience. Pourquoi avait-elle accepté de l'épouser ? Parce qu'elle avait éprouvé un coup de cœur pour la Figuière ? Ici, elle se sentait en sécurité. Loin de la ferme et de son passé.

Seconde remplaça Anna pour apporter le dessert, des îles flottantes.

Elle désirait savoir si Madame servirait le café dans le petit salon ou bien dans le jardin d'hiver. Mélanie avait appris à se défier de ce genre de question. Les premiers jours, elle répondait : « Comme vous voudrez », ce qui lui attirait ensuite les foudres de son mari. Parole ! Ne dirait-on pas qu'elle avait peur de la gouvernante ? C'était elle, Mélanie, la maîtresse de maison ! Sachant que son beau-père appréciait le calme feutré du petit salon, elle opta pour cette pièce, sous le regard approbateur d'Alexis. Elle redoutait la venue des invités, se doutant bien qu'ils guetteraient le moindre faux pas de sa part.

Eugène lui sourit.

— Mon petit, vous êtes pâlotte ce soir. Vous devriez aller vous reposer après le dîner.

Se reposer... Avait-il idée des journées de travail qu'elle effectuait à la ferme, à sept ou huit ans ? Elle était robuste, malgré sa fragilité apparente.

— Cela ira, affirma-t-elle bien qu'elle se sentît en effet très fatiguée.

Un bon feu ronflait dans la cheminée en bois sculpté du petit salon. Une indienne à dominante indigo recouvrait des fauteuils dépareillés qui avaient le mérite d'être « confortables comme de vieilles pantoufles », affirmait Eugène. Une collection de montres garnissait la partie haute d'une encoignure. Les flammes jetaient des ombres sur le tapis bleu et blanc.

Mélanie servit le café dans de minuscules tasses en porcelaine de Chine. Elle savait que son beau-père y tenait beaucoup car elles venaient de la famille de sa femme. Alexis étira ses jambes devant le feu. Il était impatient de mener la chasse. Après la visite des cousins, il se rendrait à Avignon, où Mistral réunissait les compagnons félibres.

— Une assemblée masculine, ma chère, madame Mistral restera à Maillane. Vous ne m'en voudrez pas si je vous fais faux bond, dit-il en se tournant vers Mélanie.

Elle acquiesça d'un sourire. La perspective d'une séparation, fût-elle brève, lui convenait fort bien. Elle éprouvait le besoin de se retrouver seule, de ne plus être soumise à la tension que le regard exigeant d'Alexis faisait peser sur elle.

Se méprenant sur la raison de son mutisme, son beau-père se pencha vers elle et lui tapota la main.

— Nous poursuivrons votre éducation en matière de distillation pendant ce temps, suggéra-t-il.

Pour l'instant, elle s'en moquait. Elle se sentait vaguement nauséeuse, elle avait peur. Elle n'attendait tout de même pas un enfant ? Si vite ? Elle ne se sentait pas prête.

Elle jeta un regard perdu à Eugène.

— Excusez-moi, murmura-t-elle, se levant brusquement.

Sitôt la porte du petit salon fermée derrière elle, elle courut jusqu'à sa chambre, eut juste le temps d'atteindre le cabinet de toilette. Elle vomit, en se sentant misérable. A cet instant, malgré ses robes du bon faiseur, elle n'était pas vraiment différente de Mélie, ni des ouvrières, côtoyées à la fabrique, qui lançaient d'un ton désinvolte afin de dissimuler leur détresse : « Ça y est ! Je suis encore prise. »

Mélanie se redressa, jeta un coup d'œil à son reflet dans le miroir surmontant la table de toilette en marbre. Etait-ce bien elle, ce visage livide, ces yeux cernés, à l'expression traquée ? Elle se rafraîchit, passa un gant imbibé d'eau de Cologne sur ses mains, tenta de rajuster sa coiffure.

Sa femme de chambre menait une lutte permanente contre sa chevelure indomptable, tentant de la discipliner grâce à tout un arsenal de fers, de résilles et de rubans de velours. Quand elle était seule, Mélanie se faisait ses tresses, comme Sylvine le lui avait appris.

Un coup discret frappé à la porte de sa chambre la fit sursauter. Elle se retourna, Alexis était déjà là.

— Que vous arrive-t-il donc, ma mie ? demanda-t-il.

Il paraissait un peu gêné, sur la défensive.

142

Pensait-il qu'elle avait mal pris la perspective de se retrouver à la Figuière en la seule compagnie de son père ? Si cela était, il la connaissait bien mal, mais, de toute manière, Mélanie avait le sentiment qu'ils demeuraient deux étrangers l'un pour l'autre.

Elle se tira un sourire.

— Un simple malaise, rien de grave, rassurez-vous. Je vais aller me préparer une tisane...

— Mélanie, voyons ! Anna est là pour ça. Sonnez-la, elle va se charger de tout.

Comment aurait-il pu comprendre qu'elle répugnait à se faire servir ? Anna avait l'âge de Sylvine, Mélanie avait remarqué qu'elle avait des difficultés en fin de journée, ses jambes gonflées la faisaient souffrir. La cuisinière commençait son service à six heures le matin et, les soirs de réception, veillait jusqu'à plus de minuit. Elle savait ce que c'était de travailler dur.

Alexis l'enveloppa d'un regard sévère.

— Vous êtes la maîtresse de maison, Mélanie. Madame Gauthier, de la Figuière. Vous devez oublier le passé.

Oublier, comme il y allait ! Son enfance faisait partie d'elle-même. Elle n'essaya pas de le lui dire, cependant. Elle mesurait le fossé qui les séparait.

17

Une brume légère estompait les contours des monts du Vaucluse sous un ciel couleur de soie froissée.

Un parfum de champignons flottait dans l'air. Debout sur le balcon de sa chambre, Mélanie respirait l'odeur de sous-bois, d'humus et de feuilles qui parvenait jusqu'à elle. Si la chasse ne l'attirait guère, elle brûlait du désir de courir les bois, de marcher vers les Alpilles, ou encore vers la chartreuse de Bonpas. Elle désirait se dépenser, évacuer dans l'exercice physique les angoisses qui l'assaillaient. Malheureusement, le docteur Pinchard, appelé à son chevet par un Alexis inquiet de voir les malaises de son épouse se répéter, avait prescrit le repos complet. Comme si la grossesse était une maladie ! pestait Mélanie.

Elle n'avait rien dit de ses doutes pendant la visite des chasseurs, mettant un point d'honneur à ce que la réception soit parfaite. Menus longuement étudiés avec Anna, chambres accueillantes, fleuries de crocus d'automne et des dernières roses, journaux déposés chaque matin dans l'antichambre, elle n'avait rien laissé au hasard.

Pourtant, en faisant la connaissance de la tante de son époux, elle avait tout de suite compris qu'elles ne s'entendraient guère. Pascaline Véthier était mondaine, frivole. Elle était arrivée à la Figuière avec l'intention de prendre Mélanie de haut, cela se remarquait à sa façon de parler, empreinte de dédain. Son mari, négociant marseillais, était plus bonhomme, comme leurs fils, âgés de vingt-deux et vingt-cinq ans. Dieu merci, ils passaient la plus grande partie de leurs journées sur les terres du domaine. Pascaline Véthier les rejoignait l'après-midi. Mélanie restait à la Figuière en compagnie d'Eugène, qui s'évertuait à la distraire. Il n'avait pas été sans remarquer l'attitude cavalière de sa belle-sœur et tentait de la lui faire oublier en multipliant les attentions. Le cinquième jour, Mélanie avait surpris une conversation édifiante entre Seconde et madame Véthier. La gouvernante bavardait avec leur invitée tout en rangeant l'argenterie dans des écrins doublés de suédine rouge.

« Si vous aviez vu ce mariage, Madame... disait-elle. Vous avez bien fait de ne pas vous déranger, Monsieur et vous. Sa famille est des plus ordinaires. Une fille de la campagne... Je ne comprends pas comment monsieur Gauthier a pu consentir à cette union... »

Le cœur au bord des lèvres, Mélanie avait fait demi-tour. Tant de dédain et de mépris... Elle s'était réfugiée dans la cuisine, où Anna s'affairait à préparer le dîner.

« Vous êtes bien pâle, madame, lui avait fait remarquer la cuisinière. Buvez donc un verre de muscat de Beaumes-de-Venise. »

Mélanie l'avait remerciée d'un sourire.

« Merci beaucoup, Anna, ça va passer. Je vais juste m'asseoir un moment. »

Quoi d'étonnant à ce qu'elle se sentît bien dans cette pièce accueillante ? avait-elle songé, soudain amère. Elle était à sa place dans la cuisine de la Figuière, c'était tout au moins ce qu'estimaient Seconde et la tante d'Alexis.

Elle ne pouvait pas se confier à son époux, pour la bonne raison qu'il ne cherchait pas à comprendre ce qu'elle éprouvait. Il avait toujours vécu dans un monde protégé. Elle avait donc gardé le silence, en tentant de renforcer sa carapace, cette armure invisible qui la protégeait des piques et des affronts.

Pascaline cessait de jouer du piano lorsque Mélanie pénétrait dans le salon.

« Excusez-moi, je pense que vous n'entendez rien à la musique », disait-elle.

Mélanie, raidie, serrait les dents.

Lorsque les invités avaient enfin repris la route de Marseille, la jeune femme s'était sentie libérée.

« Il ne faut pas faire attention, lui avait dit Eugène en lui tapotant la main. Ma belle-sœur manque singulièrement de finesse. Ma chère femme, Dieu merci, ne lui ressemblait en rien. »

La jeune femme avait mieux respiré. Eugène Gauthier avait tout vu. Il lui apportait son soutien. C'était pour elle un présent inestimable.

Comme une reconnaissance de sa propre valeur, si longtemps niée.

A lui, elle aurait pu exprimer ce qu'elle ressentait. Elle n'osait pas encore le faire, cependant. Il lui fallait prendre ses marques à la Figuière, comme elle l'avait fait auparavant à Valréas. Cela lui paraissait à la fois si lointain et si proche... Qui était-elle au juste ? se demandait-elle parfois en scrutant son reflet dans le miroir. Une fille de l'Assistance, méprisée, rejetée ? La fille adoptive de Sylvine, qui s'était battue pour lui donner une éducation, ou bien l'épouse d'Alexis Gauthier ? Et elle, Mélanie, où se plaçait-elle ?

Elle posa la main sur son ventre d'un geste furtif. L'enfant lui faisait peur. A moins que ce ne soit plutôt elle-même ? Elle pensait à Jeannette, qui n'avait pu supporter le rejet de l'homme qu'elle aimait. L'amour... Mélanie s'en défiait. Si elle aimait, elle était perdue.

Seuls Alexis et Eugène étaient dans la confidence. Elle n'avait pu encore se résoudre à annoncer sa grossesse à Sylvine. Elle savait en effet que sa mère adoptive, dès qu'elle apprendrait son secret, s'inquiéterait pour elle. Sylvine était ainsi faite.

Les vignes rousses ondulaient doucement sous le vent. Mélanie frissonna, resserra les pans de son châle sur ses épaules. Serait-elle capable d'aimer cet enfant qui poussait dans son ventre ? Elle ne pouvait pas ne pas songer à sa mère, celle dont elle ignorait tout, et qui l'avait déposée comme un paquet dans le tour de l'hôpital de Lyon. Elle entendait la voix de la Grande évoquer

147

le « sentier des nourrices » et tous ces bébés qui mouraient en chemin. Elle, Mélanie, avait survécu. Elle devait continuer à se battre, malgré les bouffées de tristesse qui l'envahissaient de plus en plus souvent.

L'atmosphère de la traverse du Mûrier lui manquait, tout comme la tendresse de Sylvine et l'amicale complicité la liant à Jean-François. Si elle aimait la Figuière, elle ne s'y sentait pas encore vraiment chez elle. Seconde y veillait.

Haussant les épaules, Mélanie rentra dans sa chambre. Elle était restée trop longtemps immobile sur le balcon, elle avait froid, jusqu'au cœur. Elle frotta ses mains l'une contre l'autre devant la cheminée de marbre blanc, sans parvenir à se réchauffer. A cet instant, elle aurait eu besoin des bras d'Alexis autour d'elle, de sa tendresse. Mais Alexis n'était pas son ami. Seulement son mari.

Elle supportait mal le fait qu'il soit surtout sensible à sa beauté. Contrairement à son père, sa conception du rôle des femmes dans la société était réductrice. Pour lui, son épouse se devait d'être un bel ornement mais n'avait pas le droit d'exprimer son opinion. Ni, même, d'avoir sa propre opinion ! pensa Mélanie, amusée. Elle avait espéré un temps que la fréquentation des félibres lui permettrait de mieux s'intégrer, mais force lui était de reconnaître qu'elle ne faisait pas partie du cénacle. Si elle le lisait, elle parlait encore mal le provençal et n'était pas poétesse, autant de tares rédhibitoires pour le félibrige ! Mistral, s'il se montrait charmant en sa présence, restait l'homme des assemblées masculines. Trop fière pour chercher à s'imposer, Mélanie se tenait en retrait. Cela semblait d'ailleurs fort bien convenir à Alexis, qui se montrait volontiers jaloux.

Elle saisit sur la cheminée un exemplaire de *Lis Isclo d'Or* dédicacé par le maître et le posa sur la méridienne où elle avait l'intention de s'allonger. Auparavant, saisie d'une impulsion, elle alla chercher dans le premier tiroir de sa commode ce qu'elle nommait sa « boîte à secrets ». Sylvine la lui avait offerte le jour où elle avait quitté la maison de la traverse du Mûrier. C'était une boîte à coulisse en gutta-percha faite sur mesure pour elle, dans laquelle elle conservait ses souvenirs. Une châtaigne toute ridée et desséchée venant de la clède de la ferme, les lettres de Théodore, et son collier, ce maudit collier en os qui symbolisait pour elle sa condition d'enfant trouvée mais qu'elle n'avait pu se résoudre à jeter.

Elle ouvrit la boîte, faisant jouer le mécanisme, la retourna en tous sens avant de finir par vider son contenu sur le lit.

Le collier avait disparu.

18

1879

Eugène Gauthier s'arrêta devant le cartel en vernis Martin, sortit la montre de son gousset afin de vérifier l'heure. Parole ! C'était à croire que les aiguilles s'étaient arrêtées ! Le temps s'étirait, interminable, pendant que là-haut, dans la grande chambre, Mélanie était dans les douleurs.

Et dire que Pinchard n'était pas là ! « Le docteur est parti avec sa dame à la foire de Beaucaire », avait répondu sa petite bonne à Eugène qui carillonnait d'importance. La foire de Beaucaire ! Avait-on idée ? Alors que la délivrance de Mélanie était imminente...

Marqué par l'accouchement long et difficile de son épouse, le maître de la Figuière accablait Alexis de conseils. Cette sage-femme était-elle capable ? Elle devait respecter une hygiène irréprochable. Et Sylvine ? Fallait-il la faire venir de Valréas ? Consultée sur ce point, Mélanie avait répondu par la négative. Elle craignait en effet de raviver des souvenirs douloureux chez sa mère

150

adoptive. De plus, elle avait confiance en Elisa, la sage-femme qu'Anna lui avait présentée. Agée d'une quarantaine d'années, elle avait déjà une longue expérience. Elle s'était trompée, cependant, dans la date prévue pour l'accouchement. D'après elle, le bébé ne naîtrait pas avant la fin du mois de juillet. Or, il s'annonçait avec deux bonnes semaines d'avance.

Eugène écrasa le tapis. Et Alexis qui n'était pas là ! Il était parti dans la région de Pontarlier afin de choisir sur pied l'absinthe destinée à la distillerie.

Durant les dernières semaines, Eugène l'avait trouvé distant, préoccupé. Il ne comprenait pas souvent son fils, et s'en inquiétait. Curieusement, la communication s'établissait plus facilement avec Mélanie.

Alexis en manifestait quelque humeur. « Ne dirait-on pas que je suis ton gendre et Mélanie ta fille ? » avait-il lancé un soir à son père atterré. Que se passait-il donc pour qu'Alexis fût aussi nerveux ? Seconde était la seule personne de la maison à conserver son calme.

Eugène avait perçu une froideur réciproque entre la gouvernante et sa bru mais, lâchement, il n'avait pas cherché à en savoir plus. Seconde lui était indispensable depuis tant d'années qu'il refusait l'idée même de devoir s'en séparer. De plus, choisie par son épouse, elle bénéficiait d'un statut privilégié à la Figuière. Ce n'était pas une raison suffisante, cependant, pour justifier un comportement désagréable vis-à-vis de Mélanie. Il croyait la jeune femme capable de résister à la gouvernante. A moins qu'il ne tentât de se rassurer...

Il jeta un nouveau coup d'œil au cadran du cartel. Il y avait à présent cinq bonnes heures d'horloge qu'Elisa avait franchi le seuil de la Figuière. Elle avait requis les services d'Anna pour faire chauffer de l'eau avant de s'enfermer dans la grande chambre de Mélanie. Eugène enrageait d'être ainsi tenu à l'écart. Son premier petit-enfant... Dieu juste ! Pourvu que tout se passe bien !

Un toussotement dans son dos le fit sursauter. Il se retourna vivement. Anna se tenait sur le seuil du salon.

— Monsieur... Ça risque d'être long. Un premier, vous comprenez... Elisa vous fait dire d'être patient.

Patient ! Comme elle y allait ! Alors qu'il se trouvait seul, en l'absence de son fils et du médecin.

— Je crois que je ferais mieux d'aller à l'usine, décida-t-il, enfonçant son chapeau sur sa tête.

Anna suivit son départ précipité d'un regard amusé. L'attitude des hommes vis-à-vis des choses de l'enfantement la faisait sourire. Ils se comportaient en règle générale comme s'ils avaient peur. On voyait bien que ce n'étaient pas eux qui souffraient mille morts et risquaient leur vie pour leur assurer une descendance ! Elle-même avait donné naissance à six enfants dont deux seulement avaient survécu : Félicité, qui servait elle aussi à la Figuière, et Jean-Baptiste, tailleur de pierre, comme son père. Elle se

152

rappelait encore son désespoir le jour où, après vingt-quatre heures de souffrances intolérables, elle avait compris que son dernier-né ne vivrait pas. Elle avait alors supplié Alphonse, son mari, d'emmener le bébé à la chapelle de Notre-Dame-de-Vie, à Venasque. On lui avait en effet raconté qu'il s'agissait d'un « sanctuaire à répit », au même titre que Saint-Pantaléon, près de Gordes, ou la chapelle de l'Ortiguière, au Revest du Bion. Des suscitations d'enfant se produisaient parfois dans ces lieux. Il suffisait d'un tressaillement à peine perceptible de l'enfant pour permettre de lui faire donner le sacrement du baptême. Alphonse avait refusé tout net, en haussant les épaules. « Des histoires de bonne femme ! s'était-il récrié. De toute manière, ça ne ramènera pas le mioche à la vie ! » Il ne comprenait pas qu'Anna ne supportait pas la certitude de savoir son enfant mort-né condamné à séjourner dans les limbes.

« Le Provençal est catholique », affirmait un dicton. C'était tout à fait ça. Et, pour cette raison, Anna avait veillé à ce que les traditions réputées favoriser la délivrance soient respectées à la lettre. Elle avait accompagné sa fille dans la grande chambre pour allumer les cierges de la Chandeleur et placer non loin du lit en noyer la *jacudo*, les branches d'olivier et de buis qui avaient été bénites à la messe des Rameaux. Elisa, qui connaissait l'importance de ces coutumes, n'avait pas protesté. Il ne manquait plus qu'une rose de Jéricho. Anna savait où en trouver. Béatrice Pérac, la « veuve du poète », comme on l'appelait, qui vivait au village, en possédait une. Anna ôta son grand tablier, se coiffa de son vieux chapeau de paille et se mit en chemin. En avançant à grands pas, elle songeait à madame Mélanie, qui aurait pu être sa fille. Elle avait appris à mieux la connaître et à l'apprécier au cours de l'hiver. La jeune femme avait eu une grossesse difficile et n'avait pas quitté la Figuière. Elle avait passé beaucoup de temps dans la cuisine, au grand dam de Seconde, à qui cela ne plaisait guère. Mélanie s'en moquait bien. Elle discutait recettes de cuisine, traditions, comme pour mieux comprendre la vie à la Figuière. Monsieur Eugène n'y trouvait rien à redire, bien au contraire. Quant à monsieur Alexis... Anna pinça les lèvres. Monsieur Alexis donnait l'impression de ne pas être concerné. Une réaction typiquement masculine, estimait Anna, qui ne se faisait plus guère d'illusions sur le sexe fort. Elle avait marché si vite que la sueur coulait entre ses seins. Elle s'essuya le visage à l'aide de son grand mouchoir à carreaux.

Le village était assoupi sous la chaleur de juillet. Le soleil frappait à la verticale les maisons aux volets clos.

Anna s'arrêta devant la maison du poète, frappa à la porte ouvragée.

Béatrice Pérac lui ouvrit aussitôt. L'un de ses chats roux l'accompagnait. Elle était rousse, elle aussi, avec des cheveux coiffés en bandeaux, un petit visage menu et de grands yeux couleur d'eau vive. Anna lui fit part de sa requête.

La veuve du poète ne fut pas surprise. On

venait souvent lui réclamer sa rose de Jéricho, que son défunt mari avait rapportée d'un voyage en Terre sainte. Elle alla la chercher dans le bureau du poète, conservé en l'état depuis sa mort, dix ans auparavant, et la donna à Anna.

— Je prierai pour la jeune dame de la Figuière, ajouta-t-elle.

La cuisinière la remercia et reprit le chemin du domaine. Elle marchait encore plus vite, poussée par le désir de placer la plante dans la chambre de Mélanie.

Les roses de Jéricho, appartenant à la famille des crucifères, poussaient en Egypte et en Palestine. Elles dispersaient leurs graines avant de se dessécher et de donner l'impression d'être mortes. Les croisés avaient rapporté des roses de Jéricho de Terre sainte et pris l'habitude de les faire figurer à la table de Noël.

Elle arriva essoufflée à la Figuière, s'empressa de monter à l'étage. Un long cri la figea. Elisa entrebâilla la porte.

— Ça se présente mal, annonça-t-elle, le visage sombre. Elle n'a pas assez de forces pour pousser.

Pleine d'espoir, Anna lui montra la rose de Jéricho.

— Tu sais qu'elle favorise les délivrances, lui dit-elle.

Elisa ne voulut pas la décevoir et plaça la plante sur la table de chevet. Elle avait tiré les volets intérieurs afin de protéger la chambre de la chaleur lourde, changé les draps trempés de

155

sueur. Elle se pencha au-dessus du lit dans lequel Mélanie gisait. Elle lui caressa le front.

— Petite, il faut boire un peu d'infusion de basilic, pour accélérer le travail. Et marcher : cela fera descendre l'enfant. Aide-moi, Anna, nous allons la soutenir chacune d'un côté.

Elisa réfléchissait à toute vitesse. Elle avait besoin du docteur Pinchard, il fallait user des fers.

— Appelle ta fille, ordonna-t-elle à Anna. Envoie-la à l'usine chercher monsieur Eugène.

Elle avait déjà connu un cas semblable. La mère avait peur, non pas du bébé mais d'elle-même. Quel lourd secret Mélanie Gauthier dissimulait-elle ? On savait peu de chose d'elle.

— Sa mère, ce serait bien que sa mère vienne, elle aussi, ajouta Elisa. A défaut du mari...

— Là ! doucement !

Eugène tira sur les rênes. Son cheval le plus vif, Athos, encensa. Sa robe était baignée de sueur. Quoi d'étonnant, avec le train d'enfer qu'il lui avait fait mener... Désespérant de joindre Pinchard, il avait eu l'idée d'aller chercher de l'aide à l'asile de Montdevergues, situé à moins d'une lieue.

Après tout, un médecin restait un médecin, même s'il soignait des aliénés ! On ne résistait pas à Eugène Gauthier. Il ramenait avec lui le docteur Autheuil, sorti deux ans auparavant de l'école de médecine de Lyon.

Avant de le conduire à l'étage, le maître de la

Figuière l'entraîna dans l'un des cabinets de toilette et l'invita à se laver soigneusement les mains et les avant-bras. Le médecin réprima un sourire. Lui aussi était un partisan de l'asepsie. Il comprit l'affolement d'Eugène en découvrant la parturiente. Epuisée, livide, Mélanie ne donnait plus signe de vie.

La sage-femme fit le point avec lui. La dilatation suivait son cours mais l'enfant était trop fort.

— Vous avez raison, il est indispensable de recourir aux forceps, déclara-t-il à Elisa.

Elle le considérait avec inquiétude. Un médecin des fous... A quoi avait pensé monsieur Eugène ?

Autheuil enchaîna :

— Vous allez m'assister, nous n'avons pas de temps à perdre. La mère et l'enfant souffrent.

Cette dernière phrase incita la sage-femme à le regarder d'un autre œil. Il était rare, en effet, d'entendre un médecin parler de la souffrance de ses patients.

— Je vais user de chloroforme, reprit le docteur Autheuil.

Elisa se signa. Le recours à l'anesthésie lui faisait peur. Il la tranquillisa en lui expliquant qu'il mettrait fort peu de produit sur le mouchoir car le pouls de Mélanie était faible.

— Priez, lui intima le médecin.

De l'autre côté de la porte, elle savait qu'Anna et Félicité égrenaient leur chapelet. Elle se raidit.

— Dites-moi ce que je dois faire.

En vingt-trois ans de pratique, Elisa avait vu

157

naître des centaines de bébés. Cette fois, pourtant, rien n'était pareil. Peut-être parce qu'elle assistait celui qu'elle s'obstinait à nommer le « médecin des fous », ou bien parce qu'elle avait perçu la vulnérabilité de Mélanie durant ses derniers mois de grossesse. Si la jeune femme ne s'était jamais confiée à elle, elle avait cependant exprimé quelques doutes quant à ses capacités de future mère. Cela arrivait, parfois. Elisa avait vu tant de drames, vécu tant d'émotions, aussi. Pour elle, une naissance constituait toujours un moment à part.

Tout en appuyant le mouchoir imbibé de chloroforme sur le visage de Mélanie, puis en tenant la jeune femme pendant que le médecin recourait aux forceps, elle priait sans relâche. Elle ne soupira pas de soulagement lorsque enfin le docteur Autheuil réussit à sortir du ventre de sa mère un nouveau-né qui ne pleurait pas, ne bougeait pas.

— Le travail a duré trop longtemps, marmonna le médecin.

Elisa, sans mot dire, saisit l'enfant dans ses mains longues et larges. Prestement, elle le retourna et, se penchant, aspira le mucus qui l'asphyxiait. Aussitôt après, elle lui administra une tape sur les fesses. Le bébé émit un drôle de bruit, qui évoquait un miaulement.

— Il devrait vivre, murmura Autheuil en exhalant un soupir de soulagement. Occupons-nous de sa mère, à présent.

Sur la table de chevet, la rose de Jéricho semblait avoir repris vie.

19

Malgré l'heure matinale, le soleil chauffait déjà à blanc la route poudreuse menant au village.

— Dépêchons-nous, recommanda Eugène, les cloches sonnent.

Il avait tenu à inviter famille et amis pour le baptême de Pierre. Son premier petit-fils... Il se sentait fier, et heureux, profondément. Lorsqu'il avait découvert le bébé – « l'héritier », disait Alexis d'une voix indéfinissable –, Eugène avait compris que plus rien ne serait pareil. Il avait désormais un nouveau but dans sa vie : sauvegarder la Figuière et la distillerie pour les transmettre à son petit-fils.

La date du baptême avait fait l'objet de nombreuses discussions entre les deux grands-parents. Sylvine, en effet, soutenue par Anna, désirait une cérémonie rapide, afin de protéger le nouveau-né. Eugène, de son côté, n'en démordait pas : il tenait à ce que Mélanie puisse participer à la fête. Il avait donc fallu attendre ses relevailles avant de faire baptiser Pierre. D'une certaine manière, ce laps de temps avait permis à la jeune femme de se familiariser avec son bébé. Aidée par Félicité et par Sylvine, qu'Eugène avait envoyé quérir à Valréas, elle avait repris des forces après l'épreuve de l'accouchement.

Alexis, prévenu par télégramme, avait sauté dans le train et était arrivé le surlendemain. Il avait à peine regardé son fils. Seul l'état de santé de Mélanie le préoccupait. Il se sentait coupable de ne pas avoir été là.

« Et c'est tant mieux ! lui avait dit Anna avec son franc-parler habituel. Tout le monde était paniqué... Imaginez, c'est un docteur de l'asile qui a délivré madame Mélanie ! »

L'anecdote avait fait le tour du pays. Pierre resterait longtemps l'enfant né grâce au « docteur des fous ». De quoi faire se tordre le nez de Seconde, alors partie chez sa sœur.

« A-t-on idée ? » avait-elle commenté à l'adresse de madame Pinchard, qui goûtait peu l'initiative d'Eugène. La naissance de « l'héritier » renvoyait Seconde dans l'ombre. Elle sentait bien qu'elle perdait de son influence, la Figuière vivant désormais au rythme du bébé, mais elle tentait de se convaincre que cela passerait. Après tout, madame Mélanie n'était pas la première – et ne serait pas la dernière – à accoucher !

Seconde ne se chargea pas de la cérémonie des relevailles, elle avait déjà bien assez à faire avec les préparatifs du baptême. Elisa et Sylvine, qui serait la marraine de Pierre, avaient accompagné Mélanie jusqu'à l'église. La sage-femme portait l'enfant de façon que sa tête soit soutenue par son bras droit. Mélanie marchait du côté de la tête tandis que Sylvine, se tenant à gauche d'Elisa, était placée du côté des pieds de l'enfant. Rituel qu'il fallait impérativement observer. Aucun homme ne faisait partie du cortège. Les femmes de la maison suivaient, ainsi que des personnes du village, comme la veuve du poète, à qui Anna avait rendu sa rose de Jéricho, et mademoiselle Dorine, la sœur du curé. Instruite par Sylvine et par Elisa, Mélanie prit bien garde de rester au fond de l'église pendant que les autres femmes assistaient à l'office des relevailles dans les travées de l'édifice religieux. A la fin de l'office, elle s'avança vers l'autel, toujours entourée de la sage-femme et de la future marraine, et reçut à genoux la bénédiction du prêtre. Celui-ci, tout en murmurant les prières purificatrices, avait imposé l'étole au-dessus de la mère et de l'enfant.

Au retour de la messe, les hommes de la famille avaient enfin pu se joindre à la fête et goûter au gâteau confectionné par Sylvine, un gibassié.

Pierre avait été déposé dans son berceau en bois de mûrier, celui que son père avait occupé avant lui, et Elisa lui avait offert l'évangile, un coussinet bénit qu'elle lui avait confectionné. Ce jour-là, Mélanie s'était sentie heureuse, même si l'absence de Jean-François lui avait fait peine.

« Tu comprends, petite, lui avait expliqué la cartonnière, Jean-François ne peut pas quitter l'imprimerie aussi longtemps. Son travail... »

Mélanie hochait la tête, affirmant que bien sûr elle comprenait. Alexis lui souriait, lui répétant qu'elle était belle. De nouveau, elle se sentait désirable. Son mari, qui s'était montré assez distant durant les derniers mois de sa grossesse, était redevenu empressé et tendre. Elle avait vite compris qu'il préférait en elle l'amante plutôt que la mère. Dans ces conditions, pas question de lui confier ses états d'âme, ses doutes et ses interrogations. Serait-elle capable d'être une bonne mère pour Pierre ? Elle ne pouvait pas ne pas songer à sa propre mère, qui l'avait abandonnée.

Elle contemplait son bébé, et avait envie de pleurer. Elle le regardait, traquant la moindre ressemblance, et se demandant si Pierre avait les traits de ses propres géniteurs. Ses questions condamnées à rester sans réponse l'obsédaient. Elle faisait face, cependant, prenant sur elle pour ne pas laisser voir son trouble. Sa carapace, toujours, lui permettait de donner le change. Seule Sylvine pouvait deviner ce qu'elle éprouvait. Mais Sylvine gardait le silence, soucieuse de protéger « la petite ». Les secrets qu'on taisait ne pouvaient pas faire de mal, estimait-elle.

— Mélanie ! nous allons être en retard !

Elle se retourna, sourit à son mari. Il avait belle allure dans son habit noir. Elle était fière d'étrenner une nouvelle toilette, couleur d'absinthe, dont le corset gommait les quelques centimètres de tour de taille qu'elle n'avait pas encore réussi à perdre. La nuit, dans l'intimité de leur chambre, Alexis lui répétait qu'il préférait encore sa nouvelle silhouette, plus pulpeuse, plus douce. Le fait de le voir de nouveau aussi épris après l'incertitude des derniers mois la rassurait.

Il l'enveloppa d'un regard admiratif.

— Attends, souffla-t-il. Ferme les yeux...

Elle entendit le claquement caractéristique d'un écrin qu'on ouvrait et refermait.

Voilà ce que c'est d'avoir travaillé dans les cartonnages, pensa-t-elle. Ça ne s'oublie pas.

Elle ne put réprimer un frisson au contact des pierres sur sa gorge nue. Il se méprit et, se penchant, déposa un baiser à la naissance de ses seins.

— Crois-tu qu'on ait vraiment besoin de nous ? lui souffla-t-il. C'est l'héritier la vedette du jour.

— Alexis, voyons...

Elle se dégagea de son étreinte. Le miroir lui renvoya l'image d'une jeune femme au teint lumineux, aux joues légèrement rosies. Un collier d'or tressé et d'émeraudes brillait doucement sur sa peau.

Elle l'effleura du bout des doigts. Elle se souvenait d'un autre collier, celui en os qu'elle avait longtemps porté comme une pénitence et qui avait disparu à la Figuière.

— Il te plaît ? s'enquit Alexis.

Elle le remercia d'une voix lointaine. Son présent avait fait ressurgir de mauvais souvenirs, mais il ne pouvait pas le savoir. Il était même incapable d'imaginer ce qu'elle avait vécu dans son enfance.

Il lui jeta un regard blessé. Quoi qu'il fasse, il

163

avait toujours le sentiment de commettre des impairs. Elle était belle, certes, mais difficile à vivre. Il lui semblait qu'elle exigeait toujours plus de lui, comme pour se prouver qu'il l'aimait vraiment.

Ils descendirent l'escalier du même pas.

Quel beau couple ! pensa Sylvine, remarquant, en même temps, le sourire crispé de Mélanie et le visage fermé d'Alexis.

Eugène donna ses instructions. On se répartirait dans quatre voitures. La marraine, Sylvine, le parrain, lui-même, et Pierre se rendraient à l'église dans le tilbury en compagnie de la sage-femme. Les jeunes parents suivraient avec tante Ninie et oncle Elzéar. Les autres invités fermeraient le cortège.

Mélanie éprouva comme un vertige en apercevant la flèche néogothique de l'église fortifiée. Un an auparavant, Alexis et elle s'y étaient unis. Un an durant lequel elle avait eu le sentiment de se perdre un peu en chemin, parce qu'elle avait multiplié les efforts pour acquérir un statut social auquel rien, dans sa vie passée, ne l'avait préparée. Elle ne savait toujours pas si elle aimait son mari. Elle était sensible à sa prestance, mais il n'était pas parvenu à lui faire perdre la tête. Quoi d'étonnant à cela ? Elle se souvenait d'Augustine, esclave consentante de Duruy, et ne tenait pas à donner barre sur elle à Alexis. Paradoxalement, elle faisait plus confiance à son beau-père qu'à son époux. Alexis le pressentait-il ? Elle préférait ne pas lui poser la question.

Pierre fut particulièrement sage pendant la cérémonie.

A la sortie de l'église, les enfants du pays se précipitèrent vers Eugène en criant sur l'air des lampions : *« Peïrin ! Peïrin ! Jitas Peïrin* [1] *! »*

Le parrain avait les poches pleines de sous et de bonbons et se plia avec le sourire à la traditionnelle *Jita Peïrin*, la quête du baptême.

Les gosses s'égaillèrent sur le parvis de l'église. Sylvine, qui tenait toujours son filleul, sourit.

— Ils s'en souviendront, du baptême de Pierre !

Elle jeta un coup d'œil discret à Mélanie. Elle aurait aimé bavarder avec elle, mais la jeune femme semblait éviter toute occasion de tête-à-tête. Avait-elle honte de sa famille adoptive ? Sylvine ne voulait pas le croire. Elle avait accepté de s'habiller « en dame », pour faire honneur à son petit-fils, et portait une robe de bombasin noir dans laquelle elle se sentait endimanchée.

— Eh bien, chère madame, ce fut une belle cérémonie, ne trouvez-vous pas ?

Sylvine se retourna, sourit à Eugène Gauthier.

— Magnifique ! approuva-t-elle.

Elle se sentait à l'aise avec lui. Le maître de la Figuière était un homme bon.

En revanche, elle avait plus de peine à cerner le caractère de son fils. Au fond d'elle-même, elle demeurait persuadée qu'il n'était pas l'homme

---

1. « Parrain ! Parrain ! Jetez Parrain ! »

dont Mélanie avait besoin. Elle n'avait jamais osé le lui dire, cependant.

Elle observa sa fille adoptive durant le repas de baptême. Mélanie veillait à tout, en parfaite maîtresse de maison. Elle avait placé Eugène entre les tantes d'Alexis, deux vieilles dames qui habitaient Tarascon, fait dresser le plus beau service, celui en porcelaine de Limoges, blanc et or, mis au point avec Anna un menu de fête dont on parlerait longtemps dans la famille. Sylvine se demandait comment la gamine en guenilles arrivée chez elle un soir de mistral avait pu évoluer de la sorte. A croire qu'elle avait une personnalité assez forte pour vivre plusieurs vies.

Sylvine rit sous cape en entendant brusquement la tante Ninie remarquer à voix haute : « En tout cas, ce petitoun a de la voix, et de la force ! Il a pleuré bien comme il faut quand monsieur le curé lui a mis le sel. »

C'était important, tout le monde le savait, pour montrer que l'enfant serait bien portant. De toute manière, Sylvine n'aurait pas hésité à pincer – oh ! juste un petit peu ! – Pierre si jamais il ne s'était pas décidé à donner de la voix.

Elle se rappelait qu'Agathe avait été très sage tout au long de la cérémonie de son baptême.

20

1881

*Il faudra bien que tu reviennes un jour au village.
Ce jour-là, tu pourras dire que tu as vaincu les
démons du passé. Je me fais vieux, j'aimerais te
revoir avant d'aller retrouver ma Vincente.*

*Suis ton chemin, petite, sans jamais oublier d'où
tu viens.*

L'écriture de Théodore était tremblée, beaucoup moins ferme que d'habitude. Songeuse,
Mélanie replia lentement la feuille de papier, la
glissa dans la boîte à secrets.

Elle aimait recevoir les lettres de son vieil ami
ardennais mais, à chaque fois, celles-ci réveil-
laient de douloureux souvenirs. Il lui semblait
parfois que ce n'était pas elle qui avait vécu dans
la ferme du Cavalier. Pourtant, la nuit encore, elle
était victime de terrifiants cauchemars qui la
faisaient se dresser sur son lit, hagarde.

— Oublier d'où je viens... murmura-t-elle.

Elle haussa légèrement les épaules. Comment
l'aurait-elle pu ? Philomène la « meneuse » était

morte deux ans auparavant. Un froid sur la poitrine, qui l'avait emportée en quelques jours. Théodore l'avait informée de ce décès une saison plus tard. En lisant son courrier, Mélanie avait éprouvé une déception si intense qu'elle avait couru se réfugier au fond du parc pour pleurer tout son saoul. La mort de Philomène lui fermait une porte de plus, l'accès à un secret impossible à dévoiler. Dix fois, elle avait tenté d'en parler avec Alexis pour finalement y renoncer. Qu'aurait-il compris de ses angoisses, de ses questions condamnées à demeurer sans réponse ? Les Gauthier étaient solidement implantés dans leur Vaucluse, leurs tombes occupaient une place importante dans le cimetière, à l'ombre des cyprès.

Dans la tête de Mélanie, dans son cœur, il y avait comme un grand point d'interrogation. Pas de nom, pas de racines, pas d'ancêtres. Et, même si elle aimait tendrement Sylvine, rien, jamais, ne pourrait combler cette attente dont elle se nourrissait et qui lui gâchait la vie. Elle avait conscience de ne pas être la meilleure des mères pour Pierre. Une retenue involontaire l'empêchait de vivre pleinement sa relation avec son fils. Au fond d'elle-même, elle avait toujours peur de ne pas être à la hauteur, de le décevoir. Parce qu'elle était toujours en manque de sa mère.

Elle marcha jusqu'à la fenêtre. La lumière de mai, radieuse, jouait avec les ombres des platanes et jetait de grandes taches claires sur la pelouse. Pourtant, elle se sentait inutile. Elle avait l'impression d'avoir mis ses rêves sous le boisseau depuis qu'elle s'était mariée et installée à la Figuière. Son union avec Alexis n'était pas des plus harmonieuses, ils le savaient tous les deux. Son époux partait très souvent vanter les mérites de l'absinthe Gauthier tandis qu'elle restait à la bastide avec leur fils. Parfois, elle songeait qu'elle aurait été plus heureuse à Valréas, mais la vision de la lumière d'été sur la façade de la Figuière la faisait aussitôt changer d'avis. A défaut d'y avoir vraiment sa place, elle se sentait en sécurité sur le domaine.

Elle sortit de sa chambre, se heurta presque à Seconde. La gouvernante se déplaçait sans bruit sur ses chaussons de feutre. Mélanie avait souvent l'impression qu'elle l'épiait. Leurs relations ne s'étaient pas améliorées, d'autant qu'en prenant de l'âge le caractère de Seconde s'aigrissait. Elle cherchait à accentuer sa mainmise sur le train de la maison sans se rendre compte que, désormais, Mélanie était la véritable maîtresse de la Figuière. Les domestiques ne s'y trompaient pas, ils consultaient « madame Mélanie », laissant la gouvernante de côté.

— Vous me cherchiez, Seconde ? s'enquit Mélanie.

La vieille femme marqua une hésitation. Si elle s'était tassée, si son visage s'était plissé de rides, son regard sombre restait le même et exprimait une haine aussi violente que longtemps contenue.

— Je vais partir, déclara Seconde. Ma sœur me réclame à Marseille. Chez elle, je me sentirai encore utile.

— A votre guise, répondit froidement Mélanie. Vous voudrez bien avertir monsieur Eugène de votre décision.

Elle ne cherchait pas à dissimuler son contentement. Seconde partie, la vie serait certainement différente à la Figuière. Depuis plus de cinq ans, Mélanie avait l'impression d'être épiée par une sorte de statue du commandeur.

Sa réaction exaspéra Seconde. Le regard de la gouvernante flamba.

— Je n'ai jamais pu supporter d'être commandée par une fille de rien, venant de l'Assistance, déclara-t-elle, farouche.

Elle sortit de la poche de sa robe noire, strictement boutonnée jusqu'au menton, le collier en os de Mélanie, le jeta au visage de la jeune femme.

— Je n'ai jamais été dupe de vos manigances, insista-t-elle. Vous ne méritez pas d'être la maîtresse de la Figuière.

Posément, en soutenant le regard de Seconde, Mélanie se baissa, ramassa le collier qui avait roulé sur le tapis après l'avoir blessée au visage. Elle sentait le sang couler au coin de sa lèvre.

— Je pense que vous n'avez plus rien à faire ici, laissa-t-elle tomber, glaciale. Quentin vous conduira à la gare d'Avignon dans moins d'une heure. Vous voudrez bien emporter toutes vos affaires.

Seconde inclina lentement la tête. Les deux femmes s'affrontèrent une dernière fois du regard avant que la gouvernante ne tourne les talons.

Tenant toujours son collier, Mélanie s'essuya

lentement la joue. Elle n'était pas vraiment surprise, ayant deviné depuis longtemps que Seconde lui avait dérobé le symbole de son passé. Elle se sentait soulagée, profondément.

Félicité, la fille d'Anna, sortait de la chambre de Pierre. Elle donnait la main au petit garçon. Il s'élança vers sa mère.

— Maman, ta joue saigne ! s'écria-t-il, choqué et effrayé.

Mélanie s'agenouilla pour le prendre dans ses bras.

— Ce n'est rien, le rassura-t-elle, juste une écorchure.

Seconde n'avait pas réussi à l'atteindre. De toute manière, sa blessure était beaucoup plus profonde. Jusqu'à l'âme.

Le jacquemart de l'hôtel de ville d'Avignon sonnait huit coups. L'air était doux, et embaumait le lilas. Pas un nuage ne venait déparer le ciel, d'un bleu languide de début de soirée. Les rayons du soleil couchant nimbaient la silhouette imposante du palais-forteresse, de l'autre côté du Rhône. Les amis de Frédéric Mistral s'étaient réunis sur l'île de la Barthelasse, là où ils avaient leurs habitudes, pour fêter le séjour en Provence d'Alphonse Daudet. Sous les ombrages, on mangeait, on festoyait, on buvait du vin de Châteauneuf et du vin de Tavel, tout en chantant et en égrenant des rimes.

Alexis appréciait cette ambiance chaleureuse tout comme il se sentait fier et honoré d'être invité à partager l'intimité de ses maîtres. Daudet le fascinait. Il aimait beaucoup l'entendre raconter leurs escapades nocturnes, à Mistral et à lui, lorsqu'il séjournait à Maillane chez son ami.

Daudet, hilare, confiait :

« Et nous voilà nous habillant à tâtons, traversant pieds nus, nos bottines à la main, la chambre voisine où dormait la chère maman de Mistral, derrière son paravent. L'escalier, la porte, et zou dans le noir, dans le vent de la vallée du Rhône. En route pour Graveson et le train d'Avignon... »

Alexis imaginait fort bien les deux jeunes gens partant s'amuser pour la ville papale. Les confidences de Daudet donnaient une autre image de Mistral, plus accessible.

Son épouse, Julia, ne l'avait pas accompagné. Alexis préférait qu'il en fût ainsi. Les dames, surtout les Parisiennes comme Julia Daudet, empêchaient les compagnons de se laisser aller. De plus, en leur présence, il n'était pas question de s'écarter dans les caniers qui servaient de cabinets particuliers en compagnie de jolies filles peu farouches.

Alexis donnait rendez-vous sur l'île de la Barthelasse à Cléophée, dite Cléo, une belle brune au corps souple. Elle écrivait d'étranges poèmes ésotériques et se montrait particulièrement experte aux jeux de l'amour. Exactement ce dont Alexis avait besoin pour tenter d'oublier Mélanie.

Il aimait son épouse, et se désespérait de ne pas parvenir à forcer sa carapace. Dans ses bras, elle demeurait lointaine. Inaccessible. Alexis avait besoin d'une compagne avec qui tout partager. Il aurait aimé lui confier ses rêves d'écriture, ses angoisses, aussi, de fils unique soumis à une obligation de réussite. Il n'était jamais parvenu à lui parler de Roger.

Elle et lui avaient chacun leur part d'ombre, qu'ils préservaient jalousement. Etait-ce le gage d'une union harmonieuse ?

— Viens... pria Cléo d'une voix rauque.

Les cheveux répandus sur les épaules, le buste nu émergeant d'un flot de dentelles, elle était belle, et provocante. Alexis la fit basculer sur le canier, le petit salon improvisé en plein air, entouré de palissades de roseaux afin de protéger des regards l'intimité des couples qui passaient un moment en bordure du Rhône. Elle le défiait avec une impudeur tranquille. Il avait besoin d'elle, pour se rassurer quant à sa séduction. Même s'il ne l'aimait pas, ne l'aimerait jamais.

21

1882

Avignon la belle, dorée sous le soleil, offrait ses terrasses aux badauds. Mélanie aimait particulièrement cette ville toute de langueur et de charme. Elle se promenait volontiers dans le quartier de la Balance ou rue du Vieux-Sextier, où elle flânait devant les nombreux commerces. Elle marchait parfois jusqu'au rocher des Doms, d'où elle contemplait le Rhône et le pont Saint-Bénezet. Elle allait faire ses emplettes rue de la République et, à dix-sept heures, donnait rendez-vous à Alexis.

Il travaillait dans les bureaux de l'entreprise familiale, situés place Pie, et lui qui n'appréciait guère le travail administratif était ravi de pouvoir s'échapper une heure en sa compagnie.

Mélanie, en avance, se dirigea vers la librairie Roumanille, rue Saint-Agricol. Elle n'aurait jamais osé, en effet, s'installer seule à une terrasse comme le faisaient les demi-mondaines. De plus, elle s'entendait bien avec madame Roumanille, passionnée comme elle de littérature.

L'épouse du félibre l'accueillit avec affabilité. Mélanie lisait désormais sans problème le provençal, ce qui lui permettait de découvrir de nombreux ouvrages. La librairie Roumanille, qui annonçait sur sa double devanture : « Livres anciens et modernes » et « Publications provençales », constituait une véritable institution à Avignon.

— Viendrez-vous au banquet de la Sainte-Estelle ? s'enquit la libraire.

— Mon Dieu, pourquoi pas, si les épouses y sont conviées ! répondit Mélanie avec une pointe d'amertume.

Elle avait mal supporté, en effet, les absences répétées de son mari au cours des dernières semaines. Elle sentait bien qu'il s'éloignait d'elle, sans parvenir pour autant à aborder le problème avec lui. Mélanie souffrait de migraines, de vertiges. Il lui arrivait d'étouffer lorsqu'elle se trouvait en ville, comme si l'air lui avait manqué. Eugène s'alarmait de la voir maigrir et incitait son fils à la faire consulter. Au fond de lui, Alexis avait peur. Il pressentait que Mélanie n'était pas heureuse et redoutait qu'elle ne décide un jour de partir. Il l'aimait, sans réussir à établir un véritable dialogue avec elle.

Mélanie sourit à Rose-Anaïs Roumanille.

— Si vous venez, je me joindrai à vous avec plaisir.

— Entendu ! s'écria madame Roumanille avec bonne humeur. Ces messieurs ont une foule de projets. J'ai entendu parler d'excursions du côté d'Aix, en Camargue, et même au bord de la mer, à Cassis. Si nous n'y prenons garde, ils seront partis chaque dimanche !

Le félibrige connaissait une période de renouveau après avoir traversé des turbulences. Mistral, fort occupé à la rédaction de *Nerto*, était heureux d'avoir retrouvé l'inspiration et faisait partager sa joie à ses amis.

— Monsieur Mistral est gai comme un adolescent, confia Rose-Anaïs à Mélanie. Il a raconté à mon époux qu'il travaillait pour son plaisir, comme lorsqu'il composait *Mireille* chez son père, au mas du Juge.

La renaissance de la langue provençale allait bon train, marquée par des cérémonies et de nombreux déplacements, à Nice, Marseille, Montpellier et Albi.

Intriguée par l'ouverture faite par Mistral en direction de la Roumanie, pays de langue romane qui venait de conquérir son indépendance, Mélanie choisit un ouvrage du poète roumain Vasile Alecsandri et se dirigea vers la caisse. Une jeune femme à l'allure spectaculaire venait de pénétrer dans la librairie. Madame Roumanille pinça les lèvres et salua la visiteuse sans amabilité excessive.

— Monsieur Roumanille n'est pas là ?

La jeune femme, ravissante dans sa robe rouge à tournure, fit la moue.

— Je repasserai, dans ce cas, décida-t-elle après avoir jeté un coup d'œil indéfinissable en direction de Mélanie.

Le carillon de la porte tinta derrière elle. Un

sillage de parfum entêtant fit froncer le nez de Mélanie.

— Je suis certainement partiale mais je ne puis la supporter ! fit madame Roumanille en dédiant un sourire d'excuse à Mélanie.

— De qui s'agit-il ? Je ne pense pas l'avoir déjà rencontrée.

— Cléophée de Lestang. Entre nous, ce nom me paraît beaucoup trop compliqué pour être le sien. Cette belle enfant se pique de versifier en provençal et, comme elle ne recule devant rien, elle a réussi à s'introduire au sein du félibrige.

— Il a bien fallu que quelques-uns de ces messieurs la soutiennent.

Rose-Anaïs Roumanille décocha un coup d'œil aigu à Mélanie.

— Les avez-vous déjà vus résister à un joli minois ? La belle Cléo, comme elle se fait appeler, sait jouer de ses charmes et cultiver les relations... utiles.

Madame Roumanille rougit. Percevant la gêne de son interlocutrice, Mélanie comprit tout de suite que son époux ne devait pas être resté insensible à la belle poétesse. Elle ne posa pas d'autres questions, cependant, à Rose-Anaïs. Un seul coup d'œil lui avait suffi pour jauger Cléophée de Lestang. Une jeune femme, certes très jolie, qui aimait à être le centre des attentions masculines.

Mélanie aurait voulu savoir si Cléophée était reçue à Maillane ou bien si elle se contentait de participer aux soirées des félibres sur l'île de la Barthelasse. Elle imaginait mal madame Mistral sympathisant avec celle qui ressemblait fort à une intrigante. Elle salua chaleureusement Rose-Anaïs Roumanille et remonta la rue Saint-Agricol en direction de la place de l'Horloge. Au passage, elle jeta un coup d'œil au grand escalier du parvis de l'église Saint-Agricol, imaginant les marches recouvertes par les eaux lors de la grande crue de 1840. Alexis l'attendait à la terrasse de la brasserie de l'Horloge. Il se leva à son approche, lui tira un siège.

— Vous êtes ravissante, lui dit-il en lui baisant le bout des doigts.

Elle sourit, plus émue qu'elle ne désirait se l'avouer. Leur couple avait-il encore un avenir ? se demanda-t-elle, le cœur serré. Elle savait qu'elle avait sa part de responsabilité. Trop de zones d'ombre subsistaient entre eux.

Elle le laissa commander pour elle un sirop d'orgeat. Son sourire s'accentua en l'entendant réclamer une absinthe Gauthier.

Elle aimait assister au cérémonial de l'heure verte. Autour d'eux, les consommateurs se pliaient tous au même rituel. Alexis n'avait pas son pareil pour « étonner » son absinthe en laissant tomber l'eau goutte à goutte sur le sucre posé lui-même sur la cuiller. La jeune femme guetta l'instant où la première volute blanchâtre s'éleva dans le verre. Un parfum inimitable, herbe froissée, piquante, verte, enveloppa leur table.

— Quelle alchimie bizarre, commenta Alexis comme pour lui-même. Regardez autour de nous... La folie de l'absinthe s'est propagée dans toutes les classes de la société.

— Une forte consommation n'entraîne-t-elle pas de risques pour la santé ?

Alexis se troubla.

— Mieux vaut, en effet, rester modéré. On commence à parler d'absinthisme, mais il s'agit essentiellement de personnes qui boivent sans discernement et, si ce n'était pas de l'absinthe, ce serait autre chose.

— L'absinthisme ? répéta Mélanie. En quoi cela consiste-t-il ?

Il lui expliqua d'un air ennuyé les principaux symptômes de cette maladie, à savoir des sortes de crises d'épilepsie, des délires, des convulsions, des hallucinations...

— L'alcoolisme me fait peur, avoua-t-elle.

Elle ne pouvait pas lui raconter les scènes auxquelles elle avait assisté à la ferme du Cavalier, qui l'avaient marquée à vie.

Alexis esquissa un sourire.

— Il ne faut pas. Nous croyons fermement dans notre famille aux propriétés thérapeutiques de l'absinthe, sinon nous n'en fabriquerions pas. N'oubliez pas qu'elle possède des vertus médicinales, reconnues depuis l'Antiquité. L'absinthe est synonyme de bonne santé. Pour les Romains, elle était diurétique et digestive, et les Grecs, Hippocrate en tête, la recommandaient contre la jaunisse. Au Moyen Age, on cultivait l'absinthe dans chaque jardin pour ses vertus digestives.

179

— Dans ce cas, il ne faut pas hésiter à le faire savoir, glissa Mélanie.

Elle avait des idées, des dessins plein la tête. Pour la première fois, elle osa s'en ouvrir auprès de son mari. Elle pensait qu'il était important de mieux faire connaître l'absinthe Gauthier, qui n'était pas trafiquée comme nombre d'alcools bon marché. Elle redoutait qu'Alexis ne la renvoie à son rôle d'épouse et de mère de famille, mais il l'écouta attentivement.

— Faites donc part de vos suggestions à mon père, déclara-t-il. Vous, il vous entendra peut-être.

Tous deux ne voyaient pas Eugène de la même manière. Alexis avait encore de la peine à se comporter de façon indépendante vis-à-vis de son père.

La jeune femme secoua la tête. Elle avait conscience de ses lacunes en matière de dessin. Elle devait suivre des cours, approfondir ses connaissances.

— Si cela peut vous rendre heureuse, lui dit alors Alexis.

Ils se regardèrent. L'espace d'un instant, Mélanie se sentit comprise. Ses joues s'empourprèrent.

— J'aime notre fils, mais j'ai besoin d'autre chose dans ma vie, tenta-t-elle d'expliquer.

Il lui sourit.

— Vous êtes une amazone, ma chère. J'ai toujours su que vous ne vous contenteriez pas de tenir notre maison.

Il ne se moquait pas d'elle. Elle avait même l'impression qu'il l'admirait.

Il but son absinthe lentement, en savourant chaque gorgée. Le liquide dans son verre était d'un vert très pâle, semblable à la couleur des yeux de Mélanie.

La chaleur était douce, l'instant harmonieux. Comme pour se prouver qu'elle s'était trompée, Mélanie ressentit le besoin de mentionner le nom de Cléophée de Lestang.

— J'ai rencontré une ravissante personne à la librairie Roumanille, déclara-t-elle d'un ton volontairement neutre. Une certaine Cléophée...

Alexis soutint son regard. Il contemplait sa femme, son visage vibrant, ses yeux verts, et il se disait qu'il l'aimait, elle seule.

Il posa la main sur la main de Mélanie.

— Ne vous souciez pas de Cléophée de Lestang, répondit-il fermement. Elle ne compte pas pour moi.

Elle le crut.

22

1883

Si Mélanie éprouva un sentiment d'appréhension en franchissant les grilles de l'asile de Montdevergues, elle n'en laissa rien voir.

Chaque mois, elle apportait des douceurs aux malades en témoignage de reconnaissance au docteur Autheuil. Il n'avait rien voulu accepter pour lui. Mélanie, après en avoir discuté avec son mari et son beau-père, avait trouvé ce moyen de le remercier de les avoir sauvés, Pierre et elle.

Elle se rendait seule, pourtant, à Montdevergues. Alexis le lui avait annoncé sans ambages : « Ma chère, ne comptez pas sur moi pour vous accompagner ! Je ne supporte pas ce genre d'endroit », et Eugène avait renchéri : « Moi non plus. »

Il avait eu une drôle de voix, un peu cassée, pour faire cet aveu. Mélanie n'y avait pas vraiment accordé d'importance ce jour-là. Elle y avait songé par la suite, alors que le docteur Autheuil s'étonnait : « Personne ne vous a donc accompagnée ? » Elle avait alors compris que la folie inspirait de la crainte à son mari et à son beau-père.

Elle admirait profondément le médecin pour le dévouement sans faille dont il faisait preuve vis-à-vis de ses malades. Chaque fois qu'elle franchissait les grilles de l'asile, elle ne pouvait s'empêcher de frissonner en entendant un bourdonnement lancinant. Les patients gémissaient ou criaient, créant un bruit de fond particulier à Montdevergues. Comment pouvait-on vivre là vingt-quatre heures sur vingt-quatre ? se demandait Mélanie tout en arrêtant son tilbury devant l'économat. Deux petites jeunes filles vinrent l'aider à décharger ses paniers. Sœur Odila apparut sur le seuil.

— Madame Gauthier, je pensais justement à vous.

La religieuse portait la tenue stricte de la communauté des sœurs de Saint-Charles de Lyon qui avait la charge du service de la section des femmes à Montdevergues depuis 1859.

Mélanie accepta le verre de vin de figue qu'on lui proposait, échangea quelques mots avec la religieuse avant d'aller saluer le docteur Autheuil. Il s'affairait dans la vacherie, où il supervisait les activités des malades.

— Retournez à l'asile, lui recommanda-t-il en la découvrant derrière lui. Vous n'avez pas votre place ici.

Elle se mit à rire.

— Vous m'imaginez mieux à l'asile ?

Le médecin rougit.

— Ce n'est pas ce que j'ai voulu dire, et vous

le savez fort bien. Si seulement vous consentiez à m'écouter, vous ne mettriez plus les pieds ici.

— C'est important pour moi de pouvoir me rendre un peu utile, répondit Mélanie sans se laisser décourager.

Elle doutait fort de pouvoir le lui avouer un jour mais, chaque fois qu'elle croisait le regard vide d'une malade, elle se demandait si sa mère ne lui ressemblait pas. Elle avait déjà échafaudé tant d'hypothèses dans sa tête, pour toujours buter contre cette ignorance si difficile à accepter. Elle ne savait rien de ses origines, et cette situation la minait.

Elle traversa le chemin qui reliait les différents pavillons et se rendit à la chapelle. Elle ne parvenait toujours pas à prier, même si elle respectait la foi de Sylvine ou celle de la Grande. Une adolescente balayait le sol de la chapelle. Âgée d'à peine quinze ans, elle avait un visage menu, de grands yeux couleur de pervenche. Elle répondit au salut de Mélanie tout en lui jetant un coup d'œil intrigué. Même si elle s'était vêtue simplement d'une « visite » en imprimé ramoneur sur sa robe de velours bronze, l'épouse d'Alexis avait l'allure d'une dame, et la gamine ne s'y trompa pas.

— Vous attendez quelqu'un, madame ? s'enquit-elle.

Son accent révélait qu'elle venait de la Lozère, comme nombre de religieuses de la congrégation de Saint-Charles. Mélanie lui demanda son prénom et voulut savoir si elle se plaisait à Montdevergues. La jeune Angélique fit la moue. Elle était venue à l'asile parce qu'une des religieuses, sœur François de Paul, était passée dans son village annoncer qu'on cherchait des jeunes filles pour garder des malades. Comme la vie était difficile à la ferme avec six petits frères et sœurs et le père paralysé, Angélique n'avait pas hésité. Seulement, elle n'avait pas imaginé combien ce serait lourd de côtoyer des fous, comme elle disait avec un petit sourire d'excuse.

Ils lui inspiraient de la crainte avec leurs regards vides, leurs accès de violence, et leurs cris. De plus, les sœurs n'étaient pas toujours charitables, elles tenaient la section des femmes d'une main de fer, gare à celle qui ne filait pas droit ou faisait preuve d'insolence ! Elle se retrouvait entravée ou bien prisonnière de la camisole de force !

— Ici, au moins, je suis tranquille, conclut la jeune fille.

Et d'expliquer à son interlocutrice que les malades se comportaient plutôt bien à l'intérieur de la chapelle.

Elle soupira.

— Bon, je vous laisse, madame. J'ai du travail au lavoir.

Mélanie la suivit des yeux en se disant qu'elle lui rappelait des souvenirs d'enfance. Certes, la situation avait évolué, la vie à l'asile était moins rude qu'à la ferme, mais Angélique devait se plier sans broncher aux règles édictées par les religieuses. Or, elle en connaissait de redoutables, notamment la terrible sœur Sainte-Radegonde, surnommée « Marche ou crève », qui ne tolérait aucune défaillance dans son service.

Elle serra ses mains l'une contre l'autre, en proie à un trouble indéfinissable. Il lui semblait que, toute sa vie, elle se demanderait quelle était sa place.

— Madame Gauthier, je vous cherchais. Accompagnez-moi donc dans mon bureau.

Le docteur Autheuil, entré sans bruit dans la chapelle, l'avait fait tressaillir. Elle le suivit vers les pavillons du directeur et des médecins, bâtis non loin de la chapelle, qui se trouvait au centre de l'établissement. Elle connaissait bien le chemin pour l'avoir suivi plusieurs fois. Le docteur Autheuil s'effaça afin de lui laisser franchir la première le seuil de son bureau, l'invita à s'asseoir. L'ameublement spartiate de la pièce se composait d'une table, de deux chaises, et d'étagères couvertes de livres. Au mur, on remarquait une eau-forte représentant Montdevergues à la fin des travaux édifiant l'asile d'aliénés en 1861. On remarquait bien la construction en rayons autour de la place centrale.

— Un généreux projet, murmura Mélanie.

Elle se sentait mal à l'aise. Autheuil comprendrait-il ce qui lui pesait sur le cœur ? Il était le seul à qui elle pouvait se confier.

Il lui adressa un sourire encourageant.

— Je vous écoute, madame Gauthier. Si je puis vous aider en quoi que ce soit…

Mélanie se pencha légèrement au-dessus du bureau.

— J'ai peur, souffla-t-elle.

Alors, d'un trait, sans réfléchir, elle raconta. Sa vie d'enfant placée, les coups, les insultes, ses questions au sujet de sa mère condamnées à demeurer sans réponse... Lorsqu'elle s'interrompit enfin, ses joues ruisselaient de larmes.

— J'ai un fils qui va sur ses cinq ans, reprit-elle. Un merveilleux petit garçon, avec qui je ne parviens pas à être vraiment complice, parce que je ne sais pas comment me comporter avec lui. J'ai si peur, si vous saviez, de ne pas être à la hauteur...

Edouard Autheuil lui sourit.

— C'est cette peur qui vous paralyse.

Tous deux savaient qu'ils étaient unis par des liens invisibles mais extrêmement puissants depuis que le jeune médecin avait procédé à la délivrance de Mélanie. Sans lui, Pierre et elle n'auraient certainement pas survécu.

La jeune femme ouvrit les mains.

— Je me sens inutile, si vous saviez...

Il pensait comprendre ce qu'elle voulait dire. Né dans une famille de la bourgeoisie rémoise, il avait assisté impuissant parce que trop jeune à la révolte de sa sœur, qui rêvait de se consacrer à la ferronnerie d'art. Leurs parents avaient poussé les hauts cris. Comment ? Une Autheuil travaillant de ses mains comme une ouvrière ? Aurait-elle par hasard perdu l'esprit ? Lasse de se battre, Marie-Anne avait fini par rentrer dans le rang et épouser l'un de ses prétendants.

La naissance, l'année suivante, d'une petite fille ne l'avait pas empêchée de sombrer dans une mélancolie persistante. A quarante ans,

Marie-Anne passait la plus grande partie de ses journées allongée sur le sofa, le regard vide.

— Un vrai gâchis, conclut le docteur Autheuil en crispant les mâchoires.

Mélanie comprenait mieux, à présent, la raison pour laquelle il était aussi dévoué à ses patients.

— Je suis désolée pour elle et pour vous, murmura-t-elle. Vraiment.

Il hocha la tête.

— Merci. Aujourd'hui, c'est de vous qu'il s'agit, Mélanie. Je ne veux pas vous voir sombrer comme Marie-Anne. J'aurais peut-être quelque chose à vous proposer, si notre directeur est d'accord.

Il avait en tête des ateliers de dessin, par petits groupes. Mélanie se demanda ce qu'Alexis en penserait, avant de hausser légèrement les épaules. Elle tenait avant tout à sauvegarder sa liberté. De plus, son mari ne lui avait-il pas dit qu'il la comprenait ?

— Vous pouvez compter sur moi, promit-elle en serrant la main du médecin.

Il sourit.

— Je ne manquerai pas de vous rappeler votre engagement. Vous, de votre côté, j'espère que vous ferez appel à moi lorsque le moment sera venu.

— Lorsque le moment sera venu ? répéta la jeune femme, les joues empourprées, avant de se mettre à rire. Comment avez-vous deviné ? Je ne l'ai pas encore annoncé...

Il aurait pu lui répondre qu'il l'aimait en silence depuis plusieurs années et que rien de ce qui la concernait ne lui était étranger. Il aurait pu le lui dire, mais cela n'aurait rien changé, et Mélanie se serait sentie mal à l'aise. Mieux valait pour lui se taire, tout en s'efforçant de l'aider.

— J'espère bien que vous serez là pour mon accouchement ! lança-t-elle. Je ne voudrais personne d'autre.

Elle était belle, lumineuse. Avec un pincement au cœur, il se leva, la raccompagna jusqu'à son tilbury, qu'elle conduisait elle-même.

— Prenez bien soin de vous, lui recommanda-t-il.

Il fut surpris d'entendre à nouveau la rumeur de Montdevergues une fois que la voiture de Mélanie eut franchi les grilles de l'asile.

Il l'avait oubliée le temps de leur conversation.

23

La terrasse, située au nord, offrait une fraîcheur appréciable durant les mois d'été. Mélanie y avait installé son atelier, comme elle disait en riant. Une simple table ronde en fer, ses carnets de croquis, ses crayons et sa boîte d'aquarelles. L'immobilité forcée à laquelle la contraignaient ses dernières semaines de grossesse ne lui coûtait pas trop, du moment qu'elle pouvait dessiner. Pierre venait jouer auprès d'elle en compagnie de Lucienne, sa nourrice. Elle brodait ou tricotait, tandis que Mélanie écoutait son fils lui raconter des histoires extraordinaires de sauterelles géantes ou de gramuses, ces petits lézards gris qui couraient partout dès le retour des beaux jours.

Monsieur Fabre, ami d'Eugène Gauthier, était venu à la Figuière au début du mois de juin et ses récits avaient fasciné le petit garçon.

Il ne se tenait plus de joie depuis que son père lui avait promis de l'emmener à la fin de l'été sur les pentes du mont Ventoux. Mélanie était heureuse de cette nouvelle complicité entre le père et le fils. Les derniers mois écoulés avaient constitué comme une pause dans sa vie. Alexis et elle vivaient une nouvelle lune de miel.

Certes, ils n'étaient toujours pas d'accord sur nombre de sujets mais leur complicité retrouvée leur permettait de surmonter leurs différends. Alexis n'avait pas ménagé sa peine, et avait conquis de nouveaux marchés pour l'absinthe Gauthier. La consommation de la dame verte se développait toujours plus. A croire que la France entière buvait de l'absinthe !

Dommage, d'ailleurs, estimait Alexis, qu'il s'agisse d'une spécificité bien française, la verte ne s'exportant pas aussi facilement que le champagne. Il avait dressé une carte des ventes sur le territoire national, et relevé des pics de consommation dans le Doubs, à Paris, et dans le Sud-Est. L'absinthe était non seulement appréciée mais aussi furieusement à la mode. Des écrivains, des peintres, des poètes affirmaient qu'elle était leur muse préférée. Parmi eux, Paul Verlaine, bien sûr, le prince des poètes, mais aussi Raoul Ponchon ou Jean Richepin. Les journaux publiaient à intervalles réguliers d'amusants lexiques destinés à recenser la plupart des expressions concernant la boisson la plus consommée en France. On apprenait ainsi qu'à Paris on « plumait un perroquet », à moins qu'on ne « l'étouffe » ou « l'étrangle ». Les enfants ou les dames se contentaient d'une « mominette », une absinthe servie dans un petit verre. « Faire une purée » était le reproche le plus courant adressé aux profanes. Ceux-ci mélangeaient sans prendre de précautions l'eau à l'absinthe. D'autres

191

réclamaient une « purée bien tassée », en mettant fort peu d'eau.

Dans les grandes villes, l'« absinthe gommée » était très appréciée. Le sirop de gomme remplaçait le sucre. Cette manière de procéder restait très raisonnable comparée au fameux « crocodile », un mélange à proportions égales de rhum, d'absinthe et d'alcool pur...

A Paris, dans les assommoirs, on servait à la demande une « bavaroise au lard », une absinthe très épaisse, ou bien une « absinthe de minuit », dans laquelle on remplaçait l'eau par du vin blanc. Dans le « velours épinglé », on ajoutait de l'eau-de-vie, pour faire bonne mesure.

Le pittoresque de ces appellations ne dissimulait pas le problème. Le succès prodigieux de l'absinthe avait provoqué nombre de fraudes. On vendait d'infâmes boissons aux comptoirs, ce qui inquiétait Alexis et son père.

Ils avaient axé l'image de l'absinthe Gauthier sur la qualité, et redoutaient de la voir ternie par des fabricants peu scrupuleux.

Pour le moment, Mélanie ne partageait pas leur souci. Elle n'était qu'attente, et goûtait le bonheur de s'être rapprochée de son fils. C'était dans sa vie comme une pause qu'elle se serait accordée. Au cours des derniers mois, grâce au soutien actif du docteur Autheuil et de son beau-père, elle avait réussi à mettre sur pied un atelier de dessin à Montdevergues. Le directeur avait volontiers accepté, estimant que ce projet s'accordait bien à la vocation de l'asile, proposant une thérapie par le travail.

Mélanie avait ainsi fait la connaissance d'une demi-douzaine de femmes, âgées de vingt-cinq à soixante ans. Elle n'avait rien voulu savoir de leur histoire, estimant que seul le dessin devait les réunir. L'atelier constituait une sorte de zone neutre au sein de l'asile. Et même si deux religieuses assistaient au cours, dans le but d'éviter tout débordement, Mélanie ne se sentait pas en danger parmi les pensionnaires. L'après-midi qu'elle leur consacrait une fois par semaine était pour elle un moment de partage.

Elle n'avait pas, cependant, l'intention de s'arrêter là. En relisant les lettres écrites par son vieil ami Théodore, qu'elle conservait précieusement, elle avait buté sur cette phrase qu'il lui répétait souvent : *N'oublie pas, petite, l'instruction représente le seul moyen de s'en sortir.* Elle savait que, dans sa vie, l'enseignement dispensé par l'Ardennais, puis par Jean-François et les Ursulines de Valréas, avait été déterminant. Sans la lecture, elle n'aurait certainement pas eu la force de se battre. Lentement, une idée avait germé dans sa tête. Même si les lois Jules Ferry avaient instauré l'école gratuite et obligatoire, la commune manquait de locaux pour abriter l'école et, bien entendu, priorité serait donnée à l'école des garçons. Mélanie avait donc entrepris de discuter avec son beau-père afin de le sensibiliser à ce problème. Les ouvrières et les ouvriers de la distillerie ne seraient-ils pas heureux de bénéficier d'une école pour leurs filles ? Elle avait vu briller le regard d'Eugène.

« Saviez-vous, mon enfant, lui avait-il dit alors,

que vous m'avez rappelé ma grand-mère dès notre première rencontre ? Elle aussi, en fille des Lumières, croyait en l'instruction. Elle avait appris à lire et à écrire grâce à un prêtre réfractaire qui était caché chez ses parents, à Méthamis. Elle s'appelait Blanche, avait-il ajouté d'une voix rêveuse. Blanche Gauthier.

— Ce serait un fort joli nom pour notre école », avait glissé Mélanie, et Eugène avait ri de bon cœur.

« Ma chère, vous êtes une mâtine, mais votre enthousiasme et votre obstination ne sont pas faits pour me déplaire ! Je vous promets de réfléchir à votre suggestion. »

Elle savait qu'elle pouvait lui faire confiance. Le maître de la Figuière ne se serait jamais engagé à la légère. De son côté, Alexis n'avait pas émis de critiques, sans pour autant se passionner pour son projet.

« Des affaires de femmes, avait-il commenté. Comme si les filles avaient besoin d'être instruites ! »

Mélanie avait protesté avec force avant de comprendre qu'il se moquait d'elle.

Alexis était ainsi fait, prompt à manier l'ironie de crainte de se laisser émouvoir.

Elle sourit. Sa rencontre avec Cléophée de Lestang à Avignon, l'année précédente, lui avait permis de voir un peu plus clair en elle. L'idée que son époux pût s'éprendre d'une autre femme l'avait déstabilisée. Sur le chemin du retour, elle l'avait interrogé jusqu'à ce que, de guerre lasse, il lui jette au visage une réalité qu'elle avait voulu

194

oublier. Oui, il y avait l'épouse, qu'on respectait, mais aussi les femmes, qu'on cueillait au passage, sans y accorder grande importance. Et, comme Mélanie s'insurgeait contre cette situation par solidarité féminine, Alexis s'était mis à rire.

« Ma chère, vous êtes unique ! Vous allez finir par me reprocher de ne pas être assez attentionné à l'égard de mes maîtresses ! »

Ces deux mots, « mes maîtresses », avaient bouleversé Mélanie. Elle n'avait éprouvé jusqu'à présent que de vagues soupçons. Depuis qu'elle avait croisé le regard de Cléophée de Lestang, elle savait. Et cette certitude lui avait été insupportable, même si elle n'avait jamais dit à Alexis qu'elle l'aimait.

Ils n'avaient plus évoqué la poétesse. Mélanie ne l'avait pas revue, à Avignon ou ailleurs. Elle s'était rapprochée d'Alexis, s'intéressant à ses poèmes en provençal, à son travail de « voyageur de commerce », comme il disait avec autodérision mais aussi une pointe de fierté, parce qu'il appartenait à la famille Gauthier, qui fabriquait de l'absinthe après avoir produit de la poudre de garance.

Mélanie posa la main sur son ventre. Son enfant bougeait. Elle mesurait son bonheur et sa chance de pouvoir se reposer, elle qui avait vu des femmes trimer jusqu'au jour de leur accouchement. Elle en éprouvait même un peu de honte, comme si elle n'avait pas mérité ce statut particulier. Elle avait hâte de voir arriver Sylvine à la Figuière. La cartonnière lui avait promis de venir. A soixante-trois ans, elle était toujours vaillante, même si son dos la faisait souffrir. Jean-François, pour sa part, ne se rendait jamais à Montlaure. Il se trouvait toujours un bon prétexte avec son travail. Mélanie n'était pas dupe. La dernière fois qu'elle l'avait vu, c'était à l'enterrement de mamée Léa, un peu moins d'un an auparavant. La vieille brodeuse, qui avait atteint l'âge vénérable de quatre-vingt-cinq ans, s'était éteinte paisiblement dans sa petite maison sur la route du Pègue. Prévenue par télégramme, Mélanie avait tenu à rendre un dernier hommage à la mère de Sylvine. Comme Alexis se trouvait alors à Paris, c'était Eugène qui avait accompagné la jeune femme dans l'Enclave des papes.

Elle avait apprécié la présence réconfortante de son beau-père à ses côtés.

Elle avait eu un choc en découvrant mamée Léa dans son cercueil. La vieille dame était plus petite que dans ses souvenirs. Les larmes nouèrent sa gorge lorsqu'elle reconnut le couvre-pieds que Sylvine avait posé sur les jambes de sa mère. Le boutis était une merveille de finesse et de beauté. Le symbole de toute une vie de travail, tendue vers la réalisation de la belle ouvrage. Jean-François et ses cousins, les fils de tante Ninie et d'oncle Elzéar, avaient porté le cercueil de mamée Léa jusqu'à l'église Notre-Dame-de-Nazareth. Il faisait très beau ce jour-là, et c'était comme un dernier hommage rendu à la vieille dame.

En suivant le cortège, Mélanie songeait à

Augustine et à la Grande. Elle avait conscience du fait qu'une page se tournait. Elle se rappelait les dimanches passés chez la mère de Sylvine, le goût des figues et des raisins mûrs qui éclataient dans la bouche. Elle pensait alors qu'elle commençait à apprivoiser le bonheur, surtout quand Jean-François les accompagnait.

Elle avait revu celui qu'elle considérait comme son grand frère. Il l'avait serrée, fort, contre lui.

« Ne pleure pas, petite. Mamée Léa a eu une belle et longue vie. »

Elle ne pleurait pas pour mamée Léa, mais parce qu'elle était émue, et bouleversée. Elle pressentait, cependant, qu'elle ne devait pas chercher à expliquer ce qu'elle éprouvait. Personne ne pouvait la comprendre. Puisqu'elle ne se comprenait pas elle-même.

24

L'Ardèche tout entière flambait en cette fin d'octobre. Sous la voûte d'or des châtaigniers, le long de la vallée de l'Eyrieux, Mélanie, le cœur serré, reconnaissait un paysage qu'elle avait souhaité désespérément oublier.

Elle était descendue du train à Montélimar pour emprunter une voiture de louage. C'était un voyage qu'elle avait tenu à effectuer seule, et son époux comme son beau-père l'avaient compris. Après la naissance d'Estelle, elle avait éprouvé le besoin de regarder en face son passé.

« Je ne peux pas chercher à me cacher toute ma vie », avait-elle confié à Alexis.

Tous deux s'étaient retrouvés. Alexis était resté à la Figuière les jours précédant l'accouchement. Mélanie redoutait une nouvelle épreuve comparable à celle de la naissance de Pierre, mais Estelle, beaucoup plus menue que son frère, était née avec une facilité déconcertante. Un vrai bonheur pour Mélanie, émerveillée, qui avait demandé au docteur Autheuil de poser son bébé sur son ventre. Elle avait alors pleuré, longuement, de joie et d'émotion. Elle n'avait pu s'empêcher, à cet instant, de songer à celle qui lui avait donné la vie. Mélanie, pour sa part, se sentait tout bonnement incapable d'abandonner sa petite fille ! Comme après la naissance de Pierre, cette pensée avait fait ressurgir angoisses et cauchemars. C'était pour cette raison qu'à peine rétablie elle avait décidé de retourner en Ardèche.

Estelle, ainsi prénommée en hommage à la patronne du félibrige, était une enfant facile à vivre, qui poussait dru. Alexis était tombé sous le charme de sa fille au point que Mélanie redoutait que Pierre n'en conçût quelque jalousie. Heureusement, Eugène s'occupait beaucoup de son petit-fils, qu'il emmenait déjà à la distillerie.

Elle jeta un regard au paysage encore si familier. Près de quinze ans après, elle reconnaissait les fermes de pierres grises, la roche feuilletée, et les arbres, tous les arbres aux couleurs assourdies – rouge, jaune, rouille –, passées. Elle sursauta en entendant le tintement des grelots accrochés au cou d'un troupeau de moutons. Le bruit lui parut si proche dans ses souvenirs qu'elle éprouva l'envie irraisonnée de faire demi-tour. Etait-ce réellement une bonne initiative ? N'aurait-elle pas dû renoncer à ce voyage ?

Si elle avait eu vent de son projet, Sylvine aurait tenté à coup sûr de l'en dissuader. L'enfance ardéchoise de Mélanie lui avait toujours fait peur. Cela lui ressemblait si peu que la jeune femme avait longtemps cherché à comprendre le pourquoi de son attitude. Jean-François l'avait un jour aidée en lui expliquant :

199

« Du jour où tu es arrivée traverse du Mûrier, tu es devenue la fille de Sylvine. Elle redoute en fait tout ce qui pourrait te rappeler que tu ne l'es pas par le sang. »

Le sang... Mélanie avait haussé les épaules. Elle avait depuis longtemps dépassé ce genre de distinguo. Elle était elle, Mélanie, épouse d'Alexis Gauthier, mère de Pierre et d'Estelle Gauthier, fille de... Fille de personne, ajoutait-elle parfois sur un ton de défi, mais, la plupart du temps, ses interlocuteurs croyaient à une plaisanterie de sa part.

Elle se pencha. Elle reconnaissait les collines trapues, couvertes de sapins, les fermes accrochées à la pente, la maison du docteur Bonaventure et l'église romane, où s'était déroulée la messe d'enterrement d'Augustine. Elle reconnaissait tout, et elle avait peur, soudain, elle aussi, comme si le temps allait se refermer sur elle. Elle fit arrêter le cocher devant la vieille maison de Théodore. Il y avait plusieurs mois qu'elle n'avait pas reçu de nouvelles du vieil Ardennais mais elle était persuadée qu'il était toujours en vie. C'était pour cette raison, aussi, qu'elle avait décidé de revenir. Pour revoir Théodore avant qu'il ne soit trop tard.

La porte de la salle était ouverte afin de laisser pénétrer le soleil du début d'après-midi dans la maison. Mélanie frappa à l'huis avant de se hasarder à l'intérieur. Elle se revoyait, enfant, se réfugiant chez Théodore et lui réclamant une histoire.

Elle sursauta en se trouvant face à une

inconnue aux cheveux gris qui balayait le sol. Les deux femmes, stupéfaites, se dévisagèrent. Mélanie se ressaisit la première.

— Bonjour, je suis venue voir Théodore, déclara-t-elle.

Sa toilette, simple mais élégante, sa voix sans accent impressionnèrent la femme, qui balbutia que Théodore n'était plus là. Et, comme Mélanie insistait, elle l'entraîna sur le seuil et fit un geste en direction de la forêt.

— On l'a enterré là-haut il n'y a pas six mois. Un berger s'en est occupé, il lui avait promis. A ce qu'il paraît, le cimetière n'était pas assez bon pour lui. On a repris la masure avec mon homme, c'est monsieur le maire qui nous a logés ici. Vous comprenez, on ne gêne personne. Le Théodore, il n'avait pas de famille. Mais vous ?

La femme, déjà inquiète, jetait des coups d'œil aux alentours.

Mélanie secoua la tête.

— C'est vrai, il n'avait plus de famille. Seulement des amis. Dites-moi, où puis-je trouver ce berger ?

Ce ne pouvait être que Barthélemy. Soulagée, la femme lui indiqua la direction de la ferme du Cavalier.

— Attendez-moi au cabaret, proposa Mélanie à son cocher. Je ferai le reste du chemin à pied.

Dire qu'elle était persuadée que Théodore était toujours vivant ! Elle s'essuya rageusement les yeux. Il aurait détesté la voir pleurer.

« Les morts vivent toujours dans la mémoire

de ceux qui les ont aimés », lui avait-il dit un jour. Elle voulait se raccrocher à ce souvenir.

Au fur et à mesure qu'elle grimpait vers la ferme, l'angoisse autrefois si familière lui nouait à nouveau le ventre. Pourtant, la nuit n'était pas encore tombée, un soleil insolent irradiait la couronne d'or des châtaigniers. Elle se retourna à deux reprises, comme pour mesurer le chemin parcouru, mais c'était surtout pour se laisser une possibilité de fuir. La perspective de se retrouver face à Duruy la paniquait. Pourquoi Barthélemy était-il resté à la ferme ? Ne pouvait-il exercer ailleurs son métier de berger ?

Elle s'immobilisa, vaincue par un point de côté. Elle n'avait plus l'habitude de grimper aussi vite, son corps renâclait. Elle s'appuya contre un tronc de châtaignier, reprit lentement son souffle. De l'endroit où elle se tenait, elle apercevait le village, blotti en dessous, le toit de l'école, l'église, et la menuiserie qui n'existait pas auparavant. Personne n'avait croisé son chemin mais elle devinait qu'on suivait sa progression derrière les fenêtres à petits carreaux. Cela s'était toujours passé de cette manière à Puyvert : on ne disait jamais rien, même si l'on savait tout ce qui arrivait à ses voisins. Mélanie n'avait rien oublié, ni pardonné. Elle se rappelait que seuls Barthélemy, la Grande et elle osaient s'interposer quand il prenait à Duruy la fantaisie de rouer de coups Augustine. Elle pensa à ses enfants pour se donner du courage. Elle n'avait pas le choix. Elle devait aller jusqu'à la ferme du Cavalier.

202

Elle passa devant le traditionnel éricié, un tas de bogues fermées recouvert de genêts, de feuilles sèches et de fougères, sans s'arrêter. C'était un moyen traditionnel dans les Boutières et le haut Vivarais de conserver les châtaignes jusqu'en février.

La cheminée de la ferme fumait. Mélanie jeta un bref coup d'œil à la clède.

Elle se rappelait les journées d'automne passées à « châtaigner », une opération lente et pénible qui ne la rebutait pas parce qu'elle se déroulait en plein air. Barthélemy montait pieds nus aux arbres pour gauler les bogues. Par la suite, les enfants, suivant les instructions de la Grande, utilisaient l'*espelhaire* pour ouvrir les bogues, et des massettes afin de faire sortir les châtaignes des bogues. Il suffisait alors de « griver », c'est-à-dire de recourir à une sorte de tamis pour éliminer les pierres et la terre mêlées aux châtaignes après l'ébogage. Les fruits étaient mis à sécher pendant au moins trois semaines sur des claies superposées à l'intérieur de la clède. Celle-ci, pratiquement accolée à la ferme, communiquait avec le conduit de cheminée de la salle. La fumée ainsi récupérée permettait de sécher les châtaignes.

Rien n'avait changé, se dit-elle, profondément émue. Elle reconnut tout de suite la silhouette masculine qui ratissait les châtaignes dans la clède.

— Barthélemy ? C'est bien toi ? héla-t-elle depuis le seuil.

Il se retourna. Dans ses vêtements de voyage

en velours bronze, avec sa toque assortie coquettement inclinée sur l'oreille, elle ne ressemblait en rien à la gamine trop maigre qui le suivait partout. Pourtant, lui aussi la reconnut. Son regard était resté le même.

— Mélanie ! Depuis le temps que j'espérais de tes nouvelles ! s'écria-t-il, posant son râteau.

Les jeunes gens s'étreignirent. Les années étaient abolies. Tous deux se retrouvaient comme autrefois, dans la clède où régnait une douce chaleur.

Il leva la main comme pour lui caresser la joue, suspendit son geste.

— Dis-moi, tu es devenue une vraie dame, reprit-il.

C'était ce qu'elle avait redouté. Elle ne voulait pas qu'il s'arrête à son apparence extérieure. Parce qu'elle savait bien, elle, Mélanie, qu'elle était toujours la même.

— Ça ne m'empêche pas d'être revenue, répondit-elle vivement.

Il sourit.

— Seigneur, Mélanie, ce que tu as pu me manquer ! Il s'en est passé, de drôles de choses, tu sais, par ici.

Presque sans s'en rendre compte, il avait baissé la voix. Mélanie l'imita.

— Duruy ?

Une ombre passa sur le visage du berger.

— Il est mort, paix à son âme ! Quoique...

Mort, celui qui hantait les cauchemars de Mélanie depuis si longtemps ? Elle jeta un regard incrédule à son vieil ami.

— Qu'est-il arrivé ?

— Viens à la ferme, proposa-t-il. Albine me l'a laissée en fermage.

— Où est-elle ?

— Du côté de Joyeuse. Son mari et elle ont une éducation de vers à soie, et un peu d'élevage.

Mélanie inclina la tête.

— Et Louise ?

— Viens au Cavalier, répéta Barthélemy. Il faut qu'on parle, toi et moi.

Il lui prit le bras. Le vent s'était levé. Mélanie frissonna en pénétrant dans la salle. Elle chercha instinctivement du regard la cheminée, et *lou caïre* où se tenait la Grande, et elle crispa la main sur le bras du berger.

— Toutes ces années... murmura-t-elle.

Elle remarqua que les murs avaient été chaulés de frais. La pièce paraissait plus claire. Barthélemy lui sourit.

— Il fallait bien essayer de chasser les ombres... Assieds-toi. Tu prendras bien un peu de vin de noix, comme disait la Grande. Tu te rappelles ?

Il y avait si longtemps qu'elle se protégeait derrière sa carapace... Et là, tout à coup, en sentant l'odeur particulière du vin de noix, et celle des chèvres, l'émotion la submergea, elle ne put retenir ses larmes.

— Ce n'est rien, dit-elle à son ami qui s'inquiétait. Tu ne peux pas imaginer... Le fait de le savoir mort... je suis si soulagée...

Il la regarda. Gravement.

— Je sais, dit-il.

Ils parlèrent longtemps dans la salle où ils avaient connu une enfance sacrifiée. Après lui avoir offert un bol de soupe *cousina* au goût inimitable de châtaigne, Barthélemy reconduisit Mélanie jusqu'au cabaret du village d'en bas, où le cocher l'attendait. Il était inquiet de la laisser repartir alors que le soir tombait, mais elle ne voulut rien entendre. Le cocher était un homme de confiance, elle ne craignait rien. Elle dormirait à l'hôtel à Privas et le lendemain elle serait de retour chez elle, à la Figuière.

— Tu reviendras ? demanda alors Barthélemy.

Elle secoua la tête. Non, elle ne le pensait pas. Sa vie était ailleurs, désormais. A la Figuière.

25

Elle avait, lui semblait-il, compté chaque tour de roue séparant Grignan de Valréas. Son cœur s'accéléra en apercevant le paysage familier. Les montagnes environnantes formaient un cirque barrant l'horizon. Des nuages s'accrochaient encore aux sommets. La plaine se parait de vignes et d'arbres couleur de bronze. Au loin, les deux clochers et la tour Ripert annonçaient Valréas, qui, d'une certaine manière, était restée sa ville. Elle avait beaucoup changé au cours des dernières années, et Mélanie en prenait brutalement conscience. De nouvelles usines de cartonnages s'étaient implantées cours Saint-Antoine, route des Capucins, cours de la Recluse et place des Salins. Des succursales et des ateliers s'étaient ouverts à Grillon, Richerenches, Visan, au Pègue et à Taulignan. La ville donnait l'impression de travailler sans répit.

Le temps semblait s'être arrêté traverse du Mûrier. Sylvine accueillit Mélanie avec une joie aussitôt teintée d'inquiétude. Que se passait-il donc ? Pourquoi Mélanie arrivait-elle seule, sans son époux ni ses enfants ? Il avait fallu la rassurer, lui expliquer à demi-mot le voyage en Ardèche.

— J'avais besoin de venir ici... après, ajouta seulement Mélanie.

Elle ne pouvait se confier qu'à une seule personne. Jean-François. Il l'avait aidée à surmonter ses cauchemars, alors qu'âgée d'à peine onze ans elle tentait d'oublier son enfance douloureuse. Sylvine esquissa un sourire en la voyant jeter un coup d'œil à l'horloge qui rythmait leurs journées.

— Va, petite, lui dit-elle, il aura bientôt fini sa journée. Tu connais le chemin...

Elle remit ses pas dans les pas de son enfance avec émotion. A Valréas, c'était différent de la ferme. Elle y avait été heureuse.

Tante Ninie et oncle Elzéar avaient cédé leur mercerie à leur fils aîné Baptiste, ce qui ne les empêchait pas de continuer à y travailler.

Mélanie s'arrêta au magasin pour les saluer. Tante Ninie trônait toujours derrière la caisse, rejetant dans l'ombre sa bru, Bérangère. Le chignon impeccable, hérissé de têtes d'épingle, le col fermé sous le menton par une broche en onyx, le regard encore vif derrière les bésicles, la vieille dame ne paraissait pas ses soixante-quinze ans et donnait l'impression que, tant qu'elle serait en vie, elle ne céderait pas un pouce de son pouvoir.

Elle accueillit Mélanie d'un sourire ravi car elle était toujours fière de présenter à ses clients sa « petite nièce, madame Gauthier, vous savez, l'absinthe Gauthier ». Pas dupe, la jeune femme se souvenait des remarques entendues alors qu'elle venait d'arriver chez Sylvine. En ce temps-là, sa présence traverse du Mûrier suscitait une certaine défiance.

La vieille dame insista pour lui donner des bonbons destinés à Pierre, un hochet pour Estelle. Mélanie choisit un châle en mérinos pour Sylvine avant de reprendre le chemin de l'imprimerie Fabert. Il lui tardait de retrouver Jean-François.

En pénétrant dans l'atelier, elle eut l'impression que rien n'avait changé. On y respirait la même odeur d'encre et de papier, de poussière et de plomb, mais le vieux Socrate n'était plus là. Il s'était retiré à Visan chez son fils. Jean-François allait le voir le dimanche, tous deux se prêtaient toujours des livres.

Le fils de Sylvine ne parut pas surpris de découvrir la jeune femme. Il termina sa tâche avant de coiffer sa casquette et de sortir, en adressant un signe de la main à ses camarades.

Sur le cours, ils s'embrassèrent, un peu gauchement. Il ne lui demanda pas pour quelle raison elle était venue seule, se contenta de l'entraîner vers le Pied-Vaurias, situé à l'ouest de Valréas, là où une chapelle avait été édifiée sur une sorte de promontoire. Ils dominaient la ville et avaient une vue saisissante sur la montagne de la Lance, qui paraissait toute proche.

Seuls face au paysage, ils pouvaient parler librement. Elle lui raconta d'un trait son voyage en Ardèche, ses retrouvailles avec Barthélemy le berger. Elle évoqua à mots pudiques l'émotion éprouvée dans le décor de son enfance, et le goût légèrement sucré des châtaignes qu'elle avait encore dans la bouche. Elle parlait, mais il voyait bien qu'il y avait autre chose.

— Et puis ? demanda-t-il.

Elle tourna la tête vers le lithographe.

« Tu verras, lui avait-elle dit, l'année où il était revenu blessé de la "guerre de Septante". Je finirai bien par peindre et dessiner ce qui me plaît. Si je le désire avec assez de force... »

Il avait assisté à ses combats d'adolescente, à sa révolte. L'enfant rebelle avait tenu ses promesses. Mélanie Gauthier était une femme debout, prête à défendre ses rêves. Si seulement elle avait consenti à baisser sa garde...

Elle le regarda. Elle était très pâle.

« Ecoute-moi, Jean-François, mais ne me pose pas de questions, pria-t-elle. Je ne pourrais pas le supporter. »

Il pencha vers elle sa haute silhouette, noua ses doigts aux siens.

— Petite... Rien ne t'oblige à me raconter...

Elle aimait qu'il l'appelle ainsi – « petite » – comme au temps où elle rabattait la courte-pointe sur sa tête, le soir, en se disant qu'elle était à l'abri traverse du Mûrier. Ce n'était pas une illusion, elle le savait. Du jour où elle avait franchi le seuil de la maison de Sylvine, elle avait été en sécurité.

De nouveau, elle le regarda. Ses yeux étaient clairs, pleins des larmes qu'elle ne laisserait pas couler. Il la connaissait suffisamment pour savoir qu'elle était ainsi faite. Dure en apparence, et en vérité fragile comme ce n'était pas permis.

Alors, elle parla. De Duruy, qui lui donnait l'impression d'être souillée rien qu'en posant les yeux sur elle. De la peur bleue qu'il lui inspirait. De cette boule dans le ventre qui l'empêchait de vivre vraiment. De ce pli qu'elle avait pris de s'activer en permanence, pour qu'il ne la crochète pas au passage, comme il l'avait fait pour Albine.

Sans baisser les yeux, parce qu'elle n'avait pas à avoir honte, elle évoqua le calvaire d'Augustine, les coups, les violences, et cette atmosphère de terreur qu'il faisait régner sur la ferme du Cavalier.

— Même lorsqu'il n'était pas là, nous vivions dans la peur, murmura-t-elle.

Elle le voyait encore caressant de la main son couteau tout en la regardant s'occuper de la Grande. Elle sentait son regard sur elle, la frôler, la déshabiller, et le cœur lui manquait. Elle crispait la main sur l'épaule de la vieille Polonie, qui proposait alors : « J'ai froid, petite, dors avec moi, tu me tiendras chaud », et elle se sentait sauvée. Elle avait huit, neuf ans, et l'impression d'être vieille, si vieille... sans âge.

Elle avait bataillé pied à pied. L'avait défié sous les coups, sans se laisser impressionner par les insultes qu'il lui jetait, même si son cœur saignait. Elle s'accommodait des coups, moins des mots. Surtout lorsqu'il lui lançait des horreurs au sujet de sa mère. Dans ces moments-là, elle aurait voulu mourir, mais,

211

comme elle se refusait à lui donner ce plaisir, elle continuait à se rebeller.

Parfois, sa voix se faisait plus douce, et c'était pire que tout. Il lui disait qu'elle deviendrait une sacrée belle fille, qu'il avait tout son temps, qu'elle n'avait personne pour la défendre. Elle avait l'impression de se cogner contre le carreau, elle aurait voulu hurler, sans parvenir à prononcer un mot.

Il y avait eu le soir où il l'avait immobilisée entre sa chaise et la cheminée. Il avait avancé la main vers elle. Elle avait soutenu son regard, en ayant envie de mourir. L'irruption de Barthélemy dans la salle l'avait sauvée. Duruy était allé se servir un nouveau verre de gnôle en maugréant. Le berger avait secoué son gilet devant l'âtre. Mélanie sentait encore l'odeur de suint et d'humidité qui lui avait gratté la gorge. Ce soir-là, elle avait compris qu'elle devait quitter la ferme du Cavalier si elle voulait échapper au sort que Duruy lui réservait. Grâce à la vieille Polonie, elle avait pu partir, mais elle n'avait rien oublié.

Duruy ne s'était pas amendé. Barthélemy lui avait raconté qu'après s'être attaqué à Louise, qui s'était enfuie chez les Labre, il avait sombré dans l'ivrognerie, ne faisant même plus semblant de travailler à la ferme. Barthélemy s'occupait de ses chèvres, et de la clède. Le Cavalier était son unique foyer, il ne voulait pas le quitter. Ils avaient vécu ainsi, cahin-caha, jusqu'en 1879. Cette année-là, Duruy s'était arrangé on ne savait comment pour embaucher une petite servante,

Claire-Marie, une gamine d'à peine quinze ans, toute fluette. Et, bien entendu, malgré la surveillance de Barthélemy, il était parvenu à ses fins. Alors, chose incroyable, la gamine avait pris le grand couteau et avait tué Duruy pendant qu'il cuvait sa gnôle. Elle l'avait saigné, comme un cochon, il y avait du sang partout dans la salle, en rigoles poisseuses, du sang noir.

Mélanie serra ses mains l'une contre l'autre.

— Je ne sais pas si tu imagines, reprit-elle. La petite Claire-Marie, sans famille, sans personne pour la défendre... Dans le meilleur des cas, elle aurait été emprisonnée à vie. Barthélemy n'a rien nettoyé dans la salle, il est allé chercher le maire, le curé, et le père Labre, le voisin le plus proche, qui savait beaucoup de choses et ne devait pas avoir la conscience trop tranquille depuis la mort d'Augustine. Tous quatre sont vite tombés d'accord. Duruy était mort de sa belle mort. Avec ce qu'il buvait, c'était déjà incroyable qu'il soit encore en vie. Il fallait sauver Claire-Marie, en souvenir d'Augustine, d'Albine, de Louise, de moi aussi... Duruy a été enterré à la va-vite, Barthélemy et Claire-Marie ont fait disparaître toutes les traces du meurtre...

Elle s'interrompit, reprit d'une voix rêveuse :

— S'agissait-il d'un meurtre, d'ailleurs ? Plutôt d'une exécution. Depuis, le village s'est resserré. Fatalement, tous ont compris. Claire-Marie est partie, elle ne pouvait plus vivre à la ferme, et Barthélemy continue de s'en occuper.

Un soupir gonfla sa poitrine. C'était comme une revanche sur les années de terreur. Le maire et le curé avaient pris la défense d'une gamine sans nom, dotée seulement du joli prénom de Claire-Marie. Ç'aurait pu être elle, Mélanie, des années auparavant...

Jean-François osa tendre la main, lui caressa la joue.

— Tu es libérée, à présent.

Elle hésita. Il lui faudrait encore du temps avant d'oser regarder ses souvenirs en face. Beaucoup de temps. Mais elle y parviendrait.

Elle frissonna. Jean-François la serra contre lui.

— Viens te mettre au chaud. Ma mère a dû préparer une bonne soupe, tu sais, celle que tu préférais. Tu dormiras à la maison et, demain, tu rentreras chez toi.

Chez elle... l'espace de quelques heures, elle avait presque oublié sa vie à la Figuière. Elle sourit à Jean-François.

— Pas un mot à ta mère, surtout.

La vie continuait. Elle devait non pas oublier la ferme du Cavalier, mais ne plus y penser.

Pour ses enfants, pour Alexis.

Et peut-être pour elle, aussi.

26

S'il concédait à Anselme, le jardinier, l'entretien des figuières, dans lesquelles le bouturage était régulièrement pratiqué, Eugène Gauthier ne laissait à personne le soin de tailler le gros figuier qui ombrageait la tonnelle.

Il effectuait cette opération à la fin des grands froids et Pierre avait le droit d'y assister à la condition expresse de ne toucher à rien.

Du balcon de sa chambre, Mélanie, la petite Estelle dans les bras, observait, émue, le vieil homme et l'enfant unis autour du vieux figuier.

— Tu vois, Pierre, expliquait Eugène, il faut toujours couper au-dessus d'un bourgeon à l'extérieur du rameau, et éclaircir l'arbre de l'intérieur. Regarde, ces rameaux malingres doivent être supprimés. Ils sont trop faibles pour réussir à donner des fruits.

Pierre écoutait, en ouvrant de grands yeux.

— C'est mon aïeul, Balthazar Gauthier, qui a planté ce figuier. Il estimait à juste titre qu'on était toujours à l'abri du besoin lorsqu'on avait la chance de posséder un figuier. Celui-ci devait être planté le plus près possible de la maison en signe d'hospitalité. Ce sont des grands mots pour toi, Pierre. Tu comprendras lorsque tu tailleras à ton tour ce figuier.

— A la place de mon père ? s'enquit Pierre d'une voix étranglée.

Eugène posa ses outils et se pencha vers son petit-fils. Son cœur était lourd.

— C'est cela, Pierre, répondit-il d'une voix ferme. Tu es l'héritier de la Figuière.

Estelle se débattit dans les bras de sa mère.

— Je veux Pierre ! s'écria-t-elle d'un ton décidé.

Mélanie secoua la tête.

— Nous descendons le voir. Laisse-moi seulement te couvrir...

Elle réussit à l'envelopper d'une cape, dont elle noua les lacets sous son menton. La petite trépignait. Félicité, alertée par ses hurlements, fit irruption dans la chambre sans frapper.

— Eh bien, Estelle, en voilà des manières ! lança-t-elle en faisant la grosse voix.

Mélanie sourit à la fille d'Anna.

— Merci d'emmener cette jeune fille auprès de monsieur Eugène, Félicité. Je vous rejoins tout de suite.

La remarque de Pierre avait ravivé son sentiment de solitude. Alexis était mort un an auparavant d'une pneumonie fulminante. Il était rentré épuisé d'un voyage d'affaires à Paris. Mélanie, venue l'attendre à la gare d'Avignon avec le tilbury qu'elle conduisait elle-même, l'avait trouvé las, le regard creux. Il l'avait serrée contre lui.

« Rentrons vite à la Figuière. Je suis si fatigué... »

Il avait à peine regardé les enfants, s'était mis au lit avec une mauvaise toux. Alarmée, Mélanie avait appelé le docteur Pinchard. Elle le revoyait encore sur le seuil de leur chambre, considérant Alexis d'un air soucieux après l'avoir ausculté.

« Il faut des sangsues », avait-il indiqué.

Avec le recul, Mélanie se disait qu'Eugène avait tout de suite compris la gravité de l'état de son fils. Son épouse était phtisique... Il avait appris à se défier des maladies pulmonaires. Elle avait lu l'angoisse mortelle dans le regard de son beau-père, et elle avait pressé la main d'Alexis.

« Repose-toi. Tu te sentiras mieux demain. »

Elle commençait à mentir. Alexis en avait-il conscience ? Elle le regardait, s'émouvant de sa pâleur, de cette toux épuisante qui le laissait trempé de sueur, sans forces. Elle s'était installée à son chevet, lui posant elle-même les répugnantes sangsues. Pour ce faire, son beau-père l'avait aidée de ses conseils. Le pharmacien avait fait livrer à la Figuière des boules à riz d'étain, des objets de forme sphérique percés de trous dans leur partie supérieure. Après avoir nettoyé le dos d'Alexis au savon et à l'eau tiède et l'avoir frictionné, Mélanie avait saisi les sangsues, les avait roulées dans un linge sec et chaud avant de les introduire dans un verre étroit et de reverser ce verre sur différentes parties du dos dénudé de son mari. Eugène lui avait indiqué comment savoir si les sangsues avaient bien mordu ou non. Il fallait pour cela qu'elles restent suspendues à la peau du patient lorsqu'on enlevait le verre.

Le médecin avait bien précisé : « Pas plus de vingt-cinq minutes. » Pour les détacher, Mélanie avait saupoudré les sangsues d'un peu de sel. Elle avait ensuite lavé chaque plaie à la teinture d'iode, puis bandé le torse de son mari car le sang continuait de couler des morsures.

Peu confiante dans ce traitement, elle avait envoyé Félicité à Montdevergues. Elle avait besoin de consulter le docteur Autheuil. Félicité était revenue bredouille. Le médecin avait été appelé à Paris trois jours auparavant au chevet de son père gravement malade.

« Nous réussirons quand même », répétait Mélanie.

Elle qui n'avait jamais vraiment aimé son époux se sentait en dette vis-à-vis de lui. Avait-il été heureux ? Elle aurait voulu pouvoir prier, comme Anna qui se rendait chaque matin à l'église et faisait brûler des cierges pour Alexis. Elle se contentait de batailler pied à pied contre l'infection affaiblissant son mari. Tant qu'elle pourrait agir, elle conserverait l'espoir.

Rafraîchir le front du malade, faire brûler dans sa chambre des herbes odorantes, lui préparer des infusions de thym qu'elle additionnait de miel de lavande, ajouter un ou deux oreillers supplémentaires, le soutenir pendant qu'il toussait... Elle avait interdit leur chambre aux enfants, naturellement. Seuls Eugène et elle soignaient Alexis. Elle avait refusé la garde proposée par le docteur Pinchard.

Impuissante, elle avait vu Alexis s'affaiblir, ne plus parvenir à lutter contre la fièvre et l'infection. Elle l'avait veillé jour et nuit, en se sentant coupable. Avait-elle réussi à le rendre heureux ? Elle n'en était pas certaine. Trop préoccupée par ses problèmes personnels, elle n'était pas parvenue à établir un véritable dialogue avec son mari.

Elle tenta de lui exprimer ce qu'elle éprouvait, mais choisit de se taire après avoir lu la peur dans le regard d'Alexis. Il préférait ne pas l'entendre, peut-être parce qu'il redoutait des phrases définitives.

Le septième jour – plus tard, Mélanie penserait que, tout comme Mistral, Alexis accordait une forte valeur symbolique au chiffre sept –, il lui prit la main et lui confia d'une voix affaiblie qu'il l'avait toujours aimée.

« Les autres, comme Cléo, ne comptaient pas, lui dit-il. Prenez soin de mon père et de nos enfants, recommanda-t-il. Vous êtes forte, Mélanie. Moi j'ai toujours porté Roger en moi, comme un péché à expier. »

Qui était Roger ? Il était trop tard pour s'en enquérir.

Epuisé, il avait fermé les yeux. Mélanie avait alors cherché du secours auprès d'Eugène. Ramassé sur lui-même, l'industriel avait le visage tendu, les poings serrés. Il savait, lui aussi. Ils savaient tous, à la Figuière. Jusqu'à l'horloge de la cuisine, qui donnait l'impression de battre moins vite.

« Reste avec nous, Alexis, ne nous quitte pas ! » aurait voulu crier Mélanie.

Le septième soir, cédant aux prières de son fils, elle l'avait autorisé à se glisser dans leur chambre. Il avait envoyé un baiser du bout des doigts à Alexis, plongé dans une torpeur alarmante. Le docteur Autheuil s'était alors annoncé. A peine rentré de Paris, il venait aux nouvelles. Il s'était fâché en découvrant sur le dos d'Alexis les petites cicatrices caractéristiques, blanches, étoilées, à trois branches.

Des sangsues ! Etaient-ils tous devenus fous ? Ignoraient-ils que Pasteur condamnait leur usage, partant du principe qu'elles étaient de redoutables vecteurs de germes ? Savaient-ils seulement que Broussais, avec sa doctrine physiologique basée sur l'emploi des sangsues, était responsable de nombre de décès ? On parlait même d'un véritable « assassinat médical », notamment pour Casimir Perier, mort officiellement du choléra, qui n'aurait pas supporté les saignées à répétition imposées par les sangsues. Broussais avait été surnommé « le vampire de la médecine », cela voulait tout dire...

Mélanie avait imploré le docteur Autheuil.

« Sauvez-le ! »

Ils avaient lutté une bonne partie de la nuit. Au petit matin, Alexis avait lâché prise. Il avait serré une dernière fois la main de Mélanie avant de souffler : « Je vous ai toujours aimée. »

Elle avait vécu les jours suivants comme un

cauchemar. Tenir, pour les enfants, pour Eugène, qui semblait avoir perdu tout contact avec la réalité. Veiller à tout, depuis les télégrammes adressés aux félibres, jusqu'au faire-part à paraître dans les quotidiens locaux.

Elle restait bien droite, les cheveux tirés enserrés dans une résille, les yeux secs, pour ne pas impressionner les enfants. Comme s'ils n'avaient pas compris que des événements graves se déroulaient à la Figuière... Le jour des obsèques, il avait fallu tenir bon face à la parentèle, aux ouvriers de l'usine, aux poètes du félibrige, venus de Montpellier, de Nîmes, d'Avignon et de Marseille. Mélanie n'avait pas bronché lorsque Seconde, prévenue par elle ne savait qui, s'était avancée vers elle. L'ancienne gouvernante n'avait pas eu le temps de poursuivre ses anathèmes. Si Alexis était mort si jeune, c'était à cause d'elle, Mélanie, qui n'avait pas su le rendre heureux. D'ailleurs, à quoi pouvait-on s'attendre avec une fille de l'Assistance, venue d'on ne savait où ?

Eugène, l'agrippant aux épaules, l'avait fait pivoter sans douceur en lui intimant l'ordre de disparaître. Jean-François lui avait prêté main-forte pour repousser *manu militari* la mégère hors du cimetière. Elle vociférait que Mélanie avait apporté le malheur à la Figuière. La jeune femme avait deviné l'inquiétude dans certains regards, prestement détournés. Elle n'en avait cure. En revanche, elle n'avait pu retenir ses larmes au moment où Frédéric Mistral avait lu, de sa belle voix grave, la célèbre strophe du chant X de *Mireille*, quand les saintes Maries déclarent à l'héroïne :

E lou grand mot que l'ome oublido,
Veleici : la mort es la vido !
E li simple, e li bon, e li dons, benura !
Emé l'aflat d'un vènt sutile,
Amount s'envoularan tranquille,
E quitaram, blanc coume d'île,
Un mounde ounte li Sant soun de longo aqueira[1] *!*

Elle ne parvenait toujours pas à croire, mais les mots avaient le pouvoir de la bouleverser.

Beaucoup de félibres étaient venus. Mistral, bien sûr, mais aussi Roumanille, Gras, et d'autres, qu'elle n'avait jamais vus, mais qui lui avaient serré gravement la main en lui disant combien ils estimaient Alexis.

Quelques jours plus tard, elle avait reçu une lettre de Daudet, si touchante qu'elle lui avait aussitôt répondu.

Elle se rappelait le soleil de cet après-midi d'automne, les couleurs assourdies des vignes, et le ciel, si bleu. Elle avait pensé qu'elle connaissait mal Alexis, qu'ils étaient passés l'un à côté de l'autre, en quelque sorte, et s'était reproché de l'avoir épousé sans amour.

Elle le revoyait comme au jour de leur première rencontre, avec le vent dans ses

---

1. « Et le grand mot que l'homme oublie / Le voici : La mort, c'est la vie ! / Et les simples, et les bons, et les doux, bienheureux ! / A la faveur d'un vent subtil, / Au ciel ils s'envoleront tranquilles, / Et quitteront, blancs comme des lis, / Un monde où les saints sont continuellement lapidés ! »

cheveux sombres, et ce regard ébloui qu'il avait posé sur elle.

Et, de nouveau, la même question, obsédante, était revenue la hanter. L'avait-elle rendu heureux ?

Un an plus tard, elle n'avait toujours pas de réponse.

27

1887

Montlaure s'était développé au cours des dernières années, notamment grâce à l'usine Gauthier. La physionomie générale du bourg s'était transformée, et l'avenue de la Gare était devenue un axe principal, au détriment de l'église fortifiée qui jouxtait les ruines romantiques d'un couvent du XIVe siècle. Travaillant ensemble sur le projet de Mélanie, Eugène et sa belle-fille avaient arrêté leur choix sur un terrain situé entre le cours et l'usine.

Après avoir obtenu l'accord de la municipalité et du ministère de l'Instruction publique, ils avaient mis en œuvre l'édification d'un bâtiment en forme de U. Deux galeries abritées formant préaux encadraient un corps de logis à un étage. A l'intérieur, les salles de classe étaient vastes, bien éclairées et aérées. Deux classes étaient réservées aux fillettes, une autre, au rez-de-chaussée, accueillait les plus jeunes en maternelle, suivant l'idée de pionnières comme Emilie

Oberkampf, en 1826, puis l'action de Pauline Kergomard, en 1881.

Les trois institutrices logeaient au premier étage, à l'arrière du bâtiment. Le jour de l'inauguration de l'école Blanche-Gauthier, Mélanie s'était sentie à la fois fière et émue. Elle avait désiré cette école, avait bataillé pour la faire construire, et elle éprouvait comme un vertige en découvrant les locaux conformes à ses rêves. Elle croyait entendre la voix de son vieil ami Théodore lui rappeler : « L'instruction représente le seul moyen de s'en sortir. »

Elle pensait aussi à Jean-François et à Sylvine qui s'étaient privés pour lui permettre de recevoir l'enseignement des Ursulines de Valréas.

Elle avait acheté elle-même à Avignon les cartes géographiques destinées à chacune des classes et tout le matériel scolaire recommandé par le ministère. Elle avait aussi créé une bibliothèque dans une petite salle attenante à la classe préparant au certificat d'études. Bibliothèque qui remportait déjà un grand succès.

Mélanie n'avait pas l'intention de s'arrêter là. Au fil de ses rencontres avec les parents d'élèves, pour la plupart salariés de la distillerie, elle avait compris que la garde des enfants après l'école constituait pour eux un problème. Elle avait donc proposé aux institutrices une indemnité supplémentaire si elles acceptaient d'assurer des heures d'étude après la classe. Mademoiselle Glatigny et mademoiselle Husson, les deux plus jeunes, s'étaient portées volontaires.

A présent, elle réfléchissait à une cantine, qui

nécessiterait l'embauche de femmes de service. Autant d'idées qui amusaient Eugène, lui faisant dire : « Ma chère enfant, vous voilà devenue très populaire parmi mes ouvriers. »

Elle se demandait parfois ce qu'Alexis aurait pensé de ses réalisations. Après une période de profond abattement, elle avait lentement surmonté sa peine, sans parvenir cependant à se défaire d'un sentiment de culpabilité. Elle n'avait pas su montrer à Alexis qu'elle tenait à lui, elle avait le sentiment qu'ils avaient tous deux suivi des voies parallèles. Elle avait tenté à plusieurs reprises d'en parler à son beau-père, mais celui-ci se dérobait.

« Patience, lui recommandait Anna. Il faut laisser le temps à monsieur Eugène d'accepter. »

Accepter... Comme si c'était chose aisée ! Anna avait un jour ajouté, en baissant la voix : « C'est tout de même le deuxième fils qu'il perd. Déjà, Roger... »

Et, comme Mélanie lui réclamait des explications, la cuisinière lui avait raconté. Madame Gauthier avait donné naissance à deux garçons, des jumeaux, prénommés Alexis et Roger. Roger était mort alors qu'il n'avait pas un an. Le cœur... « Il y a des enfants comme ça », avait conclu Anna.

Alexis avait dû grandir avec l'idée qu'il était le seul héritier. Un poids certainement trop lourd pour un jeune homme qui rêvait de se consacrer à la poésie. Avec le recul, Mélanie comprenait mieux certains de ses silences, de ses retenues, sa crainte de décevoir son père. Il lui semblait qu'elle n'avait pas connu le véritable Alexis, et cela lui faisait mal.

« Il préférait ne pas parler de son frère, lui avait aussi dit Anna. Dans un sens, ça se comprend... A quoi sert de remuer le passé ? Le petit Roger était le plus fragile des jumeaux. Alexis n'en était pas responsable, même s'il pensait le contraire. »

Après avoir écouté ces confidences, Mélanie avait serré ses petits contre elle. Elle souhaitait pour eux deux le meilleur de la vie, tout en sachant qu'elle ne pourrait pas leur épargner quelques désillusions. Des bruits couraient dans Montlaure. On chuchotait sous le manteau que Mélanie Gauthier était une fille perdue. Il ne fallait pas être grand clerc pour deviner d'où venaient ces insinuations perfides. Seconde avait gardé quelques relations dans le bourg. Celles-ci s'étaient fait un malin plaisir de colporter l'histoire du maudit collier en os, que Mélanie aurait aimé parvenir à jeter au feu.

Le jour où elle le ferait, elle pourrait enfin tourner la page de son enfance.

Mélanie, intimidée à son cœur défendant, écoutait les conversations de ses voisins de table sans oser y participer. Il fallut que le maître, Frédéric Mistral lui-même, lui demande son avis sur *Nerto*, sa dernière œuvre, pour qu'elle réponde en rougissant. Eugène avait insisté pour l'emmener avec lui et elle avait fini par accepter.

« Vous vous passionnez vous aussi pour le renouveau du provençal, votre place est à Arles », lui avait dit son beau-père.

Pour la circonstance, Mélanie avait refusé de

quitter le deuil mais soigné particulièrement sa toilette. Elle avait choisi une robe de soie noire ornée de dentelle de Valenciennes au col et aux manches.

Elle se sentait émue en parcourant à nouveau les rues d'Arles la belle. Dix ans auparavant, Alexis et elle y étaient venus en *novi*, en jeunes mariés. Elle se souvenait de leur premier matin, dans leur chambre de l'hôtel Nord-Pinus, tout comme de son émotion en découvrant les Alyscamps ou le théâtre antique.

Alexis lui manquait toujours, même si elle avait l'impression que ses traits s'étaient estompés dans sa mémoire. Parfois, la nuit, elle se réveillait et cherchait le corps de son mari dans leur lit. Elle éprouvait alors un sentiment de perte si intense qu'elle ne pouvait retenir ses larmes. L'émotion la submergea de nouveau alors que le maître, douloureusement affecté par la disparition d'Aubanel, le 31 octobre 1886, citait un extrait de *Nerto*[1] :

> *Oubliden pas que lou toumbèu*
> *Es eila au bout que nous regacho...*
> *Que nosto vido es mens qu'un lume ;*
> *Que nosti jour van coume un flume*
> *Sènso retur se trejita*
> *Dins l'esfraïonso eternita*[2]...

---

1. Chant III, v. 420 – 421 – 425 – 428.
2. « N'oublions pas que le tombeau / Est au bout, là-bas, qui nous guette... / Que notre vie n'est qu'un lumignon ; / Que nos jours vont, comme un fleuve, / Se précipiter sans retour / Dans l'éternité effrayante... »

Irritée contre elle-même de ne pas parvenir à maîtriser son émotion, elle se tamponna discrètement les yeux. Son voisin de droite se pencha vers elle.

— Vous aimez beaucoup *Nerto*, madame ? Moi aussi.

Elle n'avait pas la moindre envie de lui expliquer que ses larmes avaient une autre cause. Elle préféra donc discuter littérature avec son voisin de gauche qui s'était lancé dans une brillante comparaison avec *Mireille*.

Tous deux étaient si absorbés par leur échange que Frédéric Mistral dut répéter sa question.

— Madame Gauthier, je ne crois pas vous avoir présenté notre ami Gabriel, qui nous vient de Villeneuve-lès-Avignon ? Il collabore à de nombreux journaux tout en exerçant le métier d'avocat.

Son interlocuteur s'inclina légèrement.

— Gabriel Néris, pour vous servir, madame.

Il était de haute taille, avec des cheveux sombres, parsemés de gris aux tempes, des yeux verts étonnants. Ses mains, longues, étroites, fascinaient Mélanie, tout autant que sa conversation, brillante. Il lui promit de lui faire découvrir le recueil de poèmes de Lydie Wilson, la jeune épouse de Louis-Xavier de Ricard, qui était morte prématurément en 1880.

— Louis-Xavier est, comme moi, un ancien communard, précisa-t-il.

Mélanie n'avait rien oublié des leçons de vie de

229

l'ami Théodore. Elle sut l'évoquer en quelques phrases sensibles. Gabriel Néris hocha la tête.

— La conscience républicaine s'est développée à partir de 1851, en luttant contre le coup d'Etat de Louis-Napoléon Bonaparte. Vous êtes trop jeune pour en avoir entendu parler, mais une bonne partie du Sud-Est s'est révoltée en décembre 51. On a pris les armes aussi bien dans les Basses-Alpes que dans la Drôme, et les préfets ont réprimé le soulèvement dans le sang.

— Théodore avait été déporté en Algérie.

Elle était heureuse de pouvoir parler de son vieil ami ardennais.

— Je vous enverrai quelques-uns de mes articles, si vous le permettez, lui proposa Gabriel Néris.

— Avec plaisir. Vous pouvez les adresser à la Figuière, à Montlaure.

Il y eut un silence qu'elle aurait voulu rompre. Elle sentit ses joues s'empourprer.

— On nous regarde, reprit son interlocuteur. Vous ne savez peut-être pas que j'appartiens au mouvement des « félibres rouges », les irréductibles républicains.

Elle le rassura d'un sourire, lui expliqua que cela ne lui faisait pas peur, bien au contraire. Elle s'en serait plutôt amusée, d'ailleurs. L'avait-on assez critiquée pour ses idées avancées ! La bourgeoisie de Montfavet ou du Pontet ne la fréquentait pas. Lorsqu'elle s'interrompit, elle secoua la tête.

— Pardonnez-moi, monsieur Néris, je ne sais

pas pourquoi je vous ai raconté cela. D'ordinaire, je suis assez réservée.

— On ne peut pas garder par-devers soi des souvenirs trop douloureux, répondit-il. Mais n'ayez crainte. Mon métier d'avocat m'a appris à respecter le secret professionnel.

Le soleil déclinait lentement. A la table, les convives parlaient d'une prochaine excursion à Oraison.

— Irez-vous ? s'enquit Gabriel Néris.

Mélanie marqua une hésitation. Ses enfants, Pierre et Estelle, avaient besoin d'elle.

— Seulement si mon beau-père est en mesure de m'accompagner, répondit-elle.

Son voisin s'inclina légèrement.

— Je vous attendrai.

Tous deux savaient qu'ils se reverraient.

28

1888

C'était une petite maison en pierres blondes située tout près de la place des Carmes. La pièce du bas ouvrait sur un minuscule jardin envahi de buis et de lauriers-roses. Le jour où elle en avait franchi le seuil pour la première fois, Mélanie avait été charmée par le calme émanant du lieu.

« C'est ma retraite, mon ermitage », lui avait dit Gabriel.

Ils s'étaient rencontrés à trois reprises avant qu'il ne l'invite à Avignon. Tout avait déjà été dit entre eux dès les premières paroles échangées, au rendez-vous d'Oraison, dans les Basses-Alpes, pour l'inauguration du pont à sept arches sur la Durance.

« Allez-y, ma chère enfant, lui avait conseillé son beau-père. Vous avez besoin de voir du monde. Moi, je me sens un peu las, je dois examiner la comptabilité avec monsieur Blot. »

Parce qu'elle n'avait pas envie de se déplacer seule, Eugène avait demandé au docteur Autheuil d'accompagner sa belle-fille. Sur le chemin du retour, son ami était resté songeur.

« Je crains fort de ne pas avoir beaucoup de points communs avec ces poètes », avait-il remarqué d'un ton uni.

Elle n'avait pu définir s'il le regrettait ou pas. Elle avait souri. Il est vrai que certains personnages étaient des plus pittoresques !

Et Mistral, que pensait-il de Mistral ? Edouard Autheuil avait eu ce commentaire lapidaire : « Un homme blessé, qui est encore en deuil », et Mélanie avait été impressionnée par la justesse de son jugement. Blessé, Mistral l'était par les nombreuses attaques qui visaient son désir de faire respecter le provençal dans les écoles.

On ne comprenait pas toujours son désir de défendre la langue provençale. Ne l'avait-on pas accusé à Paris de chercher à diminuer l'influence du français alors qu'il demandait seulement la sauvegarde des langues locales ? Quant au deuil, au cours des dernières années, la mort de sa mère tendrement aimée, la douce Adélaïde, l'avait anéanti, puis, l'an passé, la disparition brutale d'Aubanel, qui avait son âge, à quelques mois près.

Désormais, le maître vivait avec la certitude que le temps lui était compté.

« Si je comprends bien, vous préférez la compagnie de vos patients », avait glissé Mélanie, moqueuse.

Edouard Autheuil avait souri.

« Je me dis que je peux leur être utile. C'est

vital pour moi. Vos félibres, quant à eux, n'ont pas besoin de mon aide. »

« Vos félibres »... Il ne pouvait mieux exprimer le fossé qui les séparait. Mélanie, déçue, n'avait rien trouvé à répondre. Par la suite, même si elle avait continué à se rendre au moins une fois par semaine à Montdevergues, elle y avait de moins en moins souvent rencontré le docteur Autheuil. Comme s'il avait cherché à l'éviter. Cela lui était facile, puisqu'il connaissait le jour et l'heure des ateliers de Mélanie. Elle en avait été peinée. Pour elle, Edouard Autheuil demeurait un ami estimé.

Elle chassa cette pensée parce que Gabriel l'entraînait vers le lit de repos Directoire recouvert d'un boutis ivoire.

— Chérie, le temps m'a paru si long... soufflat-il, chiffonnant de ses mains impatientes la guimpe de dentelle qu'elle portait sous un spencer noir.

Dans ses bras, elle oubliait tout ce qui n'était pas eux. Gabriel lui avait fait découvrir la passion. Avec lui, pas question de garder la tête froide, de ne pas se laisser submerger par un flot d'émotions. Il avait su abattre ses barrières, l'une après l'autre, et Mélanie s'était sentie devenir pleinement femme sous ses caresses.

Après l'amour, ils devisaient littérature, et politique. Gabriel l'écoutait, lui demandait son avis. Il lui racontait, aussi, ses combats. Elle l'aimait, même si elle n'avait jamais osé le lui dire. L'amour, c'était parfois terriblement fragile, et fugace.

Les yeux mi-clos, elle le laissa la déshabiller,

avec une délicieuse lenteur. Le spencer, la guimpe, la jupe, les jupons, le corset, les bas de soie jonchaient à présent le parquet, dans un fouillis fleurant bon son parfum, une eau de cédrat qu'elle achetait à Avignon.

A quarante et un ans, Gabriel avait un corps mince et musclé. Il pratiquait l'escrime dans une salle d'armes d'Avignon, et marchait beaucoup, dans la montagnette comme dans la garrigue gardoise.

— Vous êtes si belle... souffla-t-il.

Elle, d'ordinaire réservée, s'épanouissait sous son regard. Il avait su lui redonner le goût de vivre, le désir de plaire. A trente ans, elle se découvrait femme, acceptait enfin de se montrer nue. Elle n'avait plus à craindre Duruy, et cela changeait tout.

Gabriel, le regard durci, l'attira vers lui. La passion les submergea, comme à chacune de leurs retrouvailles. La voix de Gabriel, ses caresses, le grain de sa peau exacerbèrent le désir de Mélanie. Elle avait faim de lui, de sa bouche sur son corps, de son corps sur le sien. Une nouvelle fois, dans la petite maison proche de la place des Carmes, à l'abri des volets soigneusement clos sur la chaleur de l'après-midi, elle oublia tout ce qui n'était pas Gabriel.

Le clocher des Augustins sonna sept coups, faisant sursauter Mélanie. Elle se redressa sur un coude. Sept heures ! Elle ne serait jamais rentrée à la Figuière pour le dîner. A ses côtés, Gabriel dormait, dans le désordre des draps froissés. Elle caressa son visage du bout des doigts, avant de se lever et de courir se rhabiller dans le cabinet attenant. Tout en passant ses vêtements, elle se demandait ce qu'elle allait bien pouvoir imaginer pour justifier son retard. Lorsqu'elle revint dans la chambre, Gabriel était réveillé. Torse nu, en pantalon noir, il fumait nonchalamment un cigare tout en regardant le jardin.

Il se retourna vers elle. Leurs regards se prirent. Il la rejoignit en deux enjambées, l'enlaça.

— Je n'ai pas envie de vous voir partir, lui dit-il.

— Embrassez-moi.

Elle lui jeta un coup d'œil oblique.

— Gabriel, promettez-moi de ne jamais me tutoyer. J'ai envie que notre amour reste secret, et passionné. Pas de routine entre nous, pas de problèmes d'intendance, seulement le plaisir de nous retrouver.

Il sourit.

— Un amant plutôt qu'un époux ? Voilà qui me convient fort bien !

Ils avaient tous deux conscience de franchir un nouveau pas dans leur relation. Jusqu'à présent, ils s'étaient comportés comme si celle-ci était éphémère. Cette fois, ils faisaient des projets.

Mélanie s'efforça de ne pas prêter attention au sentiment diffus d'angoisse qui la gagnait. L'idée même du bonheur lui faisait peur, comme si elle n'y avait pas eu droit.

— Je dois partir, murmura-t-elle.

Elle espérait presque qu'il la retiendrait ou qu'il lui proposerait de la ramener à la Figuière, mais il ne le fit pas. Elle en éprouva une déception, à laquelle elle refusa d'accorder quelque importance.

— Je vais atteler, dit-il après l'avoir embrassée.

Un jour, pensa-t-elle avec une lucidité douloureuse, elle ne supporterait plus ces étreintes furtives, ce sentiment de culpabilité, parce qu'elle sacrifiait forcément quelqu'un. Gabriel, ou ses enfants. Elle ne voulait pas y songer. Pas pour le moment.

Après s'être recoiffée avec soin, elle sortit dans le jardin. Gabriel l'attendait. Il ouvrit la porte cochère tandis qu'elle prenait place sur le siège de son tilbury qu'elle conduisait elle-même. Elle agita la main, secoua les rênes. En se retournant, elle aperçut Gabriel qui refermait la porte cochère. Elle éprouva une impression étrange, comme s'il la rejetait de sa vie, et releva la tête. N'était-ce pas ce qu'elle avait choisi ?

Elle remonta la rue Carreterie et se retourna une nouvelle fois après avoir franchi la porte Saint-Lazare.

Les remparts d'Avignon, dorés sous les derniers rayons du soleil, étaient d'une beauté sublime et mélancolique. Elle aimait profondément cette ville, où, lui semblait-il, chacun avait sa place. Elle l'aimait aussi parce qu'elle y retrouvait Gabriel. Elle se sentait à la fois alanguie et décidée. Prête à tous les combats pour mener la vie qui lui plaisait.

Elle franchit les grilles de la Figuière alors que huit heures sonnaient au clocher de Montlaure. Elle confia Astrée, sa jument, aux soins du garçon d'écurie, gravit les marches du perron à toute allure et courut se changer avant de revenir dans la salle à manger à huit heures dix précises. Son beau-père l'attendait, sans marquer d'impatience.

— Pardonnez-moi, père, balbutia-t-elle, j'ai été retenue en ville. Des essayages chez ma couturière...

Il balaya ses excuses d'un geste de la main.

— Vous avez bonne mine, ma petite fille, c'est ce qui compte. Je n'ai pas vraiment trouvé le temps long, j'en profitais pour lire le journal. Que pensez-vous de ce général Boulanger ?

Il ne la jugerait pas, elle en était persuadée. Elle s'assit à table en se sentant coupable. Comme souvent, Eugène lui prouvait sa générosité et sa noblesse d'âme. Mélanie ne voulait pas le décevoir.

A aucun prix.

29

1889

Chaque fois qu'il franchissait le seuil de son entreprise, Eugène Gauthier se sentait rasséréné. Il n'avait pas failli. La fabrique de poudre de garance était devenue une distillerie des plus prospères, et l'absinthe Gauthier avait encore conquis de nouveaux marchés depuis la crise du phylloxéra. L'absinthe était décidément la boisson à la mode. D'ailleurs, les familles bourgeoises avaient intégré la verte dans leur mode de vie puisque, désormais, les verres dotés d'une boule creuse afin de doser l'absinthe, mais aussi les carafes en cristal gravé et les cuillères en argent perforé monogrammées étaient des cadeaux de mariage appréciés.

Eugène, cependant, ne se satisfaisait pas du marché national. Grâce à des contacts préalablement noués par Alexis, il avait poursuivi une action de diversification à l'étranger et expédiait des caisses d'absinthe jusqu'aux Etats-Unis, à La Nouvelle-Orléans, ainsi qu'au Tonkin. Les militaires partis en campagne réclamaient la fée verte et son cérémonial de fin d'après-midi, qui leur donnait l'illusion de se trouver encore au pays.

Autant de raisons de se réjouir, pensa Eugène en soulevant son chapeau pour saluer les ouvrières travaillant à l'embouteillage. Il les connaissait toutes par leur prénom, leur mère ou leur tante ayant été employée avant elles à la distillerie.

« Une affaire de famille », disait monsieur Blot, le comptable. Eugène y tenait. C'était pour lui la preuve qu'il n'avait pas trahi son père ni son grand-père.

Une ombre voila son regard. Même s'il s'efforçait de ne pas évoquer Alexis, il ne pouvait s'en empêcher. Il avait connu deux tragédies dans sa vie. La mort de son épouse et celle de leur fils. Pour Roger, le jumeau d'Alexis, ç'avait été différent. Lui, Eugène, s'était dit égoïstement qu'il lui restait un fils...

Il monta à son bureau, dont la fenêtre ouvrait sur les champs. Il passa la main, d'un geste machinal, sur le plateau de la table patiné par plusieurs générations de Gauthier et s'assit. Monsieur Blot le pressait de participer à l'Exposition universelle de Paris. Il pourrait peut-être emmener avec lui Mélanie et Pierre. Son petit-fils allait sur ses dix ans. C'était un enfant sensible et attentif, qui écoutait plus qu'il ne parlait. Il ressemblait beaucoup à sa mère, et Eugène cherchait en vain sur ses traits le reflet de ceux de son fils. En revanche, certaines expressions, ou bien des postures, comme lorsqu'il vous écoutait en penchant légèrement la tête, rappelaient Alexis de façon saisissante. Quand il le remarquait, Eugène tressaillait douloureusement. Il lui semblait qu'il ne se remettrait jamais de la mort brutale de son fils.

Pourtant, il fallait aller de l'avant. Ses employés comptaient sur lui. Il désirait, aussi, transmettre une entreprise viable à Pierre. Il se rappelait Alexis qualifiant son propre fils d'« héritier » comme si, par quelque prescience, il avait deviné que lui ne dirigerait jamais la distillerie. Cette idée lui faisait mal.

Haussant les épaules, il se plongea dans l'étude du dernier rapport de monsieur Blot. Celui-ci avait certainement raison, il fallait participer à l'Exposition universelle, ne serait-ce que pour faire mieux connaître l'absinthe Gauthier.

Mélanie contempla d'un air attendri son fils et son beau-père qui s'étaient endormis après Lyon. Pendant la première partie du trajet, Pierre avait trop de choses à raconter, était beaucoup trop excité pour consentir à fermer seulement les yeux. La semaine passée à Paris en compagnie de sa mère et de son grand-père avait représenté pour lui une source d'émerveillements qu'il était pressé de faire partager à sa petite sœur. Seulement, Estelle, qui était une vraie chipie, mettrait certainement sa parole en doute. Heureusement, leur grand-père avait acheté de nombreuses cartes postales que Pierre pourrait utiliser comme preuves de ses dires. La tour Eiffel, bien sûr, l'avait fasciné. Il s'était fait répéter les chiffres qui faisaient de la réalisation de monsieur Eiffel un symbole de la supériorité industrielle de la France. Trois cents mètres de haut, un poids de sept mille tonnes, un assemblage de dix-huit mille pièces d'acier par deux millions cinq cent mille rivets... La Tour, comme on disait avec une pointe d'admiration respectueuse, plantée au milieu du Champ-de-Mars, constituait l'attraction de cette exposition. Pierre avait tenu à grimper tout en haut en compagnie de sa mère. Mélanie, hors d'haleine, riait en atteignant la dernière plate-forme.

Elle était si belle, et paraissait si jeune, avec ses mèches fauves s'échappant de son chapeau de velours bronze que Pierre, se serrant furtivement contre elle, avait soufflé : « Je vous aime, maman. »

Bouleversée, Mélanie n'avait pas su trouver les mots pour lui répondre. Comment aurait-elle pu lui expliquer qu'elle redoutait toujours d'être une mauvaise mère ? Pour sa part, elle était tombée sous le charme de la Maison Russie et avait bu du thé infusé dans un grand samovar. L'exploit du cornette Michel Asseïef, cavalier au 26e régiment de dragons, l'avait impressionnée. Celui-ci avait parcouru deux mille six cent trente-trois kilomètres en trente jours. Parti de Lubeny, dans la province de Poltava, en compagnie de la jument Diana, un trois quarts pur-sang, âgé de cinq ans, et de Vlaga, un cheval de cavalerie âgé de sept ans, il avait traversé une partie du territoire russe, la Silésie, la Bohême, la Bavière, le

Luxembourg et enfin le nord-est de la France par Longwy, Reims, Château-Thierry... Le cavalier, un gaillard de vingt-cinq ans, avait perdu près de cinq kilos durant son périple.

Pierre avait posé une foule de questions à l'officier qui, heureusement, parlait le français. Il s'inquiétait fort du sort des chevaux. Michel Asseïef lui avait donc expliqué que, tandis qu'il montait l'un, l'autre suivait. Ils n'avaient pas rencontré de problèmes notables, ayant seulement dû être ferrés à deux reprises, ce qui constituait un exploit sur une telle distance.

« Je vendrai notre absinthe à cheval », avait alors gravement décidé Pierre.

Mélanie avait été effarée de constater de visu l'importance de l'absinthe dans la vie parisienne. Sur les boulevards, entre cinq et sept heures du soir, flottait l'odeur si particulière de la verte. Elle avait été un peu choquée de constater que nombre de femmes sacrifiaient au rituel de l'absinthe. Il s'agissait aussi bien de demi-mondaines, attablées chez Tortoni, que de cousettes ou d'ouvrières, qui s'offraient un « perroquet » à la sortie de leur travail. Des jeunes filles en famille commandaient une « mominette » comme si cela allait de soi.

Déroutée, Mélanie s'était sentie terriblement provinciale.

« Ça me fait un peu peur », avait-elle confié à Eugène, lui montrant un dessin humoristique découvert au hasard des pages d'un quotidien. Il représentait un enfant âgé de huit, dix ans, incité par son père à boire son absinthe « comme un grand », sous prétexte qu'elle était à coup sûr meilleure que du lait.

« Une véritable folie », avait pensé Mélanie, d'autant que l'alcool servi dans nombre de bistrots s'apparentait plus à du tord-boyaux qu'à de la véritable absinthe !

Eugène, sûr de la qualité de sa production, se voulait optimiste. Les consommateurs feraient toujours la différence. D'ailleurs, lui visait une clientèle haut de gamme, qui désirait le meilleur. Pourtant, ses arguments n'avaient pas réussi à rassurer Mélanie. Elle s'inquiétait pour les enfants, prenant conscience de la nécessité d'informer la population. Si les poètes et autres figures phares de la bohème avaient fait de l'absinthe leur boisson préférée, aussi bien au Café de Paris qu'au Café du Rat Mort, à l'Académie ou à la Nouvelle Athènes, le phénomène avait gagné toutes les classes sociales. Elle avait découvert à Paris une poésie de Raoul Ponchon qui lui avait paru refléter assez bien l'état d'esprit des artistes membres du Club des Absintheurs :

> *Absinthe, je t'adore, certes !*
> *Il me semble, quand je te bois,*
> *Humer l'âme des jeunes bois,*
> *Pendant la belle saison verte !*
> *Ton frais parfum me déconcerte,*
> *Et dans ton opale, je vois*
> *Des cieux habités autrefois*
> *Comme par une porte ouverte.*
> *Qu'importe, ô recours des maudits !*

Que tu sois un vain paradis,
Si tu contentes mon envie ;
Et si, devant que j'entre au port,
Tu me fais supporter la vie,
En m'habituant à la mort.

Mélanie songeait à tout cela, dans le train qui les ramenait à Avignon. Paris n'était pas une ville pour elle. Il lui tardait de se retrouver à la Figuière, de câliner Estelle et, aussi, pourquoi se le cacher, de revoir Gabriel. Il lui avait manqué. Etait-elle pour autant amoureuse ? Elle était impatiente de rejoindre son amant dans sa garçonnière avignonnaise, avait envie de son étreinte, sans parvenir à faire la part de la passion et de l'amour dans leur relation.

Elle ferma les yeux. Sans savoir pourquoi, elle se sentait triste tout à coup, et désenchantée.

30

Sylvine jeta un regard empreint de lassitude aux boîtes qui s'entassaient sur le rebord de la fenêtre. Parfois, elle rêvait la nuit que les boîtes qu'elle confectionnait depuis tant d'années envahissaient sa maison, lui laissant de moins en moins de place.

Pourtant, elle n'aurait abandonné pour rien au monde son métier de cartonnière, et ce malgré l'insistance de Mélanie, qui aurait aimé la voir venir s'installer à la Figuière.

« Ton beau-père est un brave homme, mais nous n'appartenons pas au même monde, avait répondu Sylvine. Crois-moi, petite, je ne serais pas à mon aise dans ta grande maison. Moi, il me faut mes boîtes, mes collègues de la traverse, mes souvenirs... »

Mélanie s'était inclinée sans parvenir à dissimuler sa déception. Sylvine n'était pas prête à revenir sur sa décision. Elle avait conquis son indépendance grâce à ses boîtes, pas question pour elle d'y renoncer à présent qu'elle était l'une des ouvrières les plus réputées. Elle était en effet spécialisée dans la fabrication des petites séries de luxe, des coffrets destinés aux parfums, des boîtes de calissons, des écrins à bijoux, et personne ne contrôlait son travail aux finitions parfaites.

Valréas avait beaucoup changé au cours des dernières années. Plusieurs fabriques s'y étaient installées, s'adjoignant le plus souvent les services d'une imprimerie. Les cartonnages de l'Enclave, devenus célèbres, travaillaient aussi bien pour nombre d'entreprises françaises que pour des firmes étrangères, notamment allemandes ou espagnoles. Certains patrons n'hésitaient pas, d'ailleurs, à se rendre à l'étranger pour conquérir de nouveaux marchés. Le savoir-faire des fabriques valréassiennes était renommé, et la prospérité de la ville reposait sur les cartonnages.

Sylvine, cependant, regrettait le temps où elle avait Jean-François et Mélanie auprès d'elle. Son fils, après avoir hésité – « Tu t'imagines, moi, patron ? » –, avait fini par accepter la proposition de monsieur Fabert et lui avait succédé à la tête de l'imprimerie. Même si elle était particulièrement fière, Sylvine avait eu le cœur lourd lorsque son fils était allé s'installer dans le logis de trois pièces situé au-dessus des ateliers. N'était-ce pas dans l'ordre des choses ? lui répétait sa vieille amie Blanche. A quarante ans passés, Jean-François avait bien le droit de mener sa vie à sa guise ! Sylvine était d'accord. Même si, au fond d'elle-même, elle savait que plus rien n'était pareil. « Les temps changent, petite », lui répétait tante Ninie.

247

Sylvine s'amusait de s'entendre encore appeler « petite ». Ninie, voûtée, ridée, restait Ninie, donnant son avis sur tout et surveillant, depuis sa fenêtre, les allées et venues des clients de la mercerie. La mort d'Elzéar, « parti du cœur », disait sa femme d'un air étonné comme s'il s'était agi d'une faute de goût impardonnable, l'avait un temps abattue mais son caractère indomptable avait vite repris le dessus.

« *Fai tira la miolo* [1] », affirmait-elle en faisant claquer sa langue. De plus en plus gourmande, et exigeante avec sa petite bonne qui avait vieilli, elle aussi, tante Ninie donnait l'impression de ne plus vivre que dans l'attente des repas. Sylvine lui apportait l'hiver des oreillettes qu'elle confectionnait elle-même, et parfumait à la fleur d'oranger.

« Tu te rappelles, disait Ninie, la cuisine de ta mère ? C'était une femme exceptionnelle, qui savait tout faire. » Et elle citait, pêle-mêle, avec des mimiques expressives, les tians aux aubergines de mamée Léa, sa daube au parfum incomparable, ou ses confitures de figues.

Sylvine haussa légèrement les épaules, en rajustant son châle. Elle avait beaucoup changé et refusait désormais de vivre dans le passé. Mélanie l'avait faite grand-mère, c'était pour elle une raison de se projeter dans l'avenir.

Elle espérait que Jean-François prendrait femme un jour prochain, sans trop oser y croire. Irréductible célibataire, son fils ne lui avait

---

1. « Fais tirer la mule » : il faut faire aller.

jamais présenté de jeune fille susceptible de devenir sa bru. Sylvine se doutait bien qu'il ne vivait pas comme un moine, son amie Blanche lui avait raconté un jour en riant que Jean-François avait été vu à la fête du Petit Saint-Jean en compagnie d'une belle blonde, mais elle n'en avait plus entendu parler par la suite.

« L'imprimerie me suffit », lui répondait-il lorsqu'elle se risquait à lui rappeler qu'il prenait de l'âge. Sylvine se le tenait pour dit. Pourtant, elle aurait tant aimé avoir des petits à la maison !

D'un geste décidé, elle colla un cercle de carton à l'intérieur du dessous d'une boîte anglaise à gorge.

Elle songea brusquement à sa mère, qui lui reprochait de gaspiller son talent.

« Je n'ai pas eu le choix, réfléchit-elle à voix haute. Il fallait bien que je nourrisse mes petits. » De toute manière, elle aimait son métier de cartonnière. Tant qu'elle le pourrait, elle continuerait de fabriquer ses boîtes, en imaginant la vie de celles qui les achèteraient.

Elle aperçut Blanche qui passait dans la traverse, agita la main derrière son carreau. Son amie se précipita chez elle. Elle paraissait bouleversée.

— Ninie est morte cette nuit, lui annonça-t-elle.

Sylvine accusa le coup. Morte, la tante Ninie, alors que la veille encore elle faisait honneur à ses oreillettes, accompagnées d'un verre de beaumes-de-venise ? Elle savait bien qu'elle avait largement dépassé les quatre-vingts ans mais, comme toute leur famille, elle avait fini par penser que Ninie était immortelle. « Le bon Dieu m'a oubliée », plastronnait la vieille dame. Lorsqu'il l'entendait tenir ce discours, son fils glissait à mi-voix : « Peuchère ! Il tient à sa tranquillité ! »

Sylvine serra ses mains l'une contre l'autre. Elle avait froid, tout à coup, et se sentait mal. Ninie partie, c'était un peu le dernier rempart qui s'écroulait. A présent, elle se retrouvait en première ligne.

— J'étais à la mercerie quand j'ai appris la nouvelle, reprit Blanche. Son Eulalie l'a trouvée étendue dans son lit. Une belle mort, comme on dit.

— Oui, acquiesça Sylvine d'une voix mal assurée.

Une foule de souvenirs lui revenait. Tante Ninie lui offrant un service complet le jour de son mariage, sans omettre de préciser la valeur de son présent. Tante Ninie qui avait été la seule à oser forcer la porte de la chambre d'Agathe, alors que Sylvine refusait farouchement l'idée même de la mise en bière de son enfant. Ce jour-là, l'intrépide avait su trouver les mots pour apaiser la révolte de la mère désespérée. Tante Ninie brandissant son grand parapluie noir et réclamant la pluie bienfaisante. Tante Ninie lui glissant dans sa poche quelques pièces quand Sylvine, jeune veuve, se demandait comment elle parviendrait à nourrir ses petits. Toutes deux s'aimaient bien, même si elles étaient beaucoup trop pudiques pour se le dire.

— Ça me fait peine, tu ne peux pas savoir... murmura Sylvine.

Blanche hocha la tête.

— C'est une figure de Valréas qui s'en va.

Trois jours plus tard, le maire usa de la même formule pour l'enterrement de Stéphanie Chabriand. Nombre de personnes apprirent ce jour-là son véritable prénom, qu'on ne lui avait jamais donné. Pour tous, elle était et resterait « Ninie ».

La ville tout entière semblait s'être déplacée, et l'église Notre-Dame-de-Nazareth contenait à grand-peine les familles Chabriand, Rollin, Gauthier, ainsi que les entrepreneurs de Valréas. Ils étaient tous venus : les Meynard, spécialisés dans les graines de vers à soie et sériciculteurs ; les Revoul, avec à leur tête les deux frères Xavier et Auguste ; les Nerson, d'origine alsacienne, qui avaient été les premiers fabricants de carton-nages à utiliser une machine à vapeur ; Jules Faye, installé cours de la Recluse ; les frères Aubéry, Auguste Coste, qui venait de créer sa fabrique sur le cours Saint-Antoine ; le maire, et toute une foule d'anonymes, clients du bazar, connaissances, amis, qui avaient tenu à se déplacer pour cet ultime hommage. Mélanie était venue de Montlaure avec Pierre. Elle tenait bien serrée dans la sienne la main de son fils, tout en lui expliquant à voix basse que l'église de Valréas, édifiée sur plusieurs siècles, avait la particularité de posséder deux clochers. Le plus ancien, le clocher-mur, était celui qu'elle préfé-rait. Il correspondait le mieux, pour elle, aux parties les plus anciennes de l'édifice, la nef, le transept et le chevet, romans. Elle lui raconta également en lui désignant discrètement des hommes tout vêtus de noir que les Messieurs, les Pénitents noirs de Valréas, s'étaient chargés d'assurer les pompes funèbres jusqu'à la Révolution. Pierre l'écoutait, conscient d'appartenir à une famille un peu curieuse, dont les membres ne vivaient pas du tout de la même manière selon qu'ils habitaient Montlaure ou Valréas, mais il se sentait à l'aise dans les deux univers. Il s'était intégré sans problème majeur à l'atmosphère laborieuse de Valréas, même s'il préférait, et de loin, vivre à la Figuière. Sur le domaine, il connaissait chaque arbre, chaque taillis, grâce aux leçons d'Anselme, le jardinier. Il aimait pardessus tout accompagner son grand-père à la distillerie. Lorsqu'il était plus jeune, la salle des alambics le fascinait. Il avait l'impression d'assister à quelque opération magique. Il aimait les odeurs des herbes pulvérisées tout comme il s'amusait de voir Eugène humer le liquide couleur d'opale.

Il était très fier des nouvelles étiquettes que sa mère avait dessinées et que Jean-François gravait. Elles représentaient la terrasse de la Figuière et suscitaient une envie irrésistible de venir s'installer à l'ombre du vieux figuier.

A dix ans, Pierre connaissait déjà ses responsabilités d'héritier. Il était prêt à les assumer, même si cela lui faisait parfois un peu peur.

Durant la messe, Mélanie prit place entre Sylvine et Bérangère, la bru de Ninie.

Jean-François avait emmené Pierre de l'autre côté de la travée centrale. Pour la première fois depuis longtemps, la jeune femme réussit à prier. Elle tourna la tête vers son fils, croisa le regard de Jean-François. Gênée, elle baissa les yeux. Elle n'avait jamais pu lui confier qu'elle aimait Gabriel et se demandait pourquoi. N'avait-elle pas le droit de « refaire sa vie », même si elle avait cette expression en horreur ?

31

1891

Le ciel virait au mauve, avant de s'embraser.
L'air était doux, et gorgé du parfum des roses qui
grimpaient à l'assaut des treillages ou
s'épanouissaient dans les massifs. Installée sur la
terrasse, avec Estelle à ses côtés qui coiffait sa
poupée Rosemonde, Mélanie était plongée dans
la lecture du *Petit Journal*.

Félicité venait d'apporter sur la table les
photophores allumés.

« Madame n'a pas peur de s'abîmer les yeux ? »
avait-elle demandé.

Félicité confiait souvent à sa mère qu'elle ne
pourrait jamais lire autant que madame Mélanie.
Elle avait des livres partout, sur sa table de
chevet, dans son bureau, dans le petit salon...
Comme si la bibliothèque de monsieur Eugène ne
suffisait pas !

Mélanie fronça les sourcils. Si ce que relatait le
journal était vrai, elle devait en discuter de toute
urgence avec Gabriel. Lui seul dans son

entourage connaissait vraiment la condition ouvrière en France.

Elle frissonna. Ces jeunes filles, ces adolescents, abattus alors qu'ils étaient désarmés... Elle ne pouvait accepter une telle barbarie. Elle ignorait tout de la petite ville industrielle de Fourmies, dans le Nord, mais pressentait qu'ils n'avaient pas fini d'en entendre parler. Une telle tragédie... Dieu juste !

Gabriel et elle avaient eu de sérieuses discussions au cours des derniers mois. Il lui reprochait de ne pas s'intéresser suffisamment à la politique, ce à quoi elle répliquait vivement : « Parbleu ! Pourquoi voudriez-vous que je perde mon temps puisque nous, les femmes, n'avons toujours pas le droit de vote ? »

Dans ces moments-là, il l'attirait vers lui en lui disant qu'ils avaient beaucoup mieux à faire. Mélanie s'irritait de plus en plus souvent d'avoir l'impression de ne pas compter vraiment pour Gabriel. Il avait dans sa vie la politique, le félibrige et puis elle, loin derrière. Or, même si elle tenait à sauvegarder sa liberté, elle aurait aimé le voir plus attentif à ses désirs. Désireuse de garder leur liaison clandestine, elle ne pouvait se confier à personne. D'ailleurs, elle n'avait pas de véritables amis à Montlaure, à l'exception du docteur Autheuil. Celui-ci, cependant, s'était éloigné depuis qu'elle participait aux différentes fêtes du félibrige.

Mélanie recevait peu, et seulement dans le cadre des actions sociales qu'elle menait à l'usine. Depuis les perfidies de Seconde, elle se défiait des femmes et savait que, même si l'on reconnaissait la valeur de ses réalisations, elle demeurerait toujours une marginale, entre deux mondes. Les épouses des industriels de Montfavet ne l'invitaient pas à leurs réceptions et elle-même n'en donnait pas. Elle préférait consacrer l'argent ainsi économisé à des réalisations d'avant-garde comme la crèche destinée aux enfants des ouvrières.

« C'est une rouge », chuchotait-on dans son dos, et elle riait sous cape en imaginant les expressions scandalisées.

« J'espère ne pas trop vous causer de tort », avait-elle dit un jour à son beau-père. Eugène, déposant un baiser sur sa main, lui avait souri avec beaucoup de tendresse.

« Ma chère enfant, vous avez mon soutien total. Mon grand-père est parti de rien, et la Figuière représentait l'aboutissement de ses ambitions. Mais je n'ai jamais oublié que tout pouvait basculer d'un jour à l'autre. Vous êtes en quelque sorte ma conscience. Grâce à vous, j'essaie de trouver des solutions à des problèmes que je n'aurais peut-être même pas remarqués. »

Se sentir ainsi épaulée lui faisait du bien.

« Nous formons une belle équipe, vous et moi », lui avait confié un jour Eugène, et Mélanie en avait été bouleversée.

Elle repoussa le journal, se tourna vers sa fille.

— Estelle, ma chérie, si nous rentrions ? La fraîcheur commence à tomber.

Estelle était belle et ne paraissait pas en avoir conscience. Son front bombé, ses longs cheveux auburn, ses yeux gris la faisaient ressembler aux modèles des peintres préraphaélites anglais tels que Dante Gabriel Rossetti.

« Notre future reine d'Arles, assurément », avait prédit Frédéric Mistral quelques jours auparavant, surpris de découvrir qu'à huit ans la fillette portait déjà les promesses d'une beauté rare. Eugène et Mélanie s'étaient écriés avec un bel ensemble : « Laissez-lui le temps de grandir ! », et madame Mistral avait souri.

« Mon époux est devenu un vieux monsieur impatient. »

La mort brutale de son vieil ami Roumanille avait fortement affecté Mistral. Il ne retournerait jamais à Venise, où il se trouvait avec son épouse lorsqu'il avait appris le décès de son compagnon en poésie, l'un des membres fondateurs du félibrige, qu'il connaissait depuis 1845, lorsqu'il était pensionnaire à Avignon et que Roumanille était son jeune professeur. Désormais, estimait-il, plus rien ne serait pareil. Il devait préparer la relève.

Mélanie, la main d'Estelle glissée dans sa main, regagna la maison. Elle avait réussi à nouer des contacts plus étroits avec sa fille qu'avec son fils. C'était plus facile, peut-être parce qu'elle s'était sentie enfin libérée du passé peu après la naissance d'Estelle. Elle avait décidé de ne plus se demander si elle était ou non une bonne mère. Elle était très présente auprès de ses enfants, les aimait, sans toutefois oser leur montrer son amour. Un reste de son enfance...

Elle confia Estelle à Félicité, qui entraîna la fillette vers sa chambre.

Mélanie, le journal à la main, rejoignit son beau-père dans le petit salon.

— Avez-vous lu ce qui s'est passé le 1er mai à Fourmies ? lança-t-elle.

Eugène se tourna vers elle. Son visage était empreint de lassitude.

— Neuf tués, dont la plupart avaient moins de vingt ans, répondit-il. Des jeunes gens qui fêtaient le 1er mai, des rameaux fleuris dans les bras, et réclamaient dans la bonne humeur la libération de leurs camarades, quatre manifestants demandant la journée de huit heures, arrêtés le matin même. Il faisait très beau, et les jeunes gens chantaient : « C'est les huit heures qu'il nous faut. » Ils étaient cent cinquante à deux cents sur la place, face à trois cents soldats envoyés par la sous-préfecture. Ceux-ci, redoutant de se trouver aux prises avec la foule, tirent en l'air. Les jeunes gens ne bougent pas. Comment pourraient-ils imaginer l'inconcevable ? Alors, le commandant ordonne : « Feu ! Visez le porte-drapeau ! »

Eugène baissa la voix.

— Les soldats étaient équipés du nouveau fusil Lebel, muni de neuf balles. Une arme redoutable, surtout à bout portant. Quatre jeunes filles âgées de seize à vingt ans ont été tuées, je dirais plutôt abattues, sans sommation. Deux jeunes gens également, ainsi que deux enfants et un adulte. Une véritable boucherie... Et je ne mentionne pas la quarantaine de blessés...

— Tout cela pour quoi ? Parce que le patronat ne voulait à aucun prix céder et donner congé aux ouvriers le 1er mai ? Je ne peux pas admettre leur point de vue.

— Rassurez-vous, moi non plus. Mais cela m'a atteint, profondément. La fusillade de Fourmies aura marqué les esprits.

Par son vécu, par son passé, Mélanie ne pouvait que se sentir proche de ces jeunes gens abattus par une lumineuse journée de mai. Elle avait travaillé en fabrique, elle aussi, et ne l'avait pas oublié.

Elle frotta ses mains l'une contre l'autre comme pour se réchauffer alors qu'il faisait bon dans le petit salon. Elle ne savait comment exprimer ce qu'elle ressentait. Après avoir vécu une enfance particulièrement difficile, elle avait voulu croire en l'homme, aux progrès technologiques, pour finalement buter sur la tragédie de Fourmies.

Eugène lui sourit avec affection.

— Je vous promets de ne jamais faire appel à la troupe, si cela peut vous rassurer.

Elle secoua la tête. Elle ne pensait pas vraiment à la fabrique mais plutôt à l'évolution d'une société qui lui inspirait de la crainte.

— Nous vivons une époque passionnante. Prenons pour seul exemple ce téléphone qui avait fasciné Pierre à l'Exposition universelle et, en même temps, cela ne sert à rien si l'homme n'en bénéficie pas.

— Eternelle question !

Eugène se pencha, lui tapota la main.

— Ne vous mettez pas martel en tête, ma petite fille. Dites-vous bien que nous nous battons, dans la mesure de nos moyens, pour faire évoluer la situation. Ne me demandez pas pour autant de partager l'idéal des groupes anarchistes dont on parle de plus en plus !

Pour la première fois depuis le début de leur conversation, Mélanie esquissa un sourire.

— Rassurez-vous, je n'irai pas jusque-là.

Il lui semblait que seul Jean-François pourrait comprendre ce qu'elle éprouvait. Parce qu'il avait reçu, lui aussi, l'enseignement humaniste de Socrate, le vieil ouvrier imprimeur.

En mémoire de Socrate, et de Théodore, Mélanie se devait de témoigner, et de s'exprimer.

Seulement, qui était prêt à écouter une femme ?

32

Une chaleur lourde avait plongé Avignon dans une douce torpeur. A l'abri derrière leurs volets clos, les habitants sacrifiaient à l'obligation de la méridienne durant les heures les plus chaudes. Blottie au creux des bras de Gabriel, Mélanie ne parvenait pas à se détendre. Elle avait l'impression que son amant et elle ne partageaient plus les mêmes priorités. Gabriel songeait à une carrière politique. Il était de ce fait beaucoup moins libre et ses rendez-vous avec Mélanie dans la petite maison proche de la place des Carmes avaient tendance à s'espacer. Il y avait déjà trois années qu'ils se connaissaient. La passion entre eux s'était-elle émoussée ? se demandait la jeune femme. Et le simple fait de se poser cette question l'angoissait. Elle avait aimé Gabriel, elle l'aimait toujours, même si, quelque part, il l'avait déçue. Déçue... Elle se répéta le mot, étonnée de l'avoir prononcé dans sa tête. Pourtant, Gabriel était resté le même, séduisant, charmeur, du soleil dans la voix. A quarante-cinq ans, il était prêt à se lancer dans la politique et multipliait les rencontres avec des personnages influents. Cette attitude déplaisait à Mélanie mais, fidèle à sa volonté de discrétion, elle se gardait bien d'émettre la moindre critique.

Gabriel, cependant, aurait dû se rendre compte de ses réticences.

S'intéressait-il vraiment à elle ? pensa-t-elle brusquement. Depuis le jour où elle s'était confiée à lui, ils n'avaient plus abordé le sujet et elle ne savait pas s'il avait agi ainsi par discrétion ou par indifférence. De même, s'il avait partagé son indignation après la fusillade de Fourmies, Gabriel n'avait pas écrit l'article au vitriol dont Mélanie rêvait. Le Nord lui paraissait loin... De plus, même s'il était républicain, il n'avait jamais travaillé de ses mains sous les ordres d'un contremaître. Il ne fallait pas chercher plus loin... se disait-elle avec une pointe d'amertume.

Elle se glissa hors du lit, courut pieds nus jusqu'à l'office, où elle se servit un verre de vin de Tavel maintenu au frais dans la glacière, qu'elle but tout en grignotant quelques fraises. Elle avait soif, et chaud. Elle regretta de ne pas être restée à la Figuière où il faisait assurément meilleur. Son beau-père avait emmené les enfants à Fontaine-de-Vaucluse. Elle-même avait prétexté la nécessité d'acheter des livres pour se rendre en ville. Elle se doutait qu'Eugène n'était pas dupe de ce genre d'excuse. Après tout, se disait-elle lorsqu'elle se sentait coupable, elle était libre, et Gabriel aussi. Il aurait juste fallu qu'elle fasse preuve d'un peu plus de courage pour oser parler de son amant à son beau-père, mais était-ce bien nécessaire ?

Elle avait l'impression d'étouffer dans la maison. Elle se rhabilla, vite, après s'être rafraîchi le visage et les mains. Gabriel se redressa sur un coude. Elle eut un élan vers lui. Elle l'aimait tant, encore ! A moins qu'elle n'ignore la véritable signification du mot amour ? Elle avait eu des discussions amusantes à ce propos avec Frédéric Mistral. Elle aimait et respectait le poète, même si elle le trouvait un peu trop misogyne. La chère madame Mistral avait bien du mérite de s'accommoder du caractère de son époux !

— Où vas-tu donc ? s'enquit Gabriel, enfreignant la règle du vouvoiement qu'elle avait instaurée entre eux trois ans auparavant.

Elle se pencha, posa deux doigts sur ses lèvres.

— Chut ! Pas de tutoiement. Et je rentre chez moi. J'ai promis de rencontrer l'une des institutrices.

Elle mentait avec une assurance désarmante, s'étonnant elle-même de son aisance. Il eût été plus simple de répondre la vérité, à savoir : « Cette chaleur oppressante m'épuise. J'ai envie de retourner à la Figuière », mais Mélanie avait peur de blesser Gabriel.

Il voulut l'attirer contre lui ; elle se sauva en riant.

— Je suis déjà en retard ! s'écria-t-elle.

Elle s'enfuit. Son chapeau de paille glissa, et ses cheveux se dénouèrent. Elle paraissait à peine vingt ans, se dit-il, ému, troublé. Il pressentait qu'elle lui échappait, et cela lui faisait peur.

263

Avait-elle eu vent de quelque chose ? Non, c'était impossible, il cloisonnait soigneusement ses existences. Il la regarda partir en ayant le sentiment qu'elle emportait le soleil avec elle.

Malgré la chaleur, Mélanie s'accorda le plaisir d'un détour. Elle ne se lassait pas de l'animation de la place de l'Horloge. Là, entre la place du Palais-des-Papes et la rue de la République percée sous la municipalité Pamard, battait le cœur d'Avignon. Alexis et elle se rendaient souvent au théâtre municipal. Son mari lui avait fait découvrir et aimer aussi bien l'opéra que la musique de Chopin et de Brahms.

Elle descendit la rue Saint-Agricol, ne s'arrêta pas à la librairie Roumanille. Depuis la mort de l'ami Joseph, survenue au printemps, elle n'était pas parvenue à retourner dans la boutique où l'on trouvait tous les livres traitant de la culture provençale. Il lui fallait s'habituer à l'idée qu'il ne l'accueillerait plus avec son grand sourire et son accent chantant.

Remontant rapidement la rue Vernet, elle s'enhardit à se glisser dans le jardin de l'ancien hôtel de Villeneuve-Martignan en franchissant un remarquable ouvrage de fer forgé. Elle n'avait encore jamais osé y pénétrer, parce qu'elle avait des lacunes importantes dans le domaine de la peinture. Elle aurait aimé aller à Paris, s'installer dans les salles du Louvre et copier les grands maîtres, comme elle avait vu faire les peintres lorsqu'ils avaient visité le musée en 1889.

Des paons faisaient la roue dans les jardins de l'une des plus belles demeures d'Avignon. Les rayons du soleil jouaient avec les portes à petits carreaux, multipliant les effets de lumière. Les salles étaient presque désertes. Mélanie en profita pour contempler longuement les œuvres, accrochées cadre à cadre dans la galerie Vernet, rendant hommage à Joseph, Carle et Horace Vernet, ce qui ne permettait pas de les apprécier comme il convenait. Elle imaginait un musée idéal, dans lequel la lumière aurait pénétré à flots.

Perdue dans ses pensées, elle heurta une personne qui se dirigeait vers la sortie, la pria de l'excuser, avant de reconnaître Cléophée de Lestang. La poétesse s'était empâtée mais son visage était toujours ravissant.

— Madame Gauthier, quelle surprise ! s'écria-t-elle, tendant vers Mélanie une main gantée.

La jeune femme la salua froidement. Elle n'avait pas oublié leur rencontre, dans la librairie Roumanille.

Cléophée avait menacé un temps le couple qu'elle formait avec Alexis. Même si son époux lui avait affirmé qu'elle ne comptait pas pour lui, Mélanie en avait gardé une blessure au cœur.

— Fréquentez-vous toujours le félibrige ? s'enquit Cléophée d'une voix sucrée.

Pour sa part, elle avait pris ses distances avec le mouvement et ne participait plus que de loin en loin aux fêtes rythmant l'année.

Elle se pencha vers Mélanie, baissa la voix.

— L'esprit a changé, ne trouvez-vous pas ? La

vieille garde s'amenuise, des jeunes loups imposent leurs vues.

— Vraiment ? fit Mélanie sans se compromettre.

Elle savait par Gabriel qu'en effet, si Mistral était séduit par le ralliement de brillants jeunes gens comme Paul Mariéton, Frédéric Amouretti et Charles Maurras, il déplorait cependant que « les jeunes du félibrige ne vivent pas assez avec le peuple ». D'ailleurs, ils écrivaient la majeure partie de leurs textes en français et non pas en provençal.

Elle n'avait pas l'intention d'en débattre avec Cléophée. Elle amorça un demi-tour après avoir gratifié son interlocutrice d'un bref signe de tête. Celle-ci la retint en posant la main sur son bras.

— Laissez-moi vous présenter la personne qui m'accompagne. Absente depuis longtemps d'Avignon, elle tenait à découvrir les nouvelles collections du musée Calvet. Connaissez-vous madame Néris ? Suzanne, ma chère, voici madame Gauthier, des absinthes Gauthier, dont je vous ai déjà parlé.

Madame Néris... Mélanie se retourna lentement, découvrit une femme vêtue de noir à la silhouette gracile. Le chapeau à voilette, inusité par cette chaleur, laissait deviner un visage aux traits délicats, à l'expression mélancolique.

L'inconnue salua Mélanie d'une inclinaison de tête. Celle-ci fit de même sous le regard indéfinissable de Cléophée.

— Vous n'habitiez pas la région, madame Néris ? s'enquit Mélanie d'une voix unie.

La colère, l'incompréhension la submergeaient. Comment Gabriel avait-il pu lui dissimuler l'existence de son épouse ? Pourquoi personne ne lui en avait-il jamais parlé ?

Suzanne Néris releva sa voilette d'un geste empreint de grâce. Elle devait être âgée d'une quarantaine d'années. Sa peau était fine, à peine griffée de rides au coin des yeux.

— J'ai passé plusieurs années à Arcachon à cause de ma santé, déclara-t-elle d'une voix douce. On me dit guérie...

Mélanie l'en félicita, sans même savoir comment elle réussissait à formuler des phrases. Une pensée l'obsédait. Gabriel l'avait trahie. Il lui avait menti par omission, se gardant bien de lui révéler qu'il était marié. Une faute impardonnable pour Mélanie, qui ne supportait pas le mensonge.

Elle prit congé des deux femmes ; soutint le regard narquois de Cléophée. Elle savait, bien sûr... Quelques bruits avaient circulé, depuis le printemps de l'an passé, au sujet de Gabriel et de Mélanie, sans que personne n'ait de certitude. Ils étaient toujours restés discrets, au contraire de certains félibres qui se partageaient les faveurs d'une égérie surnommée « Fortunette », en allusion à la courtisane de *Calendau*.

Elle quitta le musée Calvet sans même chercher à apercevoir la *Nymphe endormie* de Chassériau, envoyée par l'Etat à Avignon après que le tableau eut provoqué un scandale au Salon de 1850. Elle courut presque jusqu'à la gare construite entre les quartiers Monclar et Champ-fleury,

Les joues en feu, la sueur ruisselant sous sa robe, elle se jeta sur la banquette d'une voiture de louage, demanda à ce qu'on la ramène à Montlaure, à la Figuière.

Elle avait hâte de rentrer chez elle afin d'y pleurer tout son saoul.

33

1892

Cette année-là, pour le banquet de la Sainte-Estelle qui se tiendrait aux Baux, Mélanie avait proposé à Pierre de les accompagner, Eugène et elle.

A treize ans, le fils d'Alexis était tout à fait capable de représenter son père.

De plus, même si elle avait quelque peine à l'admettre, elle préférait ne pas être seule en présence de Gabriel. Les derniers mois l'avaient éprouvée. Gabriel et elle avaient vécu de façon douloureuse la fin de leur passion. Elle se souvenait avec une sorte d'effroi de leur explication, après qu'elle eut rencontré l'épouse de son amant.

A posteriori, elle avait enfin compris certaines allusions des félibres, que Gabriel s'était bien gardé de relever. C'était cela qu'elle lui reprochait, son manque de confiance, ses mensonges par omission. Elle détestait le rôle de voleuse de mari qu'elle avait joué involontairement, et

Cléophée de Lestang avait su la placer en porte-à-faux en lui présentant madame Néris.

Avant de réclamer des explications à Gabriel, Mélanie avait discrètement mené son enquête auprès de Rose-Anaïs Roumanille. L'épouse du poète-libraire n'avait pu lui fournir beaucoup de renseignements. Elle savait madame Néris de santé particulièrement fragile. Parisienne, elle avait séjourné plusieurs années dans une villa de la Ville d'Hiver, à Arcachon, pour y soigner une affection pulmonaire. C'étaient les seuls éléments que Rose-Anaïs Roumanille connaissait.

Ce qui suffisait à Mélanie pour décider de mettre fin à sa liaison avec Gabriel.

Cependant, ce qui paraissait simple sous le coup de la colère n'était pas si facile à mettre en œuvre. Elle avait écrit une longue lettre à son amant. En retour, il était venu à la Figuière exiger des explications. Elle avait détesté cette attitude, faisant bon marché de ses enfants et de son beau-père, et lui avait fermé sa porte.

Dieu merci, Gabriel avait eu le bon goût de ne pas insister. En revanche, il s'était arrangé pour croiser son chemin, aussi bien le jour de la célébration du centenaire du rattachement du Comtat à la France, l'an passé, que lors des fêtes marquant l'exposition commerciale et industrielle d'Avignon, en 1891.

Il avait réussi à s'éloigner de quelques pas en compagnie de Mélanie et avait plaidé sa cause. Oui, il était marié, un mariage de raison, contracté une douzaine d'années auparavant, et, s'il ne lui en avait pas parlé, c'était par crainte de sa réaction. Il l'aimait, elle, Mélanie, et pas Suzanne.

La jeune femme avait secoué la tête. Comment lui faire comprendre qu'elle ne supportait pas l'idée d'être une briseuse de ménage ? Il aurait fallu qu'il connaisse toute son histoire, qu'elle n'était jamais parvenue à lui raconter, pour qu'il comprenne combien elle avait été blessée, étant enfant, par les insultes visant sa mère. Gabriel avait tenté de la piquer au vif en lui faisant remarquer qu'il la croyait moins attachée aux conventions. Mélanie avait vivement redressé la tête. Précisément parce qu'elle était une femme libre, elle se refusait à attenter à la liberté d'autrui.

Elle n'oublierait jamais cet instant où Gabriel, le visage à l'envers, avait posé la main sur son bras et, la tutoyant pour la seconde fois, avait demandé d'une voix assourdie : « Tu veux que je divorce pour t'épouser ? Tu n'as qu'un mot à dire. »

Effrayée, elle avait reculé d'un pas. Comment pouvait-il envisager aussi froidement de se séparer de sa femme ? Elle refusait d'être la cause de leur divorce, elle ne voulait pas de ce rôle. Les insultes de son enfance la poursuivaient encore la nuit. « Fille de putain », « bâtarde », « fille de rien »...

Elle ne voulait pas qu'Estelle et Pierre connaissent cet enfer. Il y avait déjà suffisamment de bruits courant à son sujet. Son passé pesait sur elle. Elle refusait de l'imposer à ses enfants.

Elle avait jeté ces phrases au visage de Gabriel,

sans lui fournir plus d'explications, et il l'avait entraînée sans mot dire vers son tilbury. Elle aurait dû, bien sûr, tenter de se libérer de sa poigne qui maintenait son bras mais elle n'avait pas cherché à le faire.

La voiture avait roulé, vite, sur les chemins de traverse avant de s'arrêter le long d'une rangée de cyprès qui montaient la garde pour faire barrière au mistral. Mélanie avait contemplé le ciel, si pur, et la barrière des Dentelles de Montmirail avant de basculer sur le sol, entre deux rangs de vignes. Gabriel avait étendu sur les galets une couverture de cheval. Il lui avait fait l'amour de façon presque brutale, comme on se perd, sans la quitter des yeux. Elle avait crié, de plaisir et d'autre chose, d'indéfinissable. Elle avait compris lorsque Gabriel avait roulé sur lui-même. C'était la dernière fois, et tous deux le savaient. Elle aurait voulu garder dans sa mémoire cette luminosité incomparable du ciel, la rudesse du sol, les mains sèches parcourant son corps, le regard dur de Gabriel, et cette montée du plaisir qui les avait submergés en même temps. Elle l'aurait voulu tout en sachant qu'il valait mieux tourner la page. Elle sacrifiait l'amour de Gabriel à son passé parce que celui-ci faisait partie intégrante d'elle-même. Mais Gabriel l'avait-il réellement aimée comme elle en rêvait ? Elle ne savait plus.

Ils avaient regagné Avignon sans prononcer une parole. Mélanie se sentait vaguement nauséeuse et, pourtant, elle ne regrettait pas leur

272

escapade. Ils avaient eu besoin de cette dernière étreinte pour parvenir à se quitter.

Depuis, elle avait soigneusement évité de se rendre là où elle risquait de rencontrer Gabriel. Elle avait appris que sa femme et lui avaient décidé de se séparer. Peu lui importait, désormais. Le divorce risquait de peser sur la carrière politique de Gabriel mais elle refusait de se sentir coupable. Elle continuerait de porter le nom d'Alexis, le même que celui de ses enfants.

Elle se rappelait une image, lorsque Gabriel l'avait ramenée à Avignon.

Elle avait aperçu le sommet du Ventoux, d'une blancheur irréelle sous le soleil, et avait songé qu'elle n'avait jamais fait son ascension. En pensant cela, elle s'était dit qu'elle survivrait à sa rupture. Il le fallait, pour Pierre et Estelle.

Chaque fois qu'elle venait aux Baux, Mélanie évoquait Alexis, et se demandait ce qu'il serait advenu de leur couple s'il n'avait pas été fauché par la maladie. Ils avaient commencé à mieux se comprendre à son retour d'Ardèche, certainement parce que la jeune femme avait baissé sa garde. Huit ans après sa mort, elle le cherchait toujours dans les couloirs de la Figuière. Malgré les invitations répétées des Mistral, elle n'était jamais retournée à Maillane, de crainte de se laisser submerger par les souvenirs.

Dans le phaéton qui emmenait les trois générations de Gauthier vers le village à demi abandonné des seigneurs des Baux, Mélanie racontait à son fils l'histoire de *Mireille*, lui désignant au passage les carrières des Baux, dont Mistral s'était inspiré pour décrire le Trou des Fées. Pierre regardait partout à la fois, le paysage de chaos pétrifié, les pans de murs écroulés, les portes Renaissance, une maison sculptée... Le site avait quelque chose d'impressionnant et de grandiose qui vous serrait le cœur. Le mistral se leva alors que les Gauthier rejoignaient les félibres au grand soleil. Eugène fronça les sourcils.

— Nous allons nous envoler, dit-il en faisant la moue.

Il avait apporté des bouteilles d'absinthe tout en sachant que Mistral et ses compagnons étaient des amateurs de vin de Châteauneuf. On se salua, Frédéric Mistral complimenta Pierre sur sa haute taille.

Il sut trouver les mots pour évoquer Alexis en quelques phrases empreintes d'émotion. Eugène se racla la gorge. Il portait en lui le deuil de son fils, comme une plaie béante dans son cœur. Mélanie lui pressa discrètement la main. Elle se demandait parfois ce qu'elle serait devenue sans le soutien et l'affection de son beau-père.

Ils étaient tous venus, les fidèles du maître, les félibres attachés au souvenir de la fondation du félibrige au château de Font-Ségugne, en 1854, et s'ils évoquaient le schisme des jeunes comme Maurras et Amouretti, qui avaient fondé à Paris une nouvelle école félibréenne après avoir proclamé « révolue l'ère où depuis trente-sept ans on boit la dernière bouteille du vin de

Châteauneuf-du-Pape », c'était à mi-voix, pour ne pas peiner Mistral.

Mélanie avait eu beau tenter de se préparer à sa rencontre avec Gabriel, elle ne put s'empêcher d'éprouver un pincement au cœur en le voyant s'incliner légèrement devant elle. Il avait vieilli, ce qui lui allait bien. Ses cheveux gris, un peu trop longs, comme ceux de Mistral ou de Daudet, formaient un contraste séduisant avec ses yeux sombres.

« Il me tardait de vous revoir », murmura-t-il, et elle retira sa main un peu trop vivement, sous le regard aigu de Cleophée de Lestang. Elle prit sur elle pour lancer d'une voix unie :

— Eh bien, monsieur Néris ? Avez-vous décidé de faire carrière dans la politique ?

Ils se regardèrent. L'avait-il vraiment aimée, se demanda Mélanie, ou bien avait-elle constitué pour lui un aimable passe-temps ? Et elle ? Qu'avait-elle éprouvé pour lui ? Elle ressentit un vertige, faillit faire demi-tour. Mais il lui fallait tenir, pas question de se donner en spectacle.

Gabriel inclina lentement la tête.

— Je vais rejoindre mes plus proches collègues à Paris.

Elle s'étonna de ne pas s'affoler à l'idée de ce départ. Dans sa tête, leur séparation était bel et bien inéluctable. Sans même s'en rendre compte, elle crispa sa main sur l'épaule de son fils. Pierre se retourna vers elle.

— Maman... Grand-père nous appelle. Je crois qu'il a trouvé nos places.

Elle salua Gabriel d'un bref signe de tête.

— Bonne chance, monsieur Néris, déclara-t-elle.

Elle demeura songeuse tout au long du banquet. Le mistral ne s'était pas calmé, bien au contraire, on dut même poser de grosses pierres sur les nappes blanches. Mélanie toucha à peine à son assiette. Elle contemplait le site fabuleux, en se remémorant les vers célèbres de *Mireio* :

Dans leur mirage d'aujourd'hui
reproduisent encore votre image…
Les thyms eux-mêmes ont conservé l'odeur
de vos traces ; et il me semble
que je vois encore, guillerets,
courtois, coureurs et guerroyeurs,
que je vois à vos pieds chanter les troubadours.

Le poète avait su restituer l'atmosphère à la fois mystérieuse et irréelle planant sur les Baux. A la fin du banquet, Mélanie s'éclipsa discrètement, son carnet de croquis à la main. Elle marcha dans la grande rue, s'arrêtant devant une porte Renaissance, pour en tracer l'esquisse à coups de crayon rapides. Dessiner lui faisait du bien, l'aidait à se libérer de la tension qui avait pesé sur elle tout au long du banquet.

Lorsqu'elle regagna la table, les félibres étaient en émoi. La belle Fortunette, arrivée par surprise, dévalant la colline dans une robe rouge décorée de croissants noirs et portant une grande cruche de vin du Rhône, avait servi tous les convives avant de monter sur la table et de se mettre à chanter. Avec son teint de nacre et ses

cheveux noirs, sa silhouette aux courbes volup-
tueuses, elle incarnait la Provençale idéale.

Ils étaient tous sous le charme, même Mistral,
même Gabriel et, d'une certaine manière,
Mélanie s'en trouva soulagée. Elle rejoignit
Eugène et Pierre qui, s'étant écartés, cherchaient
à déterminer la situation de l'abbaye de Montma-
jour.

Elle entoura leurs épaules du même geste à la
fois tendre et protecteur.

— Rentrons à la maison, proposa-t-elle.

34

1895

Dix-huit ans auparavant, Mélanie et Jean-François avaient grimpé ensemble jusqu'au sommet de la Lance. Elle s'en souvenait très bien. Ce jour-là, elle était à la fois heureuse à la perspective d'épouser Alexis et anxieuse. Saurait-elle se montrer à la hauteur ?

A près de trente-sept ans, Mélanie avait changé. Curieusement, les années l'avaient adoucie. Elle s'était investie dans son action auprès des ouvriers de la fabrique. L'école des filles fonctionnait bien, tout comme la crèche. Elle avait aussi développé la bibliothèque de prêt. En effet, elle n'avait jamais oublié Augustine et restait convaincue que l'instruction permettrait aux femmes de conquérir leur indépendance.

« Prie pour ta nourrice », lui avait recommandé la Grande lorsque la fillette avait quitté la ferme du Cavalier. Si elle avait toujours autant de peine à prier, elle pensait souvent aux deux femmes qui l'avaient élevée jusqu'à ses dix ans.

Elle savait qu'elle aurait dû évoquer son enfance blessée avec Pierre et Estelle. Elle l'aurait souhaité, sans pour autant y parvenir. C'était plus fort qu'elle, elle avait peur que ses enfants ne la jugent. Malgré les années, malgré la position sociale qui était désormais la sienne, malgré ses robes de soie et ses bijoux, Mélanie était restée la gamine à qui les gosses de Puyvert jetaient des cailloux, celle qu'on appelait « la bâtarde » ou encore « la fille de la putain ».

Cette sorte de blessure était indélébile, elle vous souillait jusqu'à l'âme.

Parce que sa relation avec ses enfants se ressentait de son mal-être, Mélanie avait fini par se lancer dans de nouvelles recherches. Epaulée par son beau-père et par le docteur Autheuil, qui avait fait ses études à Lyon, elle avait décidé de suivre à l'envers le « chemin des nourrices ». Philomène était morte, mais sa fille aînée savait qu'elle allait chercher les nourrissons à l'hospice lyonnais de la Charité. Munie de son collier en os et des papiers confiés par monsieur Charles, précieusement gardés par Sylvine, Mélanie s'était rendue à Lyon en compagnie d'Edouard Autheuil. Elle avait décliné la proposition de Jean-François. Elle préférait, lui avait-elle expliqué, une personne neutre, qui ne l'avait pas connue enfant. De plus, Edouard Autheuil étant médecin, elle espérait que sa qualité simplifierait ses démarches.

Elle avait eu beau s'efforcer de se préparer à l'épreuve, elle avait éprouvé une irrésistible envie de s'enfuir en se retrouvant face à l'hospice. La légère brume s'effilochant au-dessus des quais ne parvenait pas à effacer l'austérité de la façade. Elle avait frémi en découvrant ce qu'était vraiment le tour d'abandon, un guichet tournant.

Edouard, qui avait fait des recherches sur la question, lui avait expliqué que l'installation d'un tour dans l'épaisseur d'un mur longeant la rue de la Charité avait été décidée fin 1804, devant la forte augmentation des abandons d'enfants, retrouvés aussi bien dans des jardins, aux portes des églises, dans les fleuves, qu'aux carrefours ou sur un banc de pierre placé à la porte de la Charité. Ces tours avaient, semblait-il, étaient inventés en Italie au XIIIe siècle après que les pêcheurs eurent trouvé dans le Tibre de nombreux cadavres de nouveau-nés. Le pape Innocent III avait alors décidé de faire installer dans le mur de l'hôpital de Sainte-Marie in Sassia un tour protégé d'un petit matelas pour y déposer les enfants abandonnés. Suivant cet exemple, Marseille avait créé un tour au XIVe siècle à l'hôtel-Dieu.

Cependant, ce qui avait été considéré comme un moyen de réduire la mortalité infantile avait été vite accusé de favoriser les abandons. Le dilemme allait se poser tout au long du XIXe siècle. Fallait-il surveiller le tour afin de limiter les abandons, ce qui aurait fatalement pour conséquence de multiplier les infanticides ? L'administration avait choisi une mesure de transition en créant en 1843 un local « à bureau ouvert » destiné à recevoir les enfants. A plus ou moins brève échéance, le tour était condamné. Il avait été fermé à la fin de l'année 1858.

« A un mois près... » avait murmuré Mélanie.

Grâce à Edouard, on les avait reçus dans un bureau sans les faire attendre. Mélanie s'était habillée avec soin, et avait remarqué après coup qu'elle avait choisi un tailleur de voyage de velours noir, comme si elle avait porté le deuil. De son enfance ou de ses illusions ? Elle ne savait plus...

L'homme qui les avait reçus était assez âgé pour ne plus s'étonner de rien, notamment de ce qu'une dame, manifestement aisée, ait été déposée dans le tour de l'hospice de la Charité près de quarante ans auparavant.

Il s'était fait apporter le registre d'inscription de l'année 1858 et, grâce à la date de naissance présumée de Mélanie, avait trouvé assez rapidement les renseignements la concernant. Il avait fait pivoter le registre pour leur permettre de lire les indications qui y étaient portées. L'heure d'entrée à l'hospice de l'enfant, vingt et une heures, son âge présumé, trois jours, les vêtements qu'elle portait, une chemise blanche, un maillot, un burnous blanc, de petits chaussons blancs. Il n'y avait pas de billet glissé dans le burnous expliquant les raisons de l'abandon, ni de précision sur un éventuel baptême du nouveau-né.

« Parfois, leur avait expliqué leur interlocuteur, nous trouvions une carte à jouer – souvent le valet de cœur – coupée en deux, ou encore un petit bijou, une chaîne, une médaille... »

281

« Rien pour moi ? » avait murmuré Mélanie d'une voix blanche.

Elle aurait voulu demander à Edouard de se lever, de l'entraîner dehors. Non, avait répondu le responsable avec lassitude, il n'existait aucun moyen de remonter plus avant ou de procéder à d'autres recherches. La jeune femme s'était raidie. Ce jour-là, elle avait compris qu'elle ne connaîtrait jamais la vérité sur sa mère, et quelque chose s'était dénoué en elle. Quel que soit son passé, elle devait vivre. Malgré tout. Et ne pas faire porter à ses enfants le poids de ses propres interrogations.

« Eh bien, je suppose que, désormais, je dois aller de l'avant », avait-elle dit à Edouard en sortant de l'hospice.

Elle avait demandé à visiter la crèche, avec ses dizaines de petits lits à roulettes. Comme tétanisée, muette, elle avait fixé les détails dans sa mémoire. Un sanglot avait noué sa gorge tandis qu'elle évoquait Jeannette, qui n'avait pu supporter le rejet de son fiancé, et tous les nourrissons morts de froid ou de faim sur le « chemin des nourrices ». D'une certaine manière, elle, Mélanie, avait eu de la chance. Augustine, la Grande, Barthélemy, Théodore l'avaient sauvée.

Elle s'était sentie mieux en remontant dans le train. Enfin en accord avec elle-même. Edouard Autheuil avait respecté son silence. Après Valence, seulement, elle avait relevé la tête.

« J'ignorerai toujours quelles sont mes origines, mais je me suis enracinée à la Figuière », avait-elle remarqué comme pour elle-même.

Avant la bastide, la petite maison de la traverse du Mûrier avait joué un rôle déterminant dans sa vie. De même que la ferme du Cavalier. Trois maisons, correspondant à trois étapes de son développement personnel.

Edouard s'était penché vers elle, lui avait pris les mains et les avait réchauffées entre les siennes.

« Vous avez fait preuve de beaucoup de courage », lui avait-il dit.

Elle savait qu'elle pouvait lui faire confiance, il n'irait jamais divulguer son secret. Il s'était contenté de lui dire qu'il serait toujours là pour elle et elle l'avait remercié d'un sourire. Son amitié lui était précieuse. Sans Edouard à ses côtés, elle n'aurait pas entamé ces démarches.

A son retour, elle avait serré ses enfants contre elle plus tendrement que d'habitude. Pierre s'était dégagé, comme le font les adolescents, un peu gêné de ces effusions, et Estelle avait planté son regard insondable dans celui de sa mère. A douze ans, Estelle constituait une véritable énigme pour Mélanie. La fillette douce et affectueuse s'était transformée en une adolescente au visage fermé, un peu trop ronde. Chacune des tentatives de Mélanie pour se rapprocher de sa fille se soldait par un échec.

« C'est l'âge ingrat, temporisait Eugène, la petite se cherche », mais Mélanie pressentait qu'il y avait autre chose.

Elle songeait de nouveau à sa fille, en grimpant à la suite de Jean-François vers l'Olympe de la Provence. Ils étaient partis de Malaucène à cinq heures, avaient assisté au lever du soleil. La nouvelle route d'accès facilitait l'ascension. Jean-François, avec sa jambe blessée, peinait plus que Mélanie, qui avait conservé souffle et jarret depuis l'époque où elle parcourait les drailles en compagnie de ses chèvres. Cette excursion avait pour elle force de symbole. Elle se rappelait en effet avoir insisté auprès de Sylvine lorsqu'elle venait d'arriver à Valréas pour se lancer dans l'ascension du Ventoux. « Attends, petite, tu n'es pas prête », lui répétait sa mère adoptive. Avec le recul, Mélanie comprenait ce qu'elle avait voulu dire. Elle avait mis des années et des années avant de devenir plus sereine, d'accepter sa situation d'enfant abandonnée.

Appuyé contre le tronc d'un cèdre, Jean-François cita un passage des « Iles d'Or » :

— « ... Regarde le Ventoux, ma douce amie, / Son grand pic blanchâtre, chargé de neige. / A la brise d'été, ma douce amie, / Cette blanche aigrette deviendra bleue... »

Elle lui jeta un regard oblique.

— Serais-je par hasard ta douce amie ?

Ils avaient parcouru plus de la moitié du chemin. Derrière eux, Malaucène, la plaine de Vaison. Devant, les chemins escarpés qui conduisaient au mont Serein puis, là-haut, le récent observatoire météorologique, en activité depuis l'année précédente. Bien que ce fût l'été, Mélanie avait pris la précaution d'emporter un châle de mérinos. Son beau-père l'avait mise en garde. Au sommet du Ventoux, la température chutait brutalement d'une bonne dizaine de degrés.

Jean-François la contempla presque douloureusement. Il se souvenait de lui avoir demandé : « Qu'aurais-tu dit si je t'avais demandé de m'épouser ? », le mois de ses dix-huit ans.

Elle avait ri, alors, en rétorquant qu'il était son meilleur ami, comme son frère et, depuis, il avait résolu de se taire. Il avait assisté le cœur déchiré à son mariage avec Alexis Gauthier puis il l'avait vue, après son veuvage, retrouver le goût de vivre et il avait deviné que c'était pour un autre homme qu'elle se faisait belle, et désirable.

Mélanie pencha la tête. Son chapeau de paille glissa sans tomber grâce aux rubans de velours qui le maintenaient. Jean-François, fasciné, tendit la main vers la veine bleutée qui battait le long de la gorge blanche.

— Eh bien ? répéta Mélanie avec un brin d'insolence.

Elle avait compris beaucoup de choses durant son voyage à Lyon. Et s'était demandé pour quelle raison Gabriel n'était jamais revenu sur ses premières confidences, comme si cela lui avait été indifférent. Au fond d'elle-même, elle avait toujours pressenti que leur histoire était condamnée à ne pas durer.

Jean-François, lui, était d'une autre trempe.

— Je veux tout, dit-il d'une voix assourdie. Ton cœur, ton âme... Avec moi, pas de demi-mesure. Nous formons un véritable couple ou bien ce n'est même pas la peine de commencer.

Elle le connaissait assez pour savoir qu'il ne parlait pas à la légère. Son cœur s'affola. Comment s'arrangerait-elle, entre ses enfants, la fabrique, ses activités, tant à Montdevergues qu'à Montlaure ? Elle trouverait une solution, elle ne voulait pas laisser s'enfuir sa chance de bonheur.

Elle s'avança vers lui.

— Embrasse-moi, pria-t-elle.

Elle eut le temps, avant de nouer les bras autour de son cou, d'apercevoir le ciel, d'un bleu à nul autre pareil, juste au-dessus du front nu de la montagne, et songea au vers de Mistral. « Dans la clarté le ciel s'emparadise. »

Et puis, elle n'eut plus le loisir de penser. Les lèvres de Jean-François dévoraient son âme.

35

1899

Les tilleuls en fleur exhalaient un parfum suave, presque écœurant, qui se renforçait encore dans la soirée, alors que la chaleur de juin s'estompait lentement, comme à regret. Sur la place de Montlaure, on célébrait comme chaque été la Saint-Jean, et un orchestre venu d'Avignon, installé sur une estrade, enchaînait valses et polkas.

Une ouvrière plus hardie que les autres, les joues ronges de confusion, avait entraîné Pierre sur la piste de danse improvisée au pied de l'estrade.

Estelle fit la moue.

— Mon frère devrait mieux se faire respecter, remarqua-t-elle assez haut pour que ses voisins l'entendent. Ce n'est pas parce qu'il travaille à la distillerie qu'il doit fréquenter les ouvriers.

Mélanie lui jeta un regard chargé de reproche. Par expérience, elle savait qu'il valait mieux ne pas attaquer Estelle de front. A quinze ans, sa fille avait un « fichu carafon », pour reprendre les mots de Sylvine. Elle se réservait cependant le droit de la sermonner lorsqu'ils seraient rentrés à la Figuière. Certainement en vain. Il était pratiquement impossible de faire admettre à Estelle qu'elle avait tort. Ce qui ne manquait pas de lui poser des problèmes relationnels. Elève à Avignon, au pensionnat Notre-Dame, elle se heurtait aussi bien à ses camarades qu'à ses professeurs. Elle se montrait aussi jalouse de l'entente existant entre Mélanie et Pierre. Après avoir suivi des études plus que satisfaisantes au collège jésuite Saint-Joseph, l'aîné des Gauthier avait choisi de travailler à la distillerie. Eugène et Mélanie avaient été bouleversés. Tous deux se souvenaient d'Alexis appelant son fils « l'héritier ». En accord avec sa mère et son grand-père, Pierre avait sagement commencé par découvrir tous les postes de travail. Il avait d'abord déchargé les ballots de plantes avant de les concasser dans l'un des grands mortiers de fonte actionnés à la vapeur. Il avait ensuite appris, en compagnie d'Eugène, les règles d'or de la distillation. Les plantes réduites en poudre devaient macérer durant vingt-quatre à quarante-huit heures dans un alambic à vapeur dans un alcool titrant environ quatre-vingt-cinq degrés. Eugène lui avait expliqué l'importance d'ajouter à cet alcool la moitié de son volume en eau. Le but de cette opération étant de retenir dans l'eau les substances résineuses tandis que les principes aromatiques s'élèveraient avec l'alcool.

La fabrique Gauthier utilisait des alambics modernes qui recueillaient les produits incolores de la distillation dans un réservoir en cuivre. Un deuxième réservoir placé juste derrière le premier recevait les flegmes, la queue de distillation. Ceux-ci pouvaient être utilisés, grâce à une tuyauterie spéciale faisant communiquer les récipients avec l'alambic, pour une autre distillation. Pierre avait ensuite appris à maîtriser la dernière étape, celle de la coloration, grâce à une macération avec de la petite absinthe, de l'hysope et de la tanaisie pulvérisées. On faisait vieillir l'absinthe dans des foudres de chêne, à température constante, à l'abri de la lumière. Après l'embouteillage, il avait supervisé les livraisons, en voiture puis en chemin de fer suivant la destination, plus ou moins lointaine.

Pierre était fier de faire partager ses expériences à la table familiale, ce qui irritait Estelle.

« C'est déjà assez difficile de voir notre nom assimilé à un alcool populaire ! gémissait-elle. Epargne-nous donc le récit de tes apprentissages ! »

Ce jour-là, Mélanie était intervenue sévèrement.

« Il me semble que tu oublies un peu trop vite que tes ancêtres ont toujours travaillé dur », avait-elle déclaré, glaciale.

Estelle avait marmonné quelque chose que Mélanie n'avait pas entendu. Elle pressentait, cependant, que cela devait la concerner. Des rumeurs n'avaient jamais cessé de courir sur elle, le plus discrètement du monde, mais avec insistance. On murmurait qu'elle venait de l'Assistance, c'est-à-dire d'on ne savait où.

Mélanie s'en serait moquée si cela n'avait pas empoisonné ses relations avec sa fille. Si seulement, se disait-elle parfois, elle était parvenue à évoquer son enfance sans appréhension ni culpabilité.

« Coupable de quoi, veux-tu bien me le dire ? » s'énervait Jean-François lorsqu'elle se confiait à lui.

Il constituait son meilleur soutien avec Eugène mais, malgré son insistance, Mélanie se refusait à officialiser leur amour. Le fils de Sylvine avait vite compris que c'était à cause d'Estelle.

« Il serait grand temps que tu t'affranchisses de la tutelle que ta fille exerce sur toi », lui avait-il dit avec une pointe d'humeur. Mélanie en avait parfaitement conscience même si elle se sentait impuissante à suivre son conseil.

Jean-François savait tout d'elle et, pourtant, il ne pouvait pas se mettre à sa place. Elle avait protégé Estelle plus que Pierre parce que sa fille n'avait pratiquement pas de souvenirs d'Alexis mais aussi parce que Mélanie se souvenait encore de sa propre enfance. Cependant, Estelle, au lieu de s'endurcir, était devenue une jeune personne égocentrique. Malgré toute son indulgence, Eugène ne partageait pas de réelle complicité avec elle.

Estelle avait ses amies à Avignon, qu'elle invitait volontiers à la Figuière. C'étaient de jeunes personnes que Mélanie trouvait plutôt superficielles.

« Comment pouvez-vous juger ? lui avait un

jour rétorqué sa fille. Je ne vous ai jamais connu d'amies. »

Mélanie avait accusé le coup. C'était vrai. Elle avait des relations mais pas de réelles amies, comme si elle avait refusé au fond d'elle-même de remplacer Jeannette. C'était un point douloureux de son histoire, qu'elle n'aimait pas aborder. Elle s'entendait bien avec la jeune épouse du docteur Autheuil, qu'il avait rencontrée à l'opéra d'Avignon et avec qui il s'était marié très vite.

Clarisse Autheuil était chanteuse, soprano. Une beauté blonde au teint de lait qui avait mis une seule condition à leur mariage, ne pas habiter Montdevergues. Eugène leur avait déniché une jolie villa à Montlaure et Mélanie les recevait avec plaisir. Comme elle, Clarisse ne correspondait pas tout à fait aux critères de la bourgeoisie locale.

Pierre reconduisit la jeune ouvrière jusqu'au banc que ses parents occupaient et rejoignit sa mère et son grand-père. Estelle, boudeuse, s'était éloignée de quelques pas.

— Dansez-vous, maman ? demanda-t-il.

Alexis lui avait appris plusieurs danses de salon, longtemps auparavant. Elle se laissa entraîner par son fils sur la musique d'une valse de Strauss.

— Charmante, cette petite Marie, remarqua-t-elle d'une voix unie.

Pierre lui jeta un coup d'œil narquois.

— Maman, voyons ! Vous n'allez pas imaginer

je ne sais quoi, vous aussi ! Je n'ai pas la moindre envie de tomber amoureux.

Mélanie sourit. Il était si naïf, encore ! Comme si l'on pouvait décider de ce genre de choses... Elle, par exemple... Elle avait longtemps pensé que Jean-François était seulement son meilleur ami avant de prendre conscience de ce qui les unissait. Le véritable amour pouvait se révéler tardivement. Avec Jean-François, elle n'avait pas besoin de lutter pour sauvegarder son indépendance. Il la comprenait à demi-mot et n'insistait pas pour qu'ils vivent sous le même toit. Après tout, il avait toujours été un travailleur acharné. Son imprimerie lui laissait fort peu de temps libre. Valréas, en cette fin de siècle, connaissait un essor sans précédent. Les clients se bousculaient pour commander des boîtes et des étiquettes. Jean-François avait une excellente réputation sur la place.

« Eh bien, mère, nous n'avons pas trop mal réussi, Mélanie et moi », disait-il parfois à Sylvine, qui souriait alors. Agée et pratiquement sourde, elle gardait toujours son bon sourire, à la fois tendre et moqueur.

Si Pierre s'entendait bien avec sa marraine, Estelle l'ignorait la plupart du temps. « Je ne suis pas assez bien pour ta petitoun », avait-elle fait remarquer un jour à Mélanie, et celle-ci avait été profondément blessée pour sa mère adoptive. Devant son trouble manifeste, Sylvine avait posé une main apaisante sur son poignet.

« Rassure-toi, cela ne me fait pas vraiment de peine. Estelle est ainsi faite, voilà tout. Elle pense que la vie lui doit beaucoup, elle n'a pas encore compris... »

Sylvine s'était interrompue.

« Dieu juste ! voilà que je vais tirer ma larme, moi aussi ! »

Agathe était là, entre elles deux, si présente d'être absente, ombre familière. Mélanie avait toussoté.

« Sylvine, je...

— Chut ! avait fait la mère de Jean-François. Tu es ma fille par le cœur, Mélanie, sache-le, même si je ne te l'ai jamais dit. Vois-tu, je ne suis guère habituée à faire de grandes phrases... »

Les deux femmes s'étaient étreintes, avec une émotion contenue.

Elle y songeait toujours, en suivant le rythme de la valse. Pierre dansait bien, et ne semblait pas avoir conscience des regards admiratifs qui le suivaient. Grand, bien bâti, il portait avec une élégante désinvolture des costumes de tweed l'hiver, de serge l'été. Il jouait au tennis avec son ami Marcel Deshayes, allait nager l'été dans le Rhône. Sportif, d'humeur égale, il faisait la fierté de sa mère.

— Edouard vous a-t-il parlé de nouvelles communications médicales à propos de l'absinthisme ? demanda-t-il à Mélanie en la raccompagnant vers l'endroit ombragé où était assis Eugène.

Elle esquissa un haussement d'épaules.

— Non, il ne m'a rien dit, mais je ne m'inquiète pas. Depuis mon mariage, j'entends parler de l'absinthisme ! Cela concerne essentiellement les tord-boyaux servis dans les assommoirs, non ? Nous, nous fabriquons de l'absinthe de qualité supérieure.

Pierre soupira.

— Le problème, c'est qu'on ne fera pas la différence le jour où l'on décidera d'interdire l'absinthe.

Mélanie s'immobilisa.

— Pierre ! Tu ne parles tout de même pas sérieusement ? Il n'est pas question d'interdire l'absinthe !

— C'est un sujet d'actualité, répondit-il. Les attaques se font de plus en plus nombreuses contre la fée verte. La déchéance d'artistes comme Toulouse-Lautrec, qui se concocte lui-même des « tremblements de terre », un mélange d'absinthe et de cognac, ou Verlaine, trempant littéralement sa plume dans l'absinthe, n'arrange pas vraiment nos affaires. Quant aux caricatures, il faudra que je vous montre une eau-forte d'Apoux qui est impressionnante. Il fait sortir la folie et la mort d'un verre d'absinthe. De quoi, assurément, frapper les esprits...

— Oui, oui, fit Mélanie d'une voix lointaine.

Elle songeait déjà à une possible contre-attaque. Commander à Jean-François de nouvelles étiquettes, créer un dispensaire à Montlaure, patronner, pourquoi pas, une manifestation sportive...

Elle allait se battre, cela lui plaisait.

S'asseyant en face de son beau-père, elle remarqua les traits tirés d'Eugène.

— Père, vous allez bien ? s'enquit-elle.

Eugène lui sourit.

— Ne vous inquiétez pas pour moi, mon enfant. C'est juste que... il me semble que je me fais vieux, et que je ne suis plus vraiment de mon époque. Pensez-vous que la distillerie survivra au passage au XXe siècle ?

— Bien entendu ! affirma-t-elle avec une assurance qu'elle était loin d'éprouver.

Les paroles de Pierre avaient semé le doute dans son esprit. Il lui semblait à elle aussi que l'âge d'or de l'absinthe était bel et bien révolu.

36

1900

Dès leur arrivée à Paris, Mélanie avait éprouvé un sentiment de malaise diffus.

Pourtant, ils étaient ravis de se rendre à l'Exposition universelle, surtout Estelle, qui ne connaissait pas la capitale. L'avait-elle assez attendu, ce voyage ! Elle en parlait depuis des semaines, émaillant sa conversation de : « Quand nous serons à Paris... » Prudemment, Pierre avait préféré rester à Montlaure.

« Il faut bien que l'un d'entre nous s'occupe de la distillerie. Sincèrement, cela ne me coûte pas, je ne suis pas un mondain », avait-il expliqué à sa mère et à son grand-père.

Ils auraient été bien inspirés de l'imiter ! songeait Mélanie en massant ses pieds endoloris par des heures de piétinement dans la cohue. Cela lui apprendrait à avoir suivi la mode et chaussé des bottines à talons ! Infatigable, Estelle souhaitait tout voir, aussi bien la nef centrale du Grand Palais que le premier sous-marin en réduction, le Gustave-Zédée, à la porte des Ternes, la

Grande Roue ou encore le trottoir roulant et ses trois vitesses.

Fascinée, Estelle proclamait haut et fort que rien n'égalait Paris et surtout pas Montlaure, ni Avignon. Plus mesuré, Eugène, s'il admirait le progrès technique – et plus particulièrement la fée Electricité, qui symbolisait certainement cette Exposition –, remarquait avec un petit sourire nostalgique que c'était la fin d'une époque. Mélanie et lui songeaient tout naturellement à Alexis. Qu'aurait-il pensé de cette débauche de lumière, de ces phares colorés balayant la nuit le Champ-de-Mars, de la Seine illuminée, ou encore de la porte d'entrée monumentale de l'Exposition ? Tout comme elle, Alexis se défiait de Paris. Il était trop farouchement attaché à sa terre de Provence, à sa langue, pour se laisser éblouir par les lumières de la ville. Mélanie aurait souhaité qu'Estelle prenne du recul, mais n'était-ce pas trop demander à une jeune fille de seize ans ? Elle avait ce que tante Ninie aurait nommé un « physique intéressant », mais ne s'en satisfaisait pas. Un peu trop grande pour les canons de la beauté de l'époque, elle était « trop tout », comme elle s'en plaignait souvent en gémissant. Les cheveux auburn, le teint trop pâle, la silhouette trop pulpeuse... Estelle ne pouvait s'empêcher d'établir des comparaisons avec sa mère, et en souffrait. Elle se voulait parfaite et refusait d'admettre qu'elle avait infiniment de charme. Elle aurait souhaité rester gracile comme à dix ans. Désireuse de lui donner confiance en elle, Mélanie l'avait emmenée chez les couturiers à la mode. Les fils Worth, Paquin, Doucet, les sœurs Callot, ces noms la grisaient, elle aurait voulu tout acheter. Sagement, Mélanie freina son enthousiasme, ce qui contraria fort Estelle.

« A quoi sert-il d'être venue à Paris si c'est pour me retrouver habillée comme une pauvresse ? » gémit-elle.

Son sens de l'exagération, son manque de mesure firent sourire sa mère. Elle refusait de se laisser attendrir par Estelle, qui avait beaucoup trop tendance à se comporter comme une enfant gâtée. En revanche, elle accepta bien volontiers de l'emmener au théâtre de la Porte-Saint-Martin pour applaudir ce qui constituait le plus grand succès depuis des lustres, *Cyrano de Bergerac*, d'Edmond Rostand. Son beau-père les accompagnait. Il portait encore beau dans son habit noir.

Mélanie lui en fit compliment, et il rougit comme un jeune homme.

— Ma chère petite, c'est pour vous faire honneur, à Estelle et à vous.

Estelle arborait une toilette neuve, une robe rouge sortie des ateliers de Jacques Doucet, qui mettait en valeur sa beauté originale. Mélanie, se tenant légèrement en retrait, remarqua les regards curieux et les murmures flatteurs qui suivaient la progression de sa fille vers la sortie du théâtre.

— C'était grandiose, mère ! s'écria la jeune fille. Tellement… romantique !

Un homme d'une trentaine d'années s'arrêta brusquement face à Estelle.

— Mademoiselle, permettez-moi de me présenter. Georges Pothier, sculpteur. M'accorderez-vous la faveur de poser pour moi ?

Eugène et Mélanie s'interposèrent – il n'en était pas question ! – et entraînèrent Estelle malgré ses protestations.

Lorsqu'elle jeta un coup d'œil discret par-dessus son épaule avant de franchir les portes du théâtre, Mélanie aperçut le nommé Pothier qui n'avait pas bougé. Bousculé par la foule, il regardait Estelle avec une fixité inquiétante. Elle ne put s'empêcher de frissonner.

Mélanie ajusta son manteau de velours noir sur ses épaules en réprimant un soupir de lassitude. Quelle idée d'avoir promis à Estelle de l'emmener pour le dernier soir rue de Paris où tout ce qui comptait dans la capitale se donnait rendez-vous après le dîner ! Elle avait bien essayé de s'y opposer mais Eugène avait cédé aux supplications de sa petite-fille.

« Elle ne craint rien entre nous deux », avait-il affirmé.

Mélanie aurait voulu le croire mais, dès qu'ils eurent effectué quelques pas sur l'emplacement du Cours-la-Reine, elle regretta de ne pas s'être montrée plus ferme. Certes, le décor était pittoresque à souhait et évoquait un cirque immense avec ses tréteaux de foire, ses tentes amarrées aux marronniers, ses affiches et ses parades, mais on y retrouvait aussi des « reines d'amour » comme la belle Otero, Emilienne d'Alençon ou

Jane d'Arcel dont les échotiers retraçaient chaque matin les exploits de la veille.

Il ne fallut pas dix minutes à Eugène pour se rendre compte qu'ils s'étaient fourvoyés dans la rue de Paris. Il tint fermement le bras de sa petite-fille.

— Rentrons à l'hôtel.

Il se sentait vieux, soudain. Ce Paris cosmopolite, enfiévré, ne ressemblait pas à ses souvenirs. Il se rappelait un voyage avec Alexis, en 1876. Il revoyait l'étonnement de son fils découvrant le succès de l'heure verte sur le boulevard des Italiens. Alexis lui manquait toujours, même s'il était particulièrement fier que Pierre ait pris la relève.

— Nous allons tout rater ! gémit Estelle. Je voulais voir danser Loïe Fuller.

— Tu en as bien assez vu pour ce soir, décida Mélanie d'un ton sans réplique.

Il lui tardait de regagner la Figuière. Toute cette animation, tout ce bruit lui donnaient le vertige. Elle n'était pas faite pour la ville, se lassait vite du tohu-bohu ambiant. Elle savait déjà ce qu'elle répondrait à Jean-François lorsqu'il lui demanderait comment c'était. « Vide, sans toi. »

Certes, le stand de leur entreprise avait connu un franc succès, mais elle ne pensait pas que l'absinthe s'exporterait plus facilement pour autant, excepté à destination des colonies. Boisson typiquement française, la verte était cependant moins prestigieuse que le champagne. Il fallait pour l'apprécier la fraîcheur d'une terrasse ombragée, ou l'animation d'un café parisien. Le Russe, l'Américain ou l'Anglais n'étaient pas des buveurs d'absinthe et ne le seraient sans doute jamais. Son beau-père partageait son opinion. Estelle, quant à elle, s'en moquait bien. Elle ne voyait dans la distillerie que le moyen de financer ses besoins.

Un fiacre les ramena au Grand Hôtel. Estelle, le nez écrasé contre la vitre, boudait. Cette ville était faite pour elle, elle ne s'imaginait pas retournant à Montlaure ! Les quais de Seine illuminés la fascinaient. Quelle idée de l'avoir empêchée de poursuivre la découverte de la rue de Paris ! Sa mère et son grand-père la considéraient comme une gamine. L'inconnu du théâtre, la veille au soir, l'avait regardée comme une femme et non comme une enfant. Pour cette simple raison, elle rêvait de le revoir.

Dans le hall du Grand Hôtel, l'employé de la réception tendit une enveloppe à Mélanie. Elle l'ouvrit avec une moue intriguée, reconnut l'écriture fine et serrée de Gabriel.

« Permettez-moi de venir vous saluer, lui avait-il écrit. J'aimerais vous offrir mes derniers poèmes. »

Malgré l'heure déjà tardive, il l'attendait dans le salon réservé aux visiteurs. Mélanie l'y rejoignit après avoir prié Eugène et Estelle de l'excuser.

Ils échangèrent un regard hésitant. Chacun paraissait redouter la première phrase que l'autre prononcerait.

301

— Toutes ces années... murmura Gabriel après avoir baisé la main de Mélanie.

— La vie parisienne vous satisfait-elle ? demanda-t-elle d'un ton neutre.

Il lui expliqua qu'il écrivait pour un journal tout en travaillant au sein d'un cabinet d'avocats. Il se sentait plus libre, et ce n'était pas seulement parce qu'il était redevenu célibataire.

— C'est vrai, vous êtes plus détendu, approuva Mélanie.

La passion entre eux n'était plus. Ils n'étaient pas prêts, cependant, à devenir les meilleurs amis du monde.

— Le bonheur vous va bien, constata Gabriel.

Etait-elle heureuse entre sa vie à la Figuière et celle qu'elle menait auprès de Jean-François, lorsqu'elle le rejoignait à Valréas ou qu'ils se retrouvaient à Orange ? Elle ne se posait plus la question, peut-être tout simplement parce qu'elle avait enfin trouvé un équilibre entre sa vie familiale et sa vie de femme.

Elle se contenta de sourire.

— Je ne pourrais pas vivre à Paris, reprit-elle. Il me faut avoir les pieds solidement enracinés dans le sol, dans ma terre provençale.

En une seule phrase, elle avait révélé son besoin vital de racines. Mais Gabriel ne releva pas cette confidence. Il était tard, il devait la laisser. Il lui offrit son recueil de poèmes, elle le remercia. Ils étaient un peu guindés, sur la réserve.

— Prenez soin de vous, Mélanie, lui recommanda Gabriel avant de s'éclipser.

Songeuse, elle regagna la chambre qu'elle partageait avec sa fille. Estelle froissait un papier entre ses doigts. Elle paraissait lointaine.

— Je n'ai pas envie de rentrer à la Figuière, déclara-t-elle sombrement.

Mélanie sourit.

— C'est compréhensible, à ton âge. Paris te grise. Crois-moi, tu regretterais vite notre domaine.

Estelle lui jeta un regard chargé de défi.

— Je ne vous ressemble pas, mère !

La tension était palpable. Lasse, Mélanie ne répondit pas. Elle espérait qu'avec le temps sa fille et elle réussiraient enfin à s'entendre.

37

1902

La foule se pressait place de l'Horloge, à Avignon, en ce dimanche après-midi pour assister au concert donné par la musique du 7ᵉ Génie.

Encadrée de Pierre et d'Eugène, Mélanie étrennait une toilette confectionnée par sa couturière d'après un modèle de Paquin, en soie bleue.

A quarante-quatre ans, elle avait la chance d'être restée mince, ce qui lui valait régulièrement des remarques perfides de la part d'Estelle, qui incarnait à merveille la femme à la silhouette sinueuse, en S, de la Belle Epoque.

Comme chaque fois qu'elle songeait à sa fille, le regard de Mélanie se fit mélancolique. Les deux dernières années avaient été plus que difficiles. Eprise du sculpteur Pothier rencontré à Paris, Estelle avait multiplié provocations et incartades, jusqu'à fuguer pour aller retrouver l'artiste à Lyon. De guerre lasse, Mélanie, après en avoir longuement discuté avec son beau-père et son fils, avait fini par consentir au mariage.

Estelle et Pothier s'étaient unis à Paris en la seule compagnie des amis du sculpteur. Un mariage civil, à la mairie du XVIIIᵉ arrondissement, place Jules-Joffrin, qui avait déchiré le cœur de Mélanie. S'il avait été encore en vie, Alexis aurait-il réussi à empêcher ce gâchis ? Mélanie s'était battue pour tenter de convaincre sa fille que Pothier ne la rendrait pas heureuse, en vain. Estelle ne voulait pas en démordre. Eugène affirmait qu'elle avait trouvé le moyen de s'opposer à sa mère et qu'elle ne céderait pas. Cette remarque avait anéanti Mélanie. Pourquoi n'était-elle pas parvenue à nouer des relations de confiance avec sa fille ? Pourquoi Estelle voulait-elle marquer à tout prix sa différence ? Sylvine, venue passer une semaine à la Figuière, avait tenté de trouver une réponse.

« Il faut lui laisser le temps, elle souffre, elle aussi », répétait-elle.

Mélanie avait donc essayé de maintenir un lien avec sa fille. Jusqu'au jour où Estelle avait cessé de répondre à ses lettres. Sans se laisser décourager, elle avait continué à lui écrire une fois par semaine, lui décrivant les menus événements survenus à la Figuière. Estelle était pour elle une source permanente d'angoisse et de culpabilité.

Heureusement, Pierre ne lui causait pas ce genre de soucis. Son rôle à la distillerie devenait de plus en plus important mais il faisait toujours en sorte que son grand-père ne se sente pas écarté.

Il fréquentait une jeune institutrice, Justine,

que Mélanie et Eugène s'accordaient à trouver des plus charmantes.

Avant de partir, Estelle avait lancé à sa mère : « Que voulez-vous... Je ne suis pas parfaite comme mon frère ! Je suis le mouton noir de la famille. La partie sombre, inconnue, de vos origines, ma chère mère ! »

Sous le choc, Mélanie avait pâli. C'était trop cruel de lui rappeler ainsi le secret qui pesait sur sa naissance. Elle n'avait jamais réussi à l'évoquer avec ses enfants mais, bien sûr, ils en avaient pris connaissance grâce à la rumeur perfidement distillée par Seconde.

Plus tard, elle avait voulu en discuter avec Estelle mais sa fille s'était dérobée, sous un vague prétexte. Par la suite, Mélanie n'avait pu aborder ce sujet extrêmement douloureux pour elle. C'était trop tard, l'instant était passé.

Elle écouta avec émotion les mesures de l'ouverture de *Mireille* s'élever vers les arbres de la place de l'Horloge. Elle voyait de moins en moins Mistral, et ce même si les membres de sa famille étaient toujours invités aux réunions du félibrige. Elle avait consacré beaucoup de son temps à la création d'un dispensaire destiné aux ouvriers de l'usine et, dès qu'elle avait un moment, prenait le train pour se rendre à Valréas. Auprès de Jean-François, elle avait le sentiment d'être une autre, de revivre, enfin. Il l'avait soutenue de son amour lorsque le départ d'Estelle l'avait déchirée. Jean-François et elle s'aimaient. A ses côtés, tout lui paraissait plus simple, comme une évidence.

Dans son imprimerie, elle apprenait patiemment l'art de la gravure et était fière d'avoir dessiné une nouvelle étiquette pour l'absinthe Gauthier. Il lui semblait qu'elle commençait à mener, enfin, la vie qui lui plaisait. C'était pour elle une sorte de victoire personnelle sur le passé. Mais cela, seuls Jean-François et Sylvine pouvaient le comprendre.

Sur le chemin du retour, alors qu'ils regagnaient leur tilbury rangé le long des allées de l'Oulle, Eugène poussa un soupir de bien-être.

— Très agréable, ce concert. Pierre, mon garçon, la prochaine fois, tu devrais inviter mademoiselle Justine. Elle aime certainement la musique.

Le visage de Pierre s'illumina. Ils avaient au moins réussi cela, pensa Mélanie. Son fils, son beau-père et elle formaient une famille unie, même si l'absence et le silence obstiné d'Estelle la crucifiaient. D'un commun accord, ils ne jetèrent pas un regard à l'emplacement de la porte de l'Oulle, qui avait été démolie sur l'ordre du maire, Pourquery de Boisserin, en 1900. En son temps, l'affaire avait fait grand bruit, d'autant que le premier magistrat n'en était pas à son coup d'essai. Malgré, en effet, une vive opposition tant locale que nationale, il avait déjà fait procéder à la destruction de la porte Limbert en 1896 de nuit, et ce après avoir pris un arrêté de péril. Eugène mettait sur pied un comité de sauvegarde afin de tenter de protéger les remparts menacés par la fièvre destructrice du maire.

Le cœur de Mélanie battit un peu plus fort en apercevant les frondaisons de la Figuière. Elle aimait cette maison d'un amour viscéral, c'était pour elle qu'elle avait épousé Alexis, parce qu'elle avait pressenti qu'elle représenterait désormais son foyer et son refuge.

A peine rentrée, elle s'installa sous la tonnelle, à l'ombre du vieux figuier, avec son carnet de croquis et ses fusains.

Félicité lui apporta sa tasse de thé. Elle la remercia d'un sourire.

— Je viens vous tenir compagnie, mon enfant, si cela ne vous dérange pas trop, annonça Eugène en s'asseyant lourdement.

— Vous savez bien que vous ne me dérangez jamais, dit-elle, sincère. Vous ne pouvez imaginer ce que cette maison représente pour moi, ajouta Mélanie.

Son beau-père sourit.

— Nous nous sommes bien entendus, vous et moi. Sans vous, sans les enfants, je ne sais pas si j'aurais eu la force de continuer.

L'ombre d'Alexis était entre eux, presque palpable. La chaleur était lourde, un début de migraine serrait les tempes de Mélanie.

— Toutes ces années... murmura la jeune femme. Et, au bout de compte, la rupture avec ma fille... En quoi ai-je failli ?

Eugène soupira. Il aurait voulu lui répondre qu'elle n'était pas seule en cause, qu'Estelle n'avait pas trouvé sa place à la Figuière, qu'elle reviendrait peut-être... Cependant, il avait si chaud qu'il n'avait pas envie d'évoquer ce sujet désagréable. Il se contenta de se pencher et de tapoter la main de Mélanie.

— Comme dirait l'ami Mistral, même si nous autres Provençaux avons une gaieté de façade, la mélancolie n'est jamais bien loin.

Il tira légèrement sur son col.

— Je crois que je vais m'étendre un peu au frais. Cette chaleur lourde m'épuise.

Mélanie le suivit d'un regard inquiet. Depuis plus de vingt-cinq ans qu'elle le connaissait, elle le considérait comme son père. Il lui avait toujours témoigné affection et soutien. Homme rude à la tâche, il n'avait pas pour habitude de se plaindre.

Au dîner, il paraissait s'être reposé. Il fit honneur au consommé froid, ainsi qu'aux papetons d'aubergine confectionnés par Olympe, qui avait succédé à Anna en cuisine. La mère de Félicité coulait une retraite paisible dans une maisonnette du village. Mélanie allait lui rendre visite une fois par semaine, au retour de son atelier à Montdevergues.

— Il faudra que je vous parle, maman, glissa Pierre à Mélanie.

Elle se doutait de ce qu'il allait lui dire. Justine et lui avaient certainement l'intention d'annoncer leur mariage. Tant mieux, pensa-t-elle.

La chaleur n'avait pas diminué, au contraire. Mélanie s'éventa discrètement.

— La nuit risque fort d'être pénible, soupira-t-elle.

En apportant les lampes à pétrole, Félicité paraissait nerveuse.

— Ça sent l'orage, glissa-t-elle. Les chevaux ne sont pas tranquilles.

Mélanie avait hâte que l'orage éclate, que la pluie rafraîchisse l'atmosphère. Elle détestait cette chaleur moite, oppressante. Elle proposa une partie de dames à Eugène, qui déclina son offre.

— Merci, mon enfant, je dois passer à l'usine. Je me suis souvenu d'un projet de contrat préparé par monsieur Blot auquel je souhaite jeter un coup d'œil.

Il refusa que Pierre l'accompagne.

— Laisse-moi encore un peu l'illusion de diriger la distillerie, lui dit-il avec un sourire. Je passerai bientôt la main, je commence à me fatiguer.

Décidément, il devait être bien las pour tenir ce genre de discours, pensa Mélanie. Elle se contenta de recommander à son beau-père : « Ne rentrez pas trop tard », avant de retourner à son carton à dessin. Elle avait entrepris de proposer à ses élèves de l'asile de dessiner le parc de Montde-vergues. Le résultat était parfois déroutant mais toujours intéressant.

Elle tourna les pages, avant de prendre ses fusains et d'esquisser, de mémoire, la silhouette de la ferme du Cavalier. Elle n'oublia pas la clède, ni les chèvres, et se sentit mieux lorsqu'elle eut terminé.

Elle releva la tête. Pierre était toujours là.

— Mon grand, j'ai bien peur de t'avoir oublié, avoua-t-elle, confuse.

L'orage grondait au loin. Elle sourit à son fils.

— Raconte-moi…

Il avait parlé avec Justine, ils désiraient annoncer leurs fiançailles. La jeune institutrice était originaire de Nyons, dans la Drôme. Pierre irait demander sa main à ses parents.

— Je suis si heureuse pour vous deux ! s'écria Mélanie, sincère.

Une ombre voila son regard. Elle ne pouvait pas ne pas songer à Alexis, ni à Estelle.

— Elle reviendra, lui assura son aîné. Peut-être dans plusieurs années, mais elle reviendra. Elle vous aime, maman, même si elle ne sait pas l'exprimer.

Mélanie hocha lentement la tête. Elle savait, elle, que son enfance gâchée avait empoisonné ses relations avec son mari comme avec ses enfants. Il lui avait fallu du temps, beaucoup de temps, pour reprendre confiance en elle. Mais il était trop tard, alors, pour rattraper les années perdues.

Le tonnerre éclata au-dessus de la Figuière avec une intensité telle qu'ils sursautèrent violemment.

— L'orage va être sévère, commenta Pierre en se levant pour aller fermer la porte-fenêtre.

Les éclairs et les coups de tonnerre se succédaient sans répit. Le parc était traversé de longues traînées de feu. Malgré la chaleur, Mélanie frissonna. Les orages pouvaient être d'une violence inouïe. Elle avait peur, elle qui n'était pourtant pas craintive, et cette peur la paralysait.

38

Une douce lumière dorée baignait la Figuière. La journée serait belle, assurément, comme le promettaient les cigales, même si la famille Gauthier était accablée de tristesse.

La foudre, tombée sur l'usine, avait provoqué un incendie aussi brutal que violent. Malgré les efforts des pompiers de Montlaure, de Mélanie, de Pierre et du personnel accourus en toute hâte, Eugène n'avait pu être sauvé. Tout le pays l'avait accompagné jusqu'au caveau familial, où reposaient son épouse et ses deux fils. Ils étaient tous venus, les ouvriers, les ouvrières, mais aussi les transporteurs, des cafetiers d'Avignon, des félibres, Sylvine, Jean-François, les fils Véthier, Edouard et Clarisse Autheuil... Tous, excepté Estelle.

Mélanie avait adressé un télégramme à sa fille, en se demandant avec anxiété si celle-ci se déplacerait jusqu'à Montlaure. Elle avait attendu en vain jusqu'au moment du départ pour l'église.

Elle avait alors pris le bras de son fils, et soufflé : « Allons », en rejetant les épaules en arrière pour ne pas se laisser submerger par la tristesse.

Depuis trois jours, elle avait multiplié les obligations pour ne pas songer à la mort de son beau-père. Eugène l'avait toujours soutenue, lui avait d'emblée accordé sa confiance. Sans lui, elle se sentait à la dérive. Il avait fallu rencontrer le représentant des assurances, ceux des salariés, l'abbé Renaud, et, à chaque fois, raconter le drame, Eugène prisonnier des flammes dans son bureau, Pierre et Mélanie arrivés les premiers dans la pièce en rotonde qui dominait la salle des alambics...

Le docteur Autheuil, les ayant rejoints, les avait aidés à porter le vieil homme dehors. Il était cependant déjà trop tard. Il était mort d'un arrêt cardiaque. Mélanie n'avait pas voulu pleurer devant témoins. Face au drame, elle retrouvait son réflexe d'autrefois, s'enfermer dans une carapace, une sorte d'armure.

Elle suivit la messe d'enterrement dans un état second. La disparition brutale de son beau-père lui rappelait fatalement celle de son époux, ainsi que ses relations difficiles avec sa fille. Avec la mort d'Eugène Gauthier, c'était toute une époque qui s'achevait. On le lui répéta à plusieurs reprises tandis qu'elle recevait avec Pierre les condoléances de toutes les personnes qui s'étaient déplacées.

Qui pourrait témoigner, désormais, de l'histoire des *garançaïres* et transmettre tout son savoir concernant l'absinthe, l'herbe aux deux visages ? Monsieur Eugène était un honnête homme et les ouvriers s'inquiétaient aussi bien pour sa succession à la tête de l'entreprise que pour la survie de celle-ci. La plupart des installations avaient été détruites dans l'incendie. Pierre ferait-il reconstruire la distillerie ? C'était lui, l'héritier, désormais.

Lui, et Estelle, chuchotaient les mieux informés. Estelle, qui n'était pas venue. A la sortie du cimetière, Mélanie ne put s'empêcher de jeter un coup d'œil en arrière, comme si elle avait encore espéré apercevoir sa fille.

Elle savait bien, pourtant, au fond d'elle-même, qu'Estelle ne viendrait pas, elle l'avait toujours su. Sa fille, qu'elle avait trop ou mal aimée, représentait pour elle le cruel rappel de sa propre histoire. Comme pour lui prouver qu'elle était incapable d'élever une fille. A l'exemple de sa propre mère.

Un sanglot noua sa gorge. Jean-François lui prit le bras d'un geste protecteur et elle en fut bouleversée car, d'ordinaire, il ne lui manifestait pas sa tendresse en public. Justine essuya ses yeux. Elle aussi avait eu le temps d'apprécier le maître de la Figuière. Mélanie lui sourit.

— Venez à la maison, nous y tenons, Pierre et moi, lui dit-elle.

Olympe avait préparé du jambon à la cigara, au coulis de tomates, des melons au beaumes-de-venise, une bohémienne, une ratatouille servie froide, un plateau de fromages et des fruits rafraîchis.

Mélanie avait demandé à Félicité d'installer la grande table à l'ombre du vieux figuier, sur cette terrasse qu'Eugène aimait tant, et d'où il pouvait apercevoir les toits de l'usine.

Elle échangea quelques mots avec tous ceux qui s'étaient déplacés, s'attardant un peu plus avec Edouard Autheuil, qui lui demanda ce qu'elle avait l'intention de faire. Elle n'hésita pas.

— Reconstruire l'usine, bien sûr, et continuer, avec Pierre. Dans la famille, on n'abdique pas.

Elle devait penser plus tard à cette phrase qui lui était montée spontanément aux lèvres. « Dans la famille... » Elle était devenue une Gauthier, et elle en était fière.

Elle remarqua, trop tard, le regard indéfinissable de Jean-François, qui avait assisté à cet échange, et éprouva un sentiment de culpabilité. Avait-il pu croire une seconde qu'elle ne tenterait pas de sauver la distillerie ? Elle voulut s'en expliquer avec lui mais, déjà, il prenait congé. Il repartait avec Sylvine pour Valréas. C'était plus facile depuis l'ouverture de la ligne Pierrelatte-Nyons mais cela représentait tout de même un bon trajet.

— J'ai conseillé à Jean-François d'acheter une automobile, lui confia Sylvine avec un sourire complice.

Celle que ses amies appelaient autrefois « Trotte Menu » avait désormais des difficultés à marcher et s'appuyait sur une canne mais, toujours vaillante, elle n'envisageait pas de cesser de confectionner ses boîtes. Ses employeurs faisaient d'ailleurs appel à elle pour réaliser les modèles les plus compliqués, et elle en était fière. Elle qui avait souffert de ne pas être une brodeuse exceptionnelle comme sa mère voyait enfin la qualité de son travail reconnue.

Mélanie aurait voulu demander à Jean-François de rester un peu plus longtemps, elle n'osa pas le faire. Tous deux tenaient trop à leur liberté, leur amour en subissait parfois le contrecoup. Elle se contenta donc de les accompagner jusqu'au tilbury auprès duquel Quentin, le cocher de la Figuière, se tenait prêt à reconduire les invités jusqu'en gare d'Avignon.

— Prends soin de toi, lui recommanda Jean-François.

Elle le trouvait distant, différent, et elle prit peur, soudain. Il était le point d'ancrage dans sa vie, elle en avait brusquement conscience, mais elle était beaucoup trop fière pour le lui dire. Elle se contenta donc de hocher la tête.

Pierre la rejoignit alors que, debout au bord de l'allée, elle regardait s'éloigner le tilbury.

— Maman, je crois que monsieur Petit aimerait vous saluer, lui dit-il.

Il s'agissait d'un biscuitier qui avait développé son entreprise au Pontet. Eugène et lui s'estimaient. En retournant sur la terrasse, Mélanie éprouva une sensation de vertige. Son beau-père avait toujours vécu à la Figuière. Il y était respecté, reconnu. Devait-elle épauler Pierre, au risque de compromettre sa situation car elle était une femme et, qui plus est, une étrangère venue de nulle part, ou bien s'écarter ?

Clarisse Autheuil s'avança à leur rencontre.

— J'aurai besoin de vous pour organiser une

vente de charité, lui dit-elle. Vous connaissez tout le monde, ici, votre présence est indispensable.

Indispensable, elle, la fille de l'Assistance ? Elle devait cesser de penser que beaucoup de personnes la jugeaient. N'était-ce pas la leçon d'Eugène ? Dès le premier jour, il lui avait accordé sa confiance.

Elle promit à Clarisse de lui apporter son aide, alla saluer monsieur Petit, qui réclamait son avis à propos des courses hippiques organisées à l'hippodrome de Roberty.

Elle comprenait qu'ils s'efforçaient tous de la convaincre de rester à Montlaure, qu'ils avaient besoin d'elle, car les ouvriers lui faisaient confiance. Elle eut une pensée reconnaissante pour son beau-père. Grâce à lui, elle avait réussi à trouver sa place.

Après le départ des derniers invités, elle lut avec Pierre le billet que Frédéric Mistral leur avait adressé. Elle savait que le maître ne se déplaçait pratiquement plus pour se rendre aux enterrements.

Il avait su trouver des phrases émouvantes, qui les touchèrent profondément. « Il n'y a rien de pire en ce monde que de perdre ceux qu'on aime[1] », concluait-il.

En repliant le message, Mélanie songea qu'une page était bel et bien tournée.

---

1. Extrait d'une lettre de 1873 écrite à Tavan qui avait perdu sa fille après sa femme.

39

1905

La lumière douce de la fin de journée argentait le feuillage des oliviers, qu'une brise légère faisait frissonner. Huit heures sonnèrent au clocher de l'église, puis le calme retomba sur la Figuière.

Mélanie aimait particulièrement ce moment, durant lequel Pierre et elle sacrifiaient au rituel de l'absinthe. La mère et le fils buvaient peu d'alcool, dilué dans beaucoup d'eau. C'était surtout pour eux une manière de rester fidèles à la tradition familiale et de perpétuer le souvenir d'Eugène, qui n'aurait pas imaginé une fin de journée sans sa dame verte.

Pierre posa son verre sur la table ronde et sortit de sa poche un exemplaire du *Petit Journal*.

— Avez-vous lu les dernières critiques concernant l'absinthe ? demanda-t-il.

Mélanie acquiesça d'un hochement de tête.

— L'absinthe, mère de tous les maux ! On n'a que trop tendance à confondre produits naturels et frelatés. Il faudra que je te montre l'épais dossier découvert dans le bureau de ton grand-père. Il avait rassemblé les articles traitant de l'absinthe. Heureusement, d'ailleurs, qu'il le conservait à la Figuière, sinon il aurait brûlé, lui aussi.

Son regard se perdit, au-delà des oliviers et des pins parasols, vers les toits de la distillerie. Son fils et elle avaient veillé à ce que l'usine soit reconstruite le plus vite possible, en intégrant les derniers progrès techniques. Eugène aurait aimé qu'il en fût ainsi, elle en était persuadée.

La lecture du testament du vieil homme n'avait pas réservé de réelle surprise. Pierre héritait de la distillerie, à charge pour lui de verser une rente conséquente à sa mère et à sa sœur. Mélanie gardait l'usufruit de la Figuière. Elle avait espéré revoir Estelle mais avait dû vite déchanter. Sa fille avait correspondu avec leur notaire d'Avignon par l'intermédiaire de son propre conseiller parisien. A intervalles réguliers, Mélanie lisait dans *Le Petit Journal* un article consacré au sculpteur Georges Pothier. Elle avait ainsi découvert une sculpture représentant Ophélie, pour laquelle Estelle avait posé. Elle reconnaissait les longs cheveux de sa fille, son corps, son visage tendu.

La voir ainsi, coulée dans le bronze, lui avait donné envie de pleurer. Estelle ne reviendrait pas, elle en était persuadée. Elle avait tiré un trait sur sa famille, sur son enfance, et se consacrait désormais à promouvoir la carrière de son époux.

« Avec l'argent de l'usine », avait ajouté

319

Mélanie le jour où elle s'était confiée à Jean-François.

Elle se détestait de réagir ainsi mais il fallait bien reconnaître que c'était la vérité !

Jean-François n'avait pas cherché les mots destinés à la réconforter. Il s'était contenté de lui caresser les cheveux en murmurant :

« Estelle a choisi. Peut-être n'était-elle pas heureuse à la Figuière. Ce ne devait pas être facile pour elle de se comparer sans cesse à toi. »

Mélanie le savait bien. Elle avait déjà tenté de rencontrer sa fille à plusieurs reprises, en vain. Estelle ne souhaitait pas avoir de relations avec sa famille.

« Un jour, elle reviendra, avait ajouté Jean-François. Il faut laisser faire le temps… »

Mélanie secoua la tête comme pour chasser ces souvenirs qui l'obsédaient. Elle se retourna vers Pierre.

— Penses-tu vraiment que notre absinthe soit condamnée à disparaître ?

Son fils esquissa une moue.

— Il y a plus de trente ans qu'un certain docteur Magnan se livre à diverses expériences afin de démontrer la toxicité de l'absinthe. Pour l'instant, nous avons réussi à résister mais la crise du vin risque fort d'entraîner pour nous des consé- quences désastreuses. Les viticulteurs ont déclaré la guerre à l'absinthe.

Mélanie avait déjà eu l'occasion de voir des cari- catures de *L'Assiette au beurre* fustigeant la verte.

La campagne anti-alcoolique se faisait plus viru- lente. Nombre de médecins publiaient des communications alarmistes. En réaction, les fabricants se livraient eux aussi à différentes études afin de prouver que leur absinthe était exempte de risque.

Pierre, le visage soucieux, tendit une feuille froissée à Mélanie.

— Lisez cette pétition, mère. Elle a été adressée aux conseils généraux et municipaux, aux médecins, aux militaires ainsi qu'aux membres de l'Action française, de l'Institut, de la magistrature et de l'armée.

— Par la Ligue contre l'alcoolisme, je présume ? fit Mélanie en plissant les yeux.

Elle était désormais obligée d'étendre les bras afin de mieux voir ce qu'elle lisait. A quarante-sept ans ! Cela lui faisait un peu peur. Dire que, malgré ses quatre-vingts ans passés, Sylvine n'avait toujours pas besoin de lunettes !

« Je deviens une vieille dame », disait parfois Mélanie à Jean-François, et il s'empressait alors de lui prouver le contraire.

Elle lut à voix haute la pétition.

— « Attendu que l'absinthe rend fou et criminel, qu'elle provoque l'épilepsie et la tuberculose et qu'elle tue chaque année des milliers de Français ; attendu qu'elle fait de l'homme une bête féroce, de la femme une martyre, de l'enfant un dégénéré, qu'elle désorganise et ruine la famille et menace ainsi l'avenir du pays ; attendu que des mesures de défense spéciales s'imposent impérieusement à la France, qui boit à elle seule plus d'absinthe que le reste du monde ; invitent le Parlement à voter la proposition de loi suivante... »

Elle releva la tête.

— C'est notre mort qu'ils veulent ?

Pierre soupira.

— *L'Etoile bleue*, la revue mensuelle de la Ligue nationale contre l'alcoolisme, a lancé une pétition intitulée « Sus à l'absinthe ! ». Nous allons devoir nous adapter. Si vous avez des idées pour contre-attaquer...

Ce n'était plus la même chose depuis la mort de son beau-père. Elle n'avait plus envie de se battre, même si elle savait qu'elle devait défendre la distillerie, non seulement pour Pierre, mais aussi pour les ouvriers. Tout ce qu'elle avait contribué à mettre sur pied – l'école, la crèche, le dispensaire – devait continuer. Elle était fière de leur production, elle savait qu'elle était de qualité irréprochable et n'admettait pas qu'on la confonde avec le poison vert-de-gris servi sur le zinc.

— Un jour, nous devrons fermer, déclara-t-elle d'une voix tendue.

Pierre inclina lentement la tête.

— Je le pense aussi mais, en attendant que nous y soyons contraints, je n'ai pas l'intention de me laisser faire. C'est pour moi une question de fidélité à mes racines familiales.

Mélanie se troubla en l'entendant s'exprimer ainsi. Elle aurait au moins réussi ça, se dit-elle. Implanter solidement son fils à la Figuière. Tôt ou tard, elle le savait, son passé ressurgirait. A elle de ne pas se laisser détruire par son évocation.

— Pierre... souffla-t-elle.

Il se tourna vers elle. Il ressemblait maintenant de façon saisissante à Alexis, et elle se sentit à la

322

fois fière et rassérénée. Elle pouvait faire confiance à son fils, il porterait haut le nom de Gauthier. Ce n'était même pas une revanche. Plutôt une forme de justice.

— Je t'aime, mon fils, osa-t-elle lui dire.

Pour elle, cet aveu était aussi une victoire.

Pour la première fois, les membres du comité de bienfaisance de Valréas, parmi lesquels figuraient messieurs Meynard, Allier, Aubéry et Salabelle-Faye, avaient organisé une cavalcade de charité le lundi de Pâques. Les bénéfices seraient entièrement redistribués aux familles nécessiteuses, et ce dans la plus grande discrétion. La ville s'était mobilisée pour faire de cette œuvre une réussite sur tous les plans. L'imprimerie de Jean-François avait tourné à plein régime pour imprimer programmes et brochures. En bonne place dans la liste des réjouissances figurait une réclame pour l'absinthe Gauthier.

Toutes ces années… songea Mélanie, qui était venue admirer le cortège partant de l'avenue de Pied-Vaurias. Elle se revoyait arrivant dans la maison de Sylvine, affrontant le froid glacial régnant à l'intérieur de l'école des Ursulines, retenant ses larmes parce qu'elle ne parvenait pas à confectionner sa première boîte. Elle se souvenait, aussi, de l'ambiance chaleureuse dans sa famille d'adoption, du soutien, de l'amour que Jean-François et Sylvine lui avaient toujours témoignés. Elle se rappelait les jours de marché, son excitation lorsqu'elle croisait le chemin du colporteur et qu'elle avait la permission de chercher deux nouveaux livres dans sa hotte. Valréas était pour elle lié aux jours heureux.

Jean-François lui prit la main, la serra, très fort. Ils se sourirent.

— Ne m'abandonne jamais, pria-t-elle.

La blessure était là, tapie, toujours aussi à vif.

Jean-François secoua la tête.

— Tant que je vivrai, je serai là, à tes côtés. Seulement, ce serait plus facile pour nous deux si tu revenais t'installer à Valréas.

La fanfare entonnait les premières mesures de la Chanson des Cartonnières, reprise par toute l'assistance. Mélanie se surprit à fredonner :

— « O cartonnières, / Belles et fières / Que votre cœur soit généreux / Et que votre âme / Toujours s'enflamme / Pour secourir les malheureux ! »

— Il faudrait que nous trouvions une maison, fit-elle d'une voix hésitante.

Quitter la Figuière serait pour elle un déchirement mais Pierre allait se marier, il était temps de céder la place au jeune ménage. Et puis, elle avait des projets, qui demeuraient vagues pour l'instant. Comme un désir, ou une attente.

— Chiche ? répondit Jean-François.

Ils étaient amis autant qu'amants, complices, éperdument.

Sylvine les regarda s'éloigner épaule contre épaule et sourit.

Elle avait bon espoir que Mélanie revienne au pays.

40

1907

Le temps était particulièrement lourd ; la chaleur, accablante.

Comme chaque été, à la distillerie, on fêtait la Saint-Hippolyte en l'honneur de l'arrière-grand-père de Pierre.

Mélanie, Félicité et Justine, aidées de mademoiselle Irma, la secrétaire, avaient décoré le hall de l'usine, ouvrant sur la cour, de branches d'olivier et de roses.

A la fraîche, on dînerait sous les tilleuls après la traditionnelle retraite aux flambeaux qui parcourrait Montlaure. Tous les habitants du village étaient conviés. Cette année, cependant, l'ambiance était différente, chargée d'inquiétude. Les ouvriers avaient suivi dans les journaux la campagne des ligues anti-alcooliques. En juin 1907, le meeting du Trocadéro avait réuni à Paris plus de quatre mille manifestants demandant aux députés et aux sénateurs de la Seine la prohibition de l'absinthe. On avait alors fait assaut de lyrisme pour condamner « la tueuse d'hommes, l'hydre verte, mère des apaches ».

Assommés par les rapports accablants de diverses sommités médicales, Mélanie et son fils avaient un temps envisagé de fermer l'usine. Pourtant, ils ne pouvaient s'y résoudre, en mémoire d'Eugène. Le père d'Alexis n'avait-il pas conservé dans les caves le premier alambic qu'il avait utilisé, avant de développer la distillerie ? Mélanie avait eu de longues discussions avec le docteur Autheuil.

« Nous avons toujours produit de la qualité supérieure », lui avait-elle rappelé, et il avait établi une comparaison avec des enquêtes effrayantes révélant la présence de sulfate de cuivre et de chlorure d'antimoine dans ce qui ne pouvait en aucun cas être considéré comme de l'absinthe. Facteur aggravant, le chlorure d'antimoine formait, lorsqu'on lui ajoutait de l'eau, un précipité blanchâtre suscitant la confusion.

Au début de l'année 1907, le docteur Borne, sénateur du Doubs, avait fait part de ses observations aux hygiénistes et s'était dit épouvanté par ses expériences effectuées sur les « absinthes à trois sous ». Il s'agissait en fait de produits si clandestins et, partant, toxiques qu'on était incapable de leur donner un nom ou de déterminer leur composition exacte.

Edouard avait conclu sombrement : « Ce sont ces trafiquants qui sont en train de tuer l'absinthe. »

Mélanie y songeait, tout en jetant un coup d'œil aux affiches accrochées dans le hall vantant les qualités de l'absinthe Gauthier. Des artistes réputés avaient travaillé pour eux. Encouragée par Jean-François et par Pierre, Mélanie avait osé réaliser un dessin représentant un chat gris et blanc humant avec circonspection un verre d'absinthe. Elle s'était souvenue de Mine, la petite chatte « gardienne de ses rêves », comme l'appelait joliment Jean-François. Elle avait aussi en projet une autre affiche pour laquelle elle avait déjà effectué plusieurs esquisses et réalisé des étiquettes.

La tonnelle de la Figuière, la table et les fauteuils de jardin en fonte blanche, une bouteille d'absinthe Gauthier et les verres hauts, emplis de liquide opalescent, rafraîchissant à l'œil. L'image, empreinte de sérénité, d'un certain art de vivre, s'opposait aux caricatures cruelles de *L'Assiette au beurre*.

Pierre bataillait avec ardeur pour faire reconnaître aux autorités médicales les différences existant entre l'absinthe de qualité supérieure et les ersatz, surnommés par certains « absinthoïde ». D'ailleurs, des rapports très sérieux, émanant des chimistes Sanglé-Ferrière et Cuniasse, avaient constaté que les industriels utilisaient des alcools d'excellente qualité, exempts d'alcool méthylique et d'acétone, produits toxiques qu'on trouvait en revanche dans les absinthes ordinaires très chargées en essences. C'était devenu un problème récurrent.

Devant le succès phénoménal de l'absinthe, des fraudeurs récupéraient de l'alcool à brûler qu'ils vendaient à des trafiquants. Ceux-ci produisaient une boisson aussi infâme que dangereuse, qui était écoulée à bas prix dans les assommoirs. Les ouvriers de la distillerie suivaient avec intérêt la polémique. Nombreux étaient ceux qui refusaient de croire en une interdiction de l'absinthe. On n'allait tout de même pas supprimer des centaines et des centaines d'emplois à cause de malfaisants qui fabriquaient n'importe quoi !

Justine ne dissimulait pas son inquiétude. Pierre et elle s'étaient mariés l'an passé à Nyons. La jeune fille était native de la Drôme. Ses parents, instituteurs eux aussi, avaient sympathisé d'emblée avec Mélanie.

Justine, dynamique, cultivée et ravissante, était l'épouse parfaite pour Pierre.

« Je ne sais pas si tu imagines... avait confié Mélanie à Jean-François le jour du mariage. Je vais bientôt être grand-mère. Ça me fait un drôle d'effet... »

Grand-mère... Il l'avait enveloppée d'un regard empreint d'amour, et elle avait su qu'il devinait ce qu'elle ressentait. Il devait être plus facile, se disait-elle, d'être aïeule plutôt que mère. Elle avait des modèles, la Grande, et mamée Léa. De plus, à quarante-huit ans, elle ne se sentait pas si vieille ! Ses cheveux ne grisonnaient pas encore et elle était restée mince. Jean-François pouvait toujours enserrer sa taille de ses deux mains.

« Tu es belle, lui avait-il soufflé une nuit. Je ne pense pas m'être intéressé à une autre femme que toi depuis le jour de tes dix-huit ans. »

Elle avait ri, pour dissimuler son émotion.

Toutes ces années perdues... Jean-François ne voyait pas les choses de la même manière. Il estimait au contraire qu'ils avaient tous deux beaucoup de chance d'être enfin réunis et, quand Mélanie tentait d'en apprendre un peu plus sur sa vie de célibataire, il refusait toute confidence en répliquant que cela ne comptait pas puisque c'était elle, et elle seule, qu'il aimait.

— Mélanie, voulez-vous que j'aille chercher le gros lot de la tombola ?

Elle sourit à sa bru.

— Merci, Justine, le docteur Autheuil doit s'en charger. Il est parti pour Avignon ce matin. Ce sera plus facile pour lui de rapporter le phonographe dans son automobile.

Pierre avait une voiture, lui aussi, et Mélanie avait commencé à apprendre à conduire. Le progrès la fascinait. Elle se revoyait, avec son fils et son beau-père, découvrant le téléphone à l'Exposition universelle de 1889. Tant d'événements, heureux ou malheureux, avaient rythmé leur vie depuis... Mais, plus que tout le reste, dominait le silence obstiné d'Estelle.

— Mélanie ? Vous allez bien ? s'enquit Justine.

La mère de Pierre tressaillit.

— Oui. Oh ! Pardon ! Cette chaleur lourde ne me vaut rien. Je devrais y être habituée, pourtant.

— Allez donc faire une petite sieste, lui suggéra sa belle-fille.

Pour ses déplacements entre la distillerie et la Figuière, Mélanie utilisait toujours la jardinière, si commode.

La plaine écrasée de chaleur semblait grésiller sous le soleil. Mélanie, d'instinct, évoqua « Les Forgerons », d'Aubanel.

« Tantôt debout, tantôt ployés, dans le ciel les forgerons géants, avec des gestes ardents, farouches, forgent pour le jeune matin les rayons d'or, les rayons de diamants qui du soleil sont la couronne. »

Même si elle s'intéressait toujours à leurs travaux, elle voyait de moins en moins les félibres. Le prix Nobel reçu en 1904 avait fait de Frédéric Mistral une célébrité internationale, ce qui ne l'avait pas incité pour autant à modifier son mode de vie. Il habitait toujours à Maillane avec madame Mistral et ses « chiens de rond-point », dont Pan-panet, qui prenait la pose sur chaque photographie de son illustre maître.

Mélanie avait assisté en compagnie de Pierre et de Justine à la Festo vierginenco pour la Sainte-Estelle d'Arles. Elle se souvenait de la grâce et de la beauté des Arlésiennes se promenant sur le boulevard des Lices et de l'accueil délirant réservé au « maître » dans les arènes.

Elle avait pensé à Alexis, qui aurait tant aimé participer à cette reconnaissance de la langue provençale. Il était mort plus de vingt ans auparavant, trop tôt, beaucoup trop tôt, et ses traits s'estompaient dans sa mémoire.

Elle respira mieux en s'engageant dans l'allée menant à la Figuière. Ce temps oppressant lui rappelait douloureusement le soir d'orage durant lequel son beau-père était mort. Les tempes serrées dans un étau, Mélanie gravit lentement les marches du perron.

La maison était en effervescence. Sylvine, qui était restée se reposer dans sa chambre, rejoignit Mélanie dans le petit salon.

— Si tu savais… attaqua-t-elle.

Elle-même raconta, en hâte. Une femme était venue en fiacre. Elle donnait la main à une petite fille de trois ou quatre ans. Madame Pothier l'envoyait. Mélanie tressaillit.

— Lis, reprit Sylvine, lui tendant une lettre cachetée.

Mélanie secoua la tête. L'enfant d'abord.

Attablée à la cuisine, elle goûtait la confiture de figues d'Olympe. Elle avait des nattes couleur de châtaigne, des yeux verts, semblables à ceux de Mélanie, et un petit minois barbouillé de confiture. Pas intimidée le moins du monde, elle expliqua qu'elle était venue en train avec nounou Marceline et qu'elle s'appelait Jeanne.

— C'est vous, ma grand-mère ? reprit-elle d'un air très intéressé. Mère m'a dit que je verrais ma grand-mère.

— Oui, c'est moi, approuva Mélanie.

Elle était à la fois émue, et sur la défensive. Pourquoi Estelle avait-elle envoyé sa fille à la Figuière ? Et puis, elle ne se posa plus de questions. Se penchant, elle serra la petite fille contre elle.

— Bienvenue à la maison, ma chérie, lui dit-elle.

Elle s'autorisa à lire la lettre d'Estelle pendant que Jeanne pataugeait dans la baignoire sous la surveillance de Félicité. Le message de sa fille était bref.

Mère, mon époux ayant reçu une offre des plus intéressantes d'un mécène américain, je vous confie notre fille Jeanne. Vous verrez, elle est amusante. Peut-être réussirez-vous à vous entendre toutes les deux. Nous lui écrirons d'Amérique.

La missive, écrite, griffonnée plutôt, sur une feuille de papier quadrillé bon marché, ne contenait pas de formule de politesse mais, d'une certaine manière, Mélanie préférait qu'il en fût ainsi. Estelle restait fidèle à elle-même.

En revanche, elle ne croyait guère à cette histoire de mécène et pensait plutôt que les Pothier cherchaient à s'éloigner de leurs créanciers. Songeuse, elle replia lentement la lettre.

Dire qu'elle était grand-mère sans le savoir ! Tout naturellement, elle inscrivait Jeanne dans l'histoire familiale, la dotant des racines de la Figuière mais, aussi, des racines valréassiennes.

Elle se voulait forte pour cette petite fille aux yeux clairs.

41

1918

De très légers nuages s'effilochaient dans le ciel de novembre, couleur de pastel. Depuis son atelier, un jardin d'hiver, en fait, qui ouvrait sur un fouillis de plantes grasses, de buissons de romarins et de rosiers, Mélanie apercevait la silhouette familière de la Lance, fermant l'horizon et, au premier plan, les maisons de pierres sèches de Pérol, blotties autour de l'église. Il y avait à présent cinq ans que Mélanie et Jean-François vivaient dans cette demeure que l'imprimeur avait conçue, dessinée, pour elle. Il avait su garder son secret et, le jour où il l'avait emmenée pour la première fois, elle n'avait pu retenir ses larmes. Il lui semblait reconnaître la maison de ses rêves, celle qu'elle évoquait, étant enfant, traverse du Mûrier. Bâti selon la tradition en pierres sèches apparentes, sous son toit de tuiles offrant un camaïeu de rose patiné, le mas tournait sa façade vers le sud, au bout d'une allée de mûriers. Un bouquet de deux cyprès était planté près de la porte d'entrée, en signe de bienvenue.

Jean-François l'avait voulu de belles proportions, afin qu'ils puissent y accueillir les enfants de Mélanie.

Elle crispa la main sur son crayon. Comme s'ils avaient pu imaginer, en 1913, la tragique escalade des événements…

Elle referma son carnet de croquis d'un coup sec. Elle attendait, et son attente était souffrance.

Elle monta jusqu'à leur chambre, meubles en noyer, toile de Jouy bleu et blanc, dont la fenêtre ouvrait sur Valréas. Installée à son secrétaire, elle apercevait les deux clochers de Notre-Dame-de-Nazareth. Elle se rappelait que Sylvine avait besoin de voir chaque jour « ses » deux clochers et elle la comprenait, à présent. D'une certaine manière, en l'imitant, c'était pour elle une façon de dire à sa mère adoptive : « Moi aussi. Je te ressemble. »

Sylvine était morte en 1913. L'année des peines et des bonheurs, où tout avait basculé. Mélanie ouvrit grande la fenêtre, aspira à longues goulées l'air encore piquant. Deux jours auparavant, un peu de neige avait blanchi les sommets de la Lance et d'Angèle. Elle avait vite fondu au soleil mais il en restait une fraîcheur dans l'air qui, malgré la luminosité exceptionnelle de l'été de la Saint-Martin, annonçait la fin irrémédiable des beaux jours.

Un bruit dans le lointain lui fit tendre l'oreille. Elle avait un peu perdu de son acuité auditive, ce qui l'agaçait.

— Les cloches… murmura-t-elle.

Les cloches, enfin ! Elles carillonnaient l'armistice tant attendu, de La Garde-Adhémar à Grignan, de Valaurie à Grillon, de Richerenches à Valréas, du Pègue à Venterol, et c'était comme un torrent d'allégresse qui roulait, de la Drôme au Vaucluse, en passant par l'Enclave des papes.

Depuis plusieurs jours, Jean-François s'efforçait de la faire patienter. « Tu vas voir… Les Allemands sont obligés de capituler. Cette maudite guerre va enfin s'achever », lui répétait-il, sans qu'elle parvienne vraiment à le croire.

Elle redescendit en hâte, manquant bousculer au passage Lucie, la petite bonne qui se chargeait des gros travaux.

— Excuse-moi, lui lança Mélanie, c'est la fin de la guerre !

Elle ajouta, pour faire bonne mesure :

— Veux-tu m'accompagner ? Je vais à Valréas. Tu peux prendre ta journée, c'est fête, aujourd'hui…

Elle s'interrompit brusquement. Fête, oui, excepté pour les familles de tous ceux qui étaient tombés durant les quatre interminables années de guerre. Alors, se détournant, elle écrasa la larme qui glissait le long de sa joue.

L'année 1913 avait pourtant bien commencé. Malgré les campagnes des ligues antialcooliques, la distillerie avait conquis de nouveaux marchés. Mélanie voulait se persuader que

Pierre était trop pessimiste. On n'interdirait pas la fabrication ni la vente de l'absinthe.

Pierre et Justine formaient un couple harmonieux. Ils habitaient toujours à la Figuière, même si Justine aurait préféré avoir sa propre demeure. Mélanie envisageait de se retirer définitivement à Valréas auprès de Jean-François. Elle pouvait le faire sans crainte de bousculer les convenances à présent qu'Estelle était revenue chercher Jeanne.

La scène avait été douloureuse, même si Mélanie avait toujours su que Jeanne repartirait un jour. Après avoir écrit de loin en loin, Estelle n'avait plus donné signe de vie. Lorsque enfin elle était arrivée à la Figuière, en 1912, ç'avait été pour annoncer sans préambule : « Je suis venue rechercher ma fille. »

Mélanie avait biaisé, proposé une tasse de thé, des financiers aux amandes qu'Olympe réussissait à la perfection... Estelle en était fort gourmande, lorsqu'elle était enfant. Elle avait changé, beaucoup minci. Mélanie l'avait sentie épuisée, sur ses gardes. Estelle avait tenu, cependant, à repartir avec sa fille.

« Pothier nous attend à Avignon », avait-elle expliqué.

Le cœur déchiré, Mélanie avait serré Jeanne contre elle. Elle avait connu une relation privilégiée avec sa petite-fille et se demandait désespérément comment maintenir le lien. Elle connaissait assez Estelle, en effet, pour deviner que celle-ci risquait fort de ne pas donner de nouvelles avant longtemps. Jeanne, heureusement, écrivait à sa grand-mère, et Mélanie lui renvoyait de longues lettres illustrées de dessins retraçant la vie quotidienne à la Figuière. Malgré cette embellie, elle savait que rien n'était vraiment réglé avec Estelle, mais le bonheur partagé avec Jean-François la rendait plus sereine. Il avait accepté de l'accompagner l'année suivante, en septembre 1913, à la célébration du cinquantenaire de *Mireille*, à Saint-Rémy. Ils s'y étaient rendus dans la voiture de Jean-François, une Renault.

Elle avait été heureuse de revoir Mistral. Il les avait regardés en souriant, Jean-François et elle, et avait déclaré : « A la pluie succède le soleil », un extrait d'un poème dédié à Fortunette.

Mélanie gardait de cette dernière rencontre un souvenir à la fois ému et serein. L'année suivante, lorsqu'elle avait accompagné le poète jusqu'à son tombeau, qu'il avait commandé de son vivant à un maître maçon de Maillane sur le modèle du pavillon de la Reine Jeanne, situé dans le vallon des Baux, Mélanie avait pensé qu'il avait su rester fidèle à ses racines. Né à Maillane, il y avait passé la plus grande partie de sa vie, et y était enterré. Le petit édifice de style Renaissance portait différents rappels de ce qui avait compté le plus pour lui. Une lyre de poète, une quenouille en hommage à sa mère, une faucille en souvenir de son père, mais aussi des visages de Provençales, l'étoile à sept branches du félibrige, et les têtes de ses chiens, Pan-perdu, et Pan-panet.

En suivant le cortège qui se déroulait dans

Maillane, avec les enfants en tête, puis les tambourinaires, les membres du félibrige, de l'académie de Marseille, du Vaucluse, les envoyés des journaux parisiens et du Midi, perdue parmi la foule des amis et des admirateurs du poète, tandis que la Daillane, la cloche qu'il avait baptisée quelques jours auparavant dans l'église de Maillane, sonnait le glas pour lui, Mélanie songeait à Alexis et à Eugène qui lui avaient permis de découvrir le provençal, et elle se disait que plus rien, jamais, ne serait pareil.

Ce 27 mars 1914 signait la fin d'une époque.

Jean-François serra Mélanie contre lui. Lui seul, lui semblait-il, savait à quel point elle était fragile.

— C'est fini, mon petit. Il va rentrer, lui soufflat-il.

Elle avait vécu au ralenti durant ces quatre interminables années de guerre. Savoir Pierre sur le front était pour elle une torture constante. Elle s'était sentie étonnamment proche de Sylvine. Elle se rappelait l'angoisse de sa mère adoptive pendant la guerre de Septante alors que Jean-François était enrôlé dans la Garde mobile. Elle avait écrit de longues lettres à son fils, soutenu Justine, qui continuait à travailler, tout en élevant ses jumeaux, Paul et Alexis. Ils venaient souvent le dimanche à Valréas, et Mélanie savourait ces moments de bonheur.

— C'est fini, répéta-t-elle, les yeux pleins de larmes.

Elle n'était pas retournée à la Figuière depuis 1915. C'était trop douloureux pour elle, elle avait l'impression d'avoir failli. Pourtant, elle s'était battue jusqu'au bout pour sauver la distillerie, mais elle avait compris que le combat était perdu d'avance dès la parution des premiers arrêtés pris en août 1914 par les préfets dans le but d'interdire la vente au détail de l'absinthe.

Le décret du 7 janvier 1915, interdisant la fabrication, la circulation et la vente en gros et au détail de l'absinthe, avait sonné le glas pour la distillerie Gauthier. Mélanie avait réuni l'ensemble du personnel, réduit en cette période de guerre. La plupart des ouvriers avaient été mobilisés. Les femmes et les travailleurs les plus âgés avaient accueilli l'annonce de la fermeture de l'usine avec résignation. La guerre prenait le pas sur l'économie. Mélanie avait confié les clefs de la Figuière à Justine, qui avait secoué la tête.

« Merci, mais je ne peux y vivre sans Pierre », lui avait-elle expliqué.

Elle préférait son petit logement au-dessus de l'école. C'était plus facile pour elle. Mélanie comprenait, bien sûr. De toute manière, depuis la mort d'Eugène, la Figuière avait beaucoup perdu de son âme. A l'automne 1915, la bastide avait accueilli des blessés. Mélanie et Justine avaient été heureuses de la voir transformée en hôpital militaire. C'était pour elles une façon concrète de participer à l'effort de guerre. Puisqu'il avait fallu fermer la distillerie...

Heureusement, Jeanne était venue séjourner à Valréas. Sa petite-fille avait beaucoup changé mais elle était toujours aussi spontanée et charmeuse. Estelle et Pothier avaient divorcé. Estelle était retournée vivre à Paris. Elle l'avait expliqué à sa mère dans une lettre assez brève, avare de détails. Mélanie avait tenté d'en savoir plus, lui avait proposé son aide, offre qu'Estelle avait refusée. Mélanie n'avait pas insisté, de crainte de voir leur relation s'interrompre à nouveau. Les bombardements s'intensifiant sur Paris, Jeanne était venue s'installer dans leur maison et poursuivre ses études à Valréas.

Mélanie crispa la main sur le bras de Jean-François. Certains souvenirs étaient plus lourds à porter que tous les autres.

Quand elle avait appris le drame survenu à Paris, elle avait pensé que plus jamais elle ne pourrait avoir avec sa fille cette conversation cœur à cœur qu'elle appelait de tous ses vœux. Elle avait aussi songé à Sylvine, sa mère adoptive, qui avait perdu sa fille. Estelle était morte de façon sordide, poignardée par Pothier, qui n'avait pas accepté leur divorce. Durant plusieurs mois, Mélanie avait cessé de lutter. Coupable, elle se sentait coupable. L'amour de Jean-François, la tendresse de Jeanne l'avaient aidée à relever la tête. Elle avait tenu à protéger sa petite-fille des retombées du procès Pothier. Heureusement, Jeanne était forte.

« Elle est faite du même bois que toi », disait Jean-François en souriant.

La jeune fille les rejoignit sur la place de l'hôtel de ville. Les cloches carillonnaient toujours. La même joie éclairait les visages.

— La guerre est finie ! s'écria-t-elle.

Elle était belle. De longs cheveux blond

340

vénitien, des yeux gris-vert, une silhouette mince. Elle se jeta d'un élan dans les bras de sa grand-mère. Toutes deux mêlèrent leurs larmes. En ce jour d'allégresse, elles ne pouvaient pas ne pas songer à l'absente.

Il avait neigé la veille, juste de quoi chapeauter de blanc le Ventoux. Le ciel était resté très clair, parsemé de légers voiles de brume. La Figuière avait belle allure dans cette atmosphère feutrée.

L'équipe de femmes du bourg, dirigée par Félicité, avait fait diligence pour nettoyer la bastide. Seules quelques photographies témoignaient désormais des années durant lesquelles la Figuière avait été transformée en hôpital militaire.

Mélanie, le cœur serré, parcourut les pièces de la demeure. Il lui semblait qu'Alexis, Eugène et Estelle l'accompagnaient. Elle s'attarda dans sa chambre et dans le petit salon. A ses côtés, Jean-François l'observait d'un air inquiet.

— Tu es certaine de ta décision ?

Elle redressa la tête.

— Oui. A condition que les enfants comprennent.

Elle les avait réunis dans le petit salon. Pierre, revenu amaigri mais le regard brillant, Justine et Jeanne. Les jumeaux étaient restés sous la surveillance de Félicité. Elle leur raconta d'un trait, sans les regarder, les événements marquants de son enfance. Le « chemin des nourrices », la ferme du Cavalier, les insultes, l'opprobre... Elle sortit de la poche de sa robe le collier en os dont elle n'était toujours pas parvenue à se débarrasser, le posa sur la table ronde.

— Après ma mort, j'aimerais que la Figuière devienne une maison d'accueil pour les enfants trouvés, conclut-elle d'une voix brisée par l'émotion.

Pierre fit un pas vers elle. A cet instant, Mélanie eut si peur qu'elle faillit tourner les talons. Son fils mesurait-il le courage qu'il lui avait fallu pour se livrer à ces confidences ?

La veille, il lui avait annoncé son intention de rouvrir l'usine. L'absinthe était interdite, soit. Il n'abdiquerait pas pour autant et se tournerait vers la fabrication de spiritueux anisés. Le nom de Gauthier perdurerait.

— Pourquoi attendre ? demanda-t-il. Je pense que ce serait beaucoup mieux si vous pouviez mener à bien votre projet. Justine et moi préférons faire bâtir notre maison. Si Jeanne est d'accord...

Jeanne hocha la tête. Elle désirait passer son baccalauréat et devenir avocate. Elle était certes attachée à la Figuière mais ne se voyait pas y vivre.

— Eh bien... reprit Pierre d'une voix enrouée.

Mélanie, les yeux pleins de larmes, vit son fils s'avancer vers la table ronde. Il saisit le collier en os, le collier d'infamie, et le jeta dans la cheminée. Les flammes crépitèrent.

Fascinée, Mélanie ne pouvait détacher son regard du foyer.

— Viens, lui enjoignit Jean-François.

Il l'entraîna sur la terrasse, à l'endroit d'où l'on apercevait le sommet du Ventoux.

— Ne bouge pas, lui recommanda-t-il.

Avec des gestes très doux, il essuya les larmes de la femme qu'il aimait. Le courage dont elle venait de faire preuve ne le surprenait pas vraiment. Il connaissait sa bravoure.

— Si je comprends bien, nous allons nous partager désormais entre Valréas et la Figuière, glissa-t-il.

Elle leva la tête vers lui. Il ne s'était pas voûté, il était toujours son soutien. L'homme qu'elle aimait.

— C'est ma place, dit-elle tandis que ses doigts, instinctivement, cherchaient le collier en os autour de son cou.

Elle se sentait libre. Enfin.

Et pour terminer...

J'ai tant de personnes à remercier ! A commencer par la « garde rapprochée » des miens et de mes amis, ainsi que mon éditeur, Jeannine Balland, et toute l'équipe des Presses de la Cité.

Un grand, grand merci aussi à ma chère Marie-Delphine, qui a toujours la primeur de mes manuscrits et dont les avis éclairés me sont si précieux ; à Jacqueline, de Nyons, qui me soutient de toute son amitié ; à Cathy et Jean-Claude, qui me guident, eux aussi avec beaucoup d'amitié, sur les chemins de Provence ; à François Mussigmann, de la librairie Pinet à Nyons, qui a recherché pour moi le papier à dessin utilisé à l'époque, et à sa maman, l'adorable Jeannette, qui m'a parlé du « café à la bohémienne ».

Curieusement, le cartonnage qui a fait vivre Valréas pendant un siècle a suscité peu d'ouvrages, à l'exception du remarquable *Mémoires du cartonnage de Valréas* de Magali Baussan et J. P. Locci, hélas épuisé, ce qui m'a amenée à rechercher des témoignages oraux sur tout un pan méconnu de l'histoire de l'Enclave des papes. Merci, donc, de tout cœur, à Magali Baussan, conservateur du musée du Cartonnage et de l'Imprimerie à Valréas ; à madame Lucienne Arnavon, « mémoire » des archives de Valréas ; à mesdemoiselles Odile et Monique Faure, filles d'un industriel cartonnier à Valréas ; à madame Denise Thomas, descendante de la famille Revoul, à la bibliothèque de Valréas. Toutes m'ont réservé un accueil si chaleureux ! Merci également à la bibliothèque de Vaison-la-Romaine et à Jean-Pierre, doté de connaissances et d'une mémoire encyclopédiques, toujours prêt à me découvrir le document introuvable, aux médiathèques de Nyons et d'Avignon.

Sans oublier Marie-Claude Delahaye, créatrice du musée de l'Absinthe à Auvers-sur-Oise et auteur de nombreux ouvrages de référence traitant de la « fée verte », dont *L'Absinthe, son histoire* (Musée de l'Absinthe Auvers-sur-Oise Edition) ; la Maison du Châtaignier à Saint-Pierreville en Ardèche, monsieur le Directeur de l'hôpital de Montfavet, l'atelier lithographique de Comps en Ardèche, le conseil général de l'Ain à propos des enfants abandonnés à Lyon et placés à la campagne, l'ASPPIV, Association de sauvegarde et promotion du patrimoine industriel en Vaucluse, et la maison de Frédéric Mistral à Maillane, transformée en musée.

Que toutes et tous soient assurés de ma profonde gratitude.

Achevé d'imprimer par N.I.I.A.G.
en juin 2009
pour le compte de France Loisirs, Paris

N° d'éditeur : 55922
Dépôt légal : mai 2009

Imprimé en Italie